いつもが消えた日

西條奈加

中学三年生の滝本望は祖母と神楽坂でふたり暮らしをしている。芸者時代の名前でお蔦さんと呼ばれる祖母は，気が強く面倒くさがりだけれど，ご近所衆から頼られる人気者だ。ある日，望の幼なじみの洋平と同級生の彰彦，後輩の有斗が滝本家を訪れていた。夕飯をお腹いっぱい食べ，サッカー談議に花を咲かせたにぎやかな夜。しかしその夜，息子ひとりを残して有斗の家族は姿を消した。神楽坂一家三人行方不明事件は大きく報道され，一家が抱える秘密が明らかに――。神楽坂で起きた事件にお蔦さんが立ち上がる！　粋と人情，望が作る美味しい料理がたっぷり堪能できるシリーズ第二弾。

いつもが消えた日

お蔦さんの神楽坂日記

西　條　奈　加

創元推理文庫

THE CASE-BOOK OF MY GRANDMOTHER II

by

Saijo Naka

2013

目次

いつもが消えた日

お蔦さんの神楽坂日記

第一章　いつもが消えた日

「望《のぞむ》さん、おかわりいいッスか！」

さし出された茶碗は、米粒ひとつ残さずきれいに平らげられている。

「え、と……四杯目、だよね？」

念のためきいてみると、はいっ、と元気よく返された。

「ごめん、もうご飯なくってさ。あとは……」

ちらりとテーブルの上手《かみて》に視線を走らせると、お蔦《つた》さんと目が合った。

「あたしはいいよ、これがあるからね」と、左手の猪口《ちょこ》をもち上げる。「この子たちの食べっぷりを見ているだけで、腹いっぱいになっちまったよ」

祖母の前には湯豆腐と、鯛の昆布和《あ》え、それに梅わさの鉢がならんでいる。酒に合う肴《さかな》にしたときは、ちびちびと呑みながら、最後にお茶漬けかおむすびで締めるのが常だった。

そのために残しておいた分を、しゃもじでさらって茶碗にてんこもりにする。からっぽの釜はある意味爽快だけれど、さすがに食べ盛りの男子が四人もいると、ご飯の減り具合が半端じゃない。うちの炊飯器の容量いっぱい、五・五合炊いた米が、一食でなくなってしまった。

「あざーっス！」

運動部独特のノリで、有斗《ゆうと》はうれしそうに茶碗を受けとった。

テーブルの真向かいで洋平《ようへい》が、さすがに呆れた顔をする。

「少しは遠慮しろよな、一年坊主。おれたち三年が三杯なんだから、おまえは一杯で充分だろ」

あまり意味のない理屈を楯に、洋平が先輩風を吹かす。僕はいつものとおり二杯だけだし、予定外の客は洋平の方だ。ご飯が足りなくなったのもそのせいなのに、家族同然のつきあいだから、その辺の気遣いはまったくない。洋平は、近所の「木下《きのした》薬局」の息子だった。

「ふぁっへ、ふへえふまひはら」

「何言ってっか、わかんねーよ」

「だって、すげーうまいから、だってさ」

後輩のとなりで彰彦《あきひこ》が通訳する。そのとおりというように、有斗はハムスターみたいに両頬をふくらませたまま、何度もうなずいた。

三学期がはじまって一週間後、一月十四日だった。月曜日だけど、成人の日の祝日にあたる。宿題でどうしてもわからないところがあるからと、彰彦はサッカー部の練習帰りに家に来た。

彰彦と有斗と僕は、同じ桜寺《おうじ》学園の中等部に通っている。

森《もり》彰彦は一年のときのクラスメートで、金森《かなもり》有斗は彰彦と同じサッカー部の後輩だ。

冬休み明けに事実上キャプテンを交代してからも、彰彦は相変わらずサッカー三昧《ざんまい》の日々を送っている。中高一貫校の強みで受験がないから、夏以降も部活動を続けられる。勉強そっちのけの入れ込みようで、もとは僕より良かった成績は急降下をたどっている。

「二学期の成績表が、耳とアヒルばかりでさ。さすがに親からクレームがついたんだ」

耳は「3」、アヒルは「2」のことで、つまり成績表は3と2のオンパレードだったようだ。三学期に挽回する約束をさせられたとかで、冬休みのあいだにも一度、僕が家庭教師役を務めた。僕と彰彦は、得意教科が正反対だからだ。それでも成績とは逆に、女子からの人気は上がる一方で、二年連続でミスター桜寺に選ばれるほどのイケメンだ。

後輩の金森有斗が一緒にくっついてきたのは、有斗の家が同じ神楽坂《かぐらざか》にあるからだ。これまでにも二度、うちに来たことがあるけれど、ご飯を食べさせるのは初めてだ。彰彦から、宿題の救援要請があったのは、昨日のことだった。

「……というわけで、明日、練習帰りに寄るからよろしく」

「練習の後なら腹ペコだろ。何なら晩飯食う？　有斗も一緒に」

「望の飯は食いたいけど、有斗のヤツ、スンゲー食うぞ」

そうきいていたから、念のため炊飯ジャーの容量いっぱいにご飯を炊いた。おかずも体育会系の喜びそうなものにして、お蔦さんには別につまみを用意した。

準備万端ととのえたはずが、洋平の乱入は想定外だった。

有斗も宿題が残っているとかで、台所のテーブルで、彰彦とならんで課題を広げていた。僕は夕食の仕度《したく》をしながら彰彦の、彰彦は有斗の質問に答えていたが、有斗の方が三倍は多い。それでも彰彦は嫌な顔もせず、ていねいに教えていた。

そこへ洋平が、顔を出した。

洋平は受験勉強の合間に、ちょこちょこうちに息抜きに来る。僕らには無縁だけれど、公立に通う洋平は入試を控えている。その割にはまるで緊張感がなく、洋平の家族は、お蔦さんを相手によく愚痴《ぐち》をこぼしていた。

夕方に来たところを見ると、最初から晩飯狙いの確信犯だったんだろう。ちょうど衣《ころも》をつけていたコロッケを見て、「おれも！」とすぐに手が上がった。

「洋平は昨日の昼も、うちで食べたろ」

「今日の我が家の夕食は、おでんなんだよ。おでんって、ぜってーご飯に合わないと思わないか？」

洋平は拳を握って力説し、一方の僕は、突然の人員増にあわてながら、急遽《きゅうきょ》おかずを一品増やした。カレー味の豚バラロースト、鶏唐揚げのチリソースがけ、肉ジャガ風味のコロッケと、肉と揚げもののオンパレードに、豚汁をつけた。

そのどれもがきれいさっぱりなくなって、料理人の僕としては、ちょっとした達成感に浸っていた。

「……だもんで、おれ、アキさんの元カノに、いまだににらまれてるんスよ」

僕がデザートのメロンを切り分けているあいだに、別の話題に移ったようだ。

近所の果物屋さんの売れ残りだけど、進物《しんもつ》用の上等なヤツだ。お蔦さんはメロンが好きではないから、四等分して皿に載せた。

「すげーっ、デカメロンだっ！」

一年坊主は話そっちのけで、たちまちメロンにかぶりついたが、洋平は大げさなため息をついた。

「アッキーが彼女にフラレた話はきいてたけど、原因がまさかこいつだったとはな」

「もっとよく考えて答えればよかったんだけど……ちょうどU‐15の予選を控えてたから、つい本音が出ちゃってさ」と、彰彦が苦笑いで受ける。

このふたりが顔を合わせるのはまだ二度目だが、僕がよく話題にするものだから、昔からの友達みたいな感覚が互いにあるようだ。洋平なんて、初対面からアッキーと呼んでいた。

「夏の全中はベスト十六だもんな。気合はいるのも無理ねえよ」

すでに百八十近い身長を生かして、三年の夏までバスケ部にいたが、洋平はサッカーにも詳しい。すごいすごいと、しきりに感心する。

全中こと全国中学校サッカー大会は、野球でいう甲子園みたいなもので、毎年八月に行われる。全国から予選を勝ち抜いた三十二校がその頂点を競うが、桜寺サッカー部は、去年初出場を果たした。さらに一回戦を突破して、ベスト十六に残ったものだから、学校ではもう大騒ぎだった。

その桜寺チームの立役者が、いま目の前にいる彰彦と有斗だ。

洋平ほどではないが、百七十四センチは中学生にしては十分大きい。彰彦はエースストライカーとして、その長い脚から繰り出すシュートでチームの要となっていた。

一方の有斗は、僕とそう変わらないくらいのチビだけど、サッカーセンスは二、三年でも敵う奴がいない。ボール専用の磁石が体内にあるんじゃないかと思えるくらい、有斗にかかると、ボールがからだに吸いついてくるようだ。

どんなスポーツでもそうだけど、サッカーもからだが大きければそれだけ有利だ。けれど有斗は、小さなからだを生かしたプレーができる。

相手の懐《ふところ》に入るような低い重心であつかわれると、ボールを奪うことが難しくなるのだそうだ。大きな選手にはばまれても、かわしながらチャンスをうかがい、前へ抜けるラインが見えたところでいきなりダッシュする。足の速さと瞬発力を武器にしたドリブルは、まるで弾丸のようだ。こうなると、誰も有斗を止められない。

同時に、彰彦も走り出す。張りついていた敵の守備陣をふり切って、有斗のパスを受け、ゴールを決めることのできるその位置に、絶妙なタイミングですべり込む。有斗に言わせると、ポジショニングの上手さは、彰彦が誰より際立っているのだそうだ。

「ほんっとに、神業っスよ。おれがここって狙った場所に、ドンピシャでいてくれるんだもの。毎回感激して、涙が出そうになる」

「大げさだなあ。おれくらいの選手は、クラブチームに行けばいくらでもいるよ。本当にスゴイのは有斗だよ」

頭を撫でんばかりに、彰彦が有斗に笑顔を向けて、洋平がちょっと引いた。

「そこまで互いに褒め合うと、さすがに気持ち悪いぞ」

「仕方ないよ、洋平。このふたり、いま桜寺でいちばんの熱愛カップルなんだから」

僕が茶化しても、彰彦と有斗はやっぱりにこにこしている。この一年生の才能に、彰彦はすっかり惚れ込んでいて、有斗もキャプテンを誰より信頼している。

「なるほどね、これじゃあ女の子が入る隙間なんて、一ミリもないね」

お蔦さんがため息をついて、冷酒の入った猪口をかたむけた。

実を言えば彰彦は、地域のクラブユースにも所属していた。そっちをやめて部活動一本に絞ったのは、有斗とプレーがしたかったからだ。それはまた有斗も同じで、彰彦にすっかり懐いている。

いわばふたりは桜寺サッカー部のゴールデンコンビで、そのために彰彦は彼女と喧嘩《けんか》になった。

「有斗の話ばかりして、向こうの機嫌を損ねたみたいで」

「あたしと彼のどっちが大事だなんて、いまどきの中学生は、昔の昼メロみたいなことを言うんだねえ」

お蔦さんが呆れたように言うと、彰彦が苦笑いした。

「大きな大会を控えてたから、いまは有斗が誰より大事だって、つい言っちゃって」

「彼女にフラレるのも、無理ないよ、そりゃ」洋平に駄目を出されて、

「だよね……やっぱり、悪いことしちゃったな」と、彰彦がちょっとしょんぼりする。

「仕方ないさ。いまは彼女よりサッカーってのが、正直な気持ちなんだろ？　それならつき合

ってたって意味がないよ」

お蔦さんは景気をつけるようにさばさばと言ったが、実をいえば、前にも似たような理由でフラレたことがある。彰彦は自他ともに認めるサッカー馬鹿で、敗因はそこにあった。ルックスが満点で、性格も優しい。加えて頭も運動神経もいいから、言い寄ってくる女子は後を絶たない。けれど、いざ口を開けばサッカーの話題ばかりで、意外と不器用だから、女の子が喜びそうな気の利いたことも言えない。

有斗が来てからは、それにますます拍車がかかった。

『有斗は天才だよ！　あいつならきっと、ワールドカップだって行けるかもしれない』

目を輝かせて僕にそう語ったのは、一度や二度じゃない。おそらく彼女の前でも同じだったんだろう。ついに堪忍袋の緒が切れて、どっちが大事かと詰め寄られる羽目になったんだ。

「そう、へこむことないっスよ。アキさんとおれは、そーしそーあいなんスから」

有斗が小生意気そうな顔を彰彦に向け、にいっと笑った。

「おまえ、相思相愛の意味、わかってんのかよ」と、洋平がすかさず突っ込む。

「アキさんが四月からいないと思うと、来シーズンは超つまんないっス」

「おれも有斗がいない高等部には、行きたくないよ。正直、留年したいくらいだよ」

「たしかに、相思相愛だねえ」

お蔦さんは感心半分、呆れ半分の顔をした。

携帯の着信音が鳴ったのは、そのときだ。知らない着メロだから、僕のじゃない。洋平がいち早く反応した。

「あ、これ、いまやってるサッカーアニメの主題歌だよな。アッキーか有斗だろ」

「おれは携帯もってないんス。中学へ行ったら買ってくれるって話だったのに、高校まで延長されちゃって」と、有斗が口を尖らせる。

「ごめん、おれだ」と、彰彦がポケットから携帯を出した。画面で相手を確認し、家ではそのようにしつけられているんだろう、テーブルを離れ、廊下に出た。

「はい、森です。今日はお疲れさまでした」

「たぶん、オージンか監督からっスよ」

廊下からきこえる声に、有斗が反応した。お蔦さんが、気づいたように僕にたずねた。

「オージンて、一年のときのおまえたちの副担任だった、小野《おの》先生かい？」

「そうだよ。いまはサッカー部の顧問で、有斗の担任なんだ」

オージンは物理の教師で、小野仁《ひとし》という名前から、生徒のあいだではそう呼ばれている。あだ名の由来はもうひとつあって、三十そこそこにしてはオヤジくさいから、という説もある。あまり身だしなみに気を使う方ではなく、表情もぼんやりして見えるから、女子には人気がないけど、話してみると案外気さくな先生だ。一年のときの担任は、厳しい女の先生だったから、僕らは何かあると、とりあえずオージンに相談していた。

「ひどいなあ、間違い電話ですか」

と、彰彦のさわやかな笑い声が廊下に響いた。

「いま、滝本《たきもと》君の家にいて……なんだ、有斗からきいてたんだ。はい、いま一緒にいます……わかりました、僕がちゃんと送っていきますから」

会話はそれで済んで、電話を切って彰彦が戻ってきた。

「僕を知ってるってことは、相手はオージンみたいだね」

「当たり。オージンてば、キャプテンにかけようとして、間違って元キャプのおれにかけたんだってさ」

厳密には、キャプテンの引き継ぎは三月なのだが、事実上は冬休み明けにバトンタッチされる。桜寺サッカー部の慣習だと彰彦が言った。

「おまえ、今日ここに来るって話、オージンにまでしてたのか」

「だって望さんの料理の腕は、学校でも評判だもん。もう楽しみで楽しみで、真っ先にオージンに自慢してやったんだ」

有斗のVサインに、洋平が呆れた顔をする。

「おまえ、仲良しなんだなあ。教室でも部活でも先生と一緒って、うざくないか？」

「そういえば、オージンと有斗も相思相愛かも」と、彰彦が苦笑する。「有斗に惚れ込んでるのは、おれといい勝負でさ。去年の五月に顧問になったのも、有斗が入部したからだって噂が立ったくらいでね」

実際は、前の先生が奥さんの入院で顧問を続けられなくなって、オージンが代わりに立候補したというのが真相らしい。副担任のときは知らなかったけど、オージンも子供のころはサッカー少年だったのだそうだ。

「そのうちオジン菌が、移りそうっス」

「有斗は口が悪いな。もう遅いからちゃんと送っていくようにって、心配していたぞ」

「要するに有斗は、サッカー馬鹿にしかモテないってことだな」

洋平はからかったつもりなのだろうが、有斗は嬉しそうに、うふふう、と笑った。


「サッカーの話題から、一歩も逸れやしない。あれじゃあ女に愛想をつかされるのも道理だね」

居間にお茶を運ぶと、お蔦さんは煙草の煙を吐きながら、台所にいる三人を一瞥《いちべつ》した。

茶碗洗いを引き受けて、それが済むと、祖母は一服するために居間に引っ込んだ。洋平と彰彦と有斗は、相も変わらずサッカー談議に花を咲かせている。

「横文字ばかりとび交って、あたしにはまるきりちんぷんかんぷんだよ」

「お蔦さんは、スポーツには興味ないもんね」

ワールドカップはおろか、オリンピックさえ我関せずで、日本勢がメダルを獲得しても、へえ、で終わってしまう。僕としては張り合いのないことこの上なくて、家でスポーツの話をするときは、もっぱら洋平か、ご近所衆の男性陣に相手をしてもらう。

「そろそろ八時だけど、あの子らは親に言ってきてるんだろうね？」

お蔦さんが、掛時計をながめた。長針は、七分前を示している。

「うん。夕飯をとるのは昨日のうちから決まってたから、ふたりとも言ってあるって。有斗の方は、家も近いし」

「ああ、そういやあの小さいのも、同じ神楽坂だったね」

「坂上のを少し上ったところだって。有斗を送りがてら、彰彦が神楽坂駅から帰るっていうから、僕も駅まで送っていくよ」

僕の家は坂上の交差点から下った、本多横丁《ほんだよこちょう》にある。「多喜本《たきもと》履物店」という、下駄や草履《ぞうり》をあつかう小さな店で、いまは祖母がひとりで切り盛りしている。

祖母の本名は、滝本津多代《つたよ》。お蔦さんと呼ばれているのは、昔の芸名からだ。蔦代という名前で、もとは神楽坂で芸者をしていた。祖父と結婚する前は映画にも出ていて、近所のお年寄りにはそのころのファンも多い。

ご近所衆はもちろん、両親も亡くなった祖父もそう呼ぶから、僕もやっぱりお蔦さんと呼んでいた。

父の転勤で両親は札幌に住んでいて、僕は中二の春からお蔦さんとここで暮らしている。いつもしゃっきりしているし、ご近所衆が毎日顔を出すから寂しいこともない。ひとりにしても心配のなさそうな祖母だけど、ひとつだけ弱点がある。学校を替わりたくなかったのも理由のひとつだが、僕はそのためにこっちに残ることになった。

「今日は男子メニューだったから、明日はお蔦さんのリクエストに応えるよ。何がいい？」

「そうだねえ、牡蠣《かき》なんかいいね」

「牡蠣ならしぐれ煮か……鍋の方がいいかな」

お蔦さんは、料理がまったくできない。それというのも滝本家は、代々男が台所に立ってきたからだ。その家訓をしっかり受け継いで、僕も毎日包丁を握っている。曾《そう》祖父のころから、それなりに手をかけた家庭料理を食べ慣れているせいか、この祖母は食事にはうるさい。カップラーメンなんて出そうものなら、たちまち機嫌が悪くなる。なにせ毎日のことだから、面倒じゃないと言えば嘘になるけど、食べる側の祖母が楽しみにしてくれて、一方でそれなりに点数も辛いものだから、作る僕としても気合を入れざるを得ない。

「明日は冷えるらしいから、鍋は悪くないね」

「鍋なら大勢の方がいいのにな。奉介《ほうすけ》おじさん、明日あたりひょっこり帰ってこないかな」

「あんなの待つだけ無駄さね。下手したら、一年は帰らないかもしれない」

「来月から仕事をはじめるなら、いくら何でも今月中には戻るでしょ」

「どうだかねえ……あの子の放浪癖は、筋金入りだからね」

気のない返事をして、お蔦さんは新しい煙草に火をつけた。

わけあって先月から一緒に住むことになった奉介おじさんは、おじいちゃんの弟で、でも歳は僕のお父さんより若い。

長いこと海外でぶらぶらしながら絵を描いていたけれど、最近画家として名前が売れ出して、さる企業からオフィスビルのエントランスに絵を描いてほしいと頼まれた。その構想を練るために、正月三箇《さんが》日《にち》が過ぎてから、また旅に出てしまった。あちこち歩かないとアイデアが浮かばないそうで、お蔦さんの言葉を借りれば、難儀な癖は抜けないようだ。

「楓《かえで》に来てほしいなら、呼べばいいじゃないか」

「そんなこと言ってないだろ」

「へえ、そうかねえ。遠回しに言ったつもりだろうが、ちゃんと顔に書いてあるよ」

ふふん、とお蔦さんが鼻で笑う。こういうところは、本当に意地が悪い。人生でもっとも多感な時期にいる孫の恋路くらい、知らぬふりで静観してくれればいいものを、たまに思い出したようにつついてくる。

石井《いしい》楓は奉介おじさんの娘だ。けれど楓のお母さんとはずっと前に別れてしまい、いまは別別に住んでいた。

「それって、望さんの彼女スか？」

この手の話に黙っていられないのは、お蔦さんばかりじゃないようだ。気がつくと台所から、男三人がこちらを覗いていた。

「うーん、難しいところだな。なにせまだ、デートもしてねえからな」

「うるさいよ、洋平。おまえたちはサッカーの話してろよ」

「でも望は、大好きなんだよね」

彰彦ににっこりされて、思わず頰に血がのぼる。

「その割には、さっぱり進まなくてね。見守るのもいい加減、飽いちまったよ」

「もう、お蔦さんは黙っててよ。彰彦、そろそろ帰った方がいいんじゃないか。ほら、洋平と有斗も尻上げろよ」

これ以上、楓を肴にされてはたまらない。僕は三人を、追い出しにかかった。

「じゃあな、今週末は無理だけど次は見にいくから、練習試合の日程教えてくれよ」

洋平は、手をふりながら坂を下りていった。神楽坂下に近い、木下薬局の息子だから、うちからは三分の距離だ。

「いいのかな……入試って、来月だよね」

「洋平さん、余裕っスね」

「あれはたぶん逃避だよ。あいつ昔っから、勉強が嫌いでさ」

話しながら、僕ら三人は坂を上る。すぐに坂上の交差点にかかって、坂のてっぺんにあたる地下鉄の神楽坂駅までは五分の距離だ。彰彦はここから地下鉄に乗る。

家は品川《しながわ》区の戸越《とごし》で、有名な商店街のある駅だ。僕も何度か行ったことがあり、戸越駅からの歩きを入れても、神楽坂から四十分くらいだろう。本当は、坂を下りた飯田橋《いいだばし》駅の方が近いのに、後輩を送るために、彰彦はひと駅遠い神楽坂駅から帰ることにした。

この気遣いを彼女に発揮すればよかったのにと、いまさらながらに思う。逆に有斗のこととなると、度が過ぎるほどにあれこれと心配する。

「有斗もさ、四月からどうするんだ？」

それまでとは調子を変えた、少しまじめな口ぶりだった。

「どうするって……この前の話っスか？」

「うん、やっぱり学校の部活だけじゃ、もったいないと思うんだ」

「んー、強いヤツとはプレーしてみたいけど……あんま練習キツイのも嫌だし」

「桜寺も去年からぐっと練習量が増えたし、それをこなしてる有斗ならついていけるよ」

「それに、うち、金ないみたいだし」

あまり深刻そうじゃなく、あっさりと言ったけど、彰彦は意表を突かれたようだ。

「そっか……」

助けるつもりで一歩足を踏み出したとたん、相手の足を踏んでしまった。ちょうどそんな顔をした。密度を増した空気を払うように、有斗がにっと歯を見せた。

「二年経ったら、また高等部でコンビ組めるんスよね」

「……うん、そうだな」

「だったら、やっぱ桜寺の方がいいや。アキさんには全然及ばないけど、ヒロさんやコーキさんがいるし」

「おまえ、本人たちの前で言うなよ」

へへ、と笑った有斗に屈託はなく、彰彦はちょっとホッとした顔になった。

ほどなく坂の途中で、有斗が右に折れた。有斗の家は、この先にある。

「今日はごちそうさまでした！　アキさんもお疲れっス」

家まで送るというのを断って、両腕をからだの横にそろえて腰を深々と折る、体育会系のおじぎをした。

くるりと背中を見せたとたん、あっという間にその姿が遠ざかる。さすが弾丸の異名をとるだけある。あれだけ走れたら、さぞかし気分がいいだろう。

「悪いこと、言っちゃったな」

有斗の後ろ姿が見えなくなると、彰彦がぽつんと言った。

「ああ、クラブチームのこと？」

彰彦が、こくりとうなずく。

「そんなに、金かかるもんなの？」

「正確には知らないけど、たぶん……部活でさえ結構な出費になるからさ。シューズなんて月に何足も潰すから、母さんはしょっちゅう悲鳴上げてる」

「そんなに？　あれって一足、一万くらいするだろ」

「父さんがネットで探してくれて、七、八千円に抑えてるけど」

僕は美術部で、画材なんかもやっぱり安くない。けれどスポーツは、それ以上なのかもしれない。彰彦が有斗に勧めていたのは、プロチームが運営するクラブだった。将来のプロを目指して、本気でサッカーにとり組んでいるような奴らが集まっているのだから、かかる費用も本格的ということだろう。

「おれくらいだとレギュラー入りさえ難しいけど、有斗ならきっと、すぐにもスタメンに入れる。部活で消費するには、惜しい才能だと思ってさ」

「けど、桜寺も去年から調子いいじゃん」

「昨シーズンの五月から、オージンが顧問になったろ？　前の先生にくらべて、えらく気合はいっててさ。監督と綿密に打ち合わせして、練習メニュー組んだり、グラウンドや練習時間も、学校に交渉してくれたんだ。おかげで練習量も大幅に増えてさ、その賜物《たまもの》だよ」

「へええ、あのオージンがねえ。人は見かけによらないよな」

僕には白衣を着た、のほほんとしたイメージしかなかった。だから試合の応援に行って、ベンチから選手を怒鳴りつける姿にはびっくりした。熱血教師の一面があるなんて、意外に思えた。

「前の顧問はさ、部活はみんなで仲良くがモットーだったから、有斗がどんなに上手くても、一年からのスタメン入りはなかったと思う」

「それってつまり……全中ベスト十六も、オージンのおかげってこと？」

練習量もあるだろうけど、あの成績は、彰彦と有斗のコンビがいてこそ初めて為せる業だ。一年の有斗がスタメンから外れていたら、三年の彰彦とは決して組めなかった。

「おれは、そう思ってる。有斗もたぶんそうだよ。だからオージンに、あんなに懐いてるんだ」

試合の結果以上に、公式戦で一緒にプレーできたのが、ふたりにとっては何よりも大事なことだったようだ。僕らが高等部に進めば、そんな機会はない。桜寺学園は、運動部と文化部で大きな違いがある。僕が所属する美術部みたいな文化系は、活動も中高一緒だけど、運動部は公式試合が分かれているために、日頃の練習も別々なのだ。

「中高で離れちゃったら、寂しくなるね」

うん、と彰彦は、素直にうなずいた。

「有斗も彰彦がいないと、やる気半減だろうな」

「オージンも、それを心配していてね。手放すには惜しいけど、クラブチームで思いきりやらせてみた方がいいって……」

物理教師に話題が逸れて、いっとき明るくなった表情が、また曇った。

「有斗んちって、まだ新しくてぴかぴかの一軒家でさ」

「そうなんだ」

「場所も神楽坂だろ？　うちなんかより、よほどお金持ちだと思ってた」

有斗にあんなことを言わせたことを、彰彦は気に病んでいるようだ。僕がそうでもないのは、やっぱり育った環境の違いだろう。

「あのくらい、大丈夫だよ。どこの家にだって、家庭内ジジョーはあるものだし」

お蔦さんの仁徳の賜物か、うちはご近所衆のたまり場になっている。下駄や草履がならんだ店の奥に、三畳の小座敷があって、いまは炬燵《こたつ》が置いてある。たいていそこには誰かしら見知った顔がいて、わいわいとにぎやかだ。そのほとんどが神楽坂商店街の人たちだから、つきあいは何世代にもわたる。自《おの》ずと互いの家のあれこれにも詳しくなるというもので、売上や家計の愚痴など、毎日のようにきかされる。

「このところ景気が悪いから、どこも似たようなものだよ。塾を減らしたとか、受験も私立をやめて公立にしたとか、しょっちゅう耳に入ってくるよ」

「前から思ってたけど、望のそういうところ、すごいと思うよ」

心から感心したように、彰彦が僕を見る。

「おれはそういう話きくと、まずビビるよ。さっきも地雷踏んだって、すごく焦った」

「プライバシーの侵害ってやつ？　そんなのあるだけ逆にうらやましいよ。うちなんて皆無《かいむ》だし」

隣に住んでいても、挨拶するくらいがせいぜいで、互いのことには口出ししない。いまはそれがあたりまえなんだろう。面倒がなくて楽だけど、何かあったときには困る。

家族の中だけで対処するには荷が重い、世の中にはそういう問題がいくらでもある。それを無理に担ごうとすると、家族いっぺんに潰れてしまう。

僕らはまもなく、それをまのあたりにする。けれどこのときはまだ、そんなこと夢にも思っていなかった。

神楽坂駅に着いたところで、彰彦が時計代わりに携帯を出した。

画面には八時四十一分と表示されている。有斗の家へと曲がる角で、しばらく立ち話をしていたから、その分遅くなった。

「じゃあ、明日学校で」

駅へ降りる入口で、彰彦が手を上げたとき、背後からふいに足音が迫った。

「アキさん……アキ先輩！」

「有斗！　どうしたんだ？」

ふり向いた彰彦に、まるで犬か猫がとびつくようにして、有斗がしがみついた。家から走ってきたのだろうか。顔を伏せ、肩で息をしている。何かに必死ですがるように、彰彦のダウンを両手できつく握りしめる。

「有斗、有斗、何かあったのか？」

彰彦が両腕をつかんで揺さぶっても、有斗は顔を上げない。途方に暮れた彰彦の顔が、僕に向けられた。袖なしダウンをはおった有斗の背中に手を当てて、僕がたずねた。

「ひょっとして、家で何か……有斗の家族が、どうかしたのか？」

「……い、ない……だれ、も……」

「誰も？」

「……と、さんも、おかあさんも……姉ちゃ、もいなくて……」

有斗のようすからすると、まだ帰ってきていないとか、そういうことではないのだろう。僕らは辛抱強く、次の言葉を待った。

「部屋に、……ちがい、っぱい」

すぐには意味がわからなくて、また彰彦と顔を見合わせると、突然、有斗が顔を上げた。

「部屋が血だらけで！　家ん中に、誰もいないんだ！」

怯える有斗の手を両方から握って、僕と彰彦は有斗の家へと向かった。

彰彦の言ったとおり、今風な感じの三階建てで、築四年というからまだ新しい。そのときは暗くてよくわからなかったけど、ごく淡いクリーム色の壁に、二階と三階に張り出したベランダは明るいベージュのブロックで、かわいらしい外観だった。

「帰ったときは真っ暗で……ピンポン押しても誰も出なくて……おかしいなと思ったけど、もってた鍵で玄関のドアをあけたんだ」

見上げると、二、三階は皓々《こうこう》と電気がついている。家族を求めて、部屋から部屋へと走りまわりながら、有斗がスイッチを押したためだ。二階がリビングとキッチン、三階に両親の寝室とふたつの子供部屋があるという。

ベランダとカーテン越しに見える灯りは、家族の団欒《だんらん》が営まれていそうな、温かなものに映った。けれど有斗は、忌まわしいものを避けるように、彰彦の背中に隠れたまま、ぎゅっと目を閉じていた。

玄関脇のガレージはシャッターが下りていて、一階は車庫と物置というよくある造りのようだ。塀や門はなく、畳一枚を縦に敷いたくらいの玄関ポーチだけが、道とドアを隔てていた。来たことのあるという彰彦が、有斗を背中にくっつけたまま、ドアの前に立った。

「鍵は？」と、彰彦が有斗をふり向く。

「……あいてる」

「有斗が帰ってきたときは、かかってたんだよな？」

僕が確かめ、有斗はこくりと首をふった。

彰彦がドアの取っ手に手をかけると、行くなと言うようにダウンの裾を引っ張る。家の中に入るのが、よほど嫌なんだろう。それ以上、どうしても足が前に出ない。

「彰彦は有斗とここにいてよ。僕が見てくる」

「大丈夫か？」

心配顔の彰彦にうなずいて、レバー型のドアの取っ手を下に落とし、ゆっくりと引いた。気のせいかもしれないけど、ドアが開いたとたん、鉄くさいにおいをかいだように思った。

「気をつけろよ」

長い脚の先でストッパー代わりにドアを支え、彰彦が小声で言った。ふり向いてうなずくと、その背中で縮こまっている有斗と目が合った。灯りの当たる場所で改めて見ると、日焼けした小さな顔の上で、泣き出しそうな目が何かを訴えるように見開かれている。

その目に向かってもう一度うなずいて、履いていたスニーカーを脱いだ。

玄関を入ると正方形のホールで、右手にガレージに続くドアがひとつ。ホールの正面は二階に上がる階段になっている。床は薄茶のフローリング。白い壁とともに明るい雰囲気で、外観とつり合いがとれていた。階段も同じ木製で、掃除も行き届いていたが、有斗が言っていた血が落ちていないかと、よく確かめながら一段ずつ慎重に上った。無事に二階ホールに辿り着いたときには、ひと仕事終えたような気分だった。

二階はドアがふたつ。どちらもあけっ放しで、ひとつはトイレだった。もうひとつのドアの近くに、見覚えのあるでかいスポーツバッグが放り出されている。有斗のものだとすぐにわかった。

ここが問題のリビングダイニング――、有斗が血だらけだったと訴えたのは、その居間だった。

さすがにすぐには足が前に出ず、内側に開かれた扉の外で立ち止まる。ごくりごくりと、何度も喉が鳴った。有斗がどんな思いをしたか、改めてその恐怖が胸に迫る。彰彦と有斗が玄関をふさいでいなければ、まわれ右をして逃げ返っていただろう。

大きく息を吸い、長く吐き、「よし」と声に出した。

そろりとからだを入れると、すぐ右手はキッチンだった。

最近はやりの居間との境に壁がないタイプで、流しやコンロを備えた、広々とした調理台が丸見えだった。アイランド型というそうだ。

食事の仕度をしていた、そのままの形で、まな板の上に半分だけスライスされた玉ネギが載っている。ジャガイモがひと袋、さらにパックに入った牛肉が見えた。

「肉ジャガにするつもりだったのかな」

いつもの癖で、つい晩ご飯のメニューに頭が行って、ほんの一瞬、自分の役目を忘れた。

僕はコロッケにしたけど、偶然、有斗の家も肉ジャガの予定だったんだ。

ただ、何かが足りない。まな板の上を見て、そう思った。何か肝心なものが欠けている。わかっているのに、それが何なのか、どうしてもわからない。

それに、肉ジャガなのに、どうして魚のにおいがするんだろう？

キッチンを端から端まで見渡しても、魚はどこにもない。鮭や白身とは違う生ぐささは、鯵《あじ》やサンマをおろしたときの青魚のにおいに似ていたが、少し違う。

においのもとが台所じゃないとわかったとき、嘘でもオーバーでもなく、足のつま先から頭のてっぺんに至るまで、全身の毛孔が一気に収縮し、からだ中に鳥肌が立った。

キッチンの前には四人がけの食卓、その奥に十二畳はありそうなリビングが続いている。鉤型の間取りのせいで、キッチンからは奥まで見通せなくて、発見が遅れたんだ。奥に大きな薄型テレビ、その手前にテーブルと長椅子のソファーセットがあるが、どちらも大きく斜めに曲がって置かれていて、ちょうど「く」の字に見える。

くの字に口をあけたソファーセットの先に、大きな染みがある。明るい茶色のフローリングの床が、そこだけ暗い穴があいたように、丸く色が変わっている。

もう一度肌が粟立ったのは、赤黒いそれが、血溜まりだとわかったからじゃない。血はその溜まりの奥に向かってとび散って、床にも、白い壁にも、さらにモスグリーンのカーテンにまで、噴き出したときの生々しさを伝えるように、ゆがんだ赤い水玉を描いている。

家族が団欒するための部屋は、凄惨な模様に染められていた。

そのときようやく、キッチンで感じた違和感の正体に気がついた。

包丁だ。

まな板の上に切りかけの玉ネギがあるのに、肝心の包丁がない。

そう気づいたとき、首筋を舐《な》められたように、からだがビクビクッと震えた。

辺りに散った染みを踏まないように、一歩だけ前に出る。立ちのぼる生ぐさいにおいが入らぬよう、手で鼻と口にふたをして、その場でからだを伸ばして血溜まりを覗き込む。

直径五十センチくらい、わずかに横に長い不規則な楕円を描いている。何かを無理やり剝がしたように、血の表面はでこぼこと波打っていた。そのために、血溜まりは結構な厚みがあるとわかる。

「……これが誰かひとりの血だとすると……ひょっとして、もう……」

口の中で呟いたとき、背後で人の気配がした。

「ひどい……」

それきり言葉を失った彰彦が、茫然と立ちつくす。心配で見に来たのだろう。後ろには有斗が張りついているが、背中に隠れたまま顔を出そうとしない。

ふたりが来てくれたおかげで、思考を停止していた頭が、ようやくまわり出した。

「有斗、家の中には、誰もいなかったんだな?」

「いなかった……押入もクローゼットも見たけど、誰も……」

「家族の誰かが怪我をして、病院に運んだのかな……」

僕が呟くと、ひううっ、と喉を絞るような声が、彰彦の背後からした。

「ごめん、有斗……」

不安を煽るようなことを、口にしてしまった。有斗にはすまないと思ったが、この部屋を見る限り、それより良い状況は思いつかない。

現実を呑み込むのに、やっぱり時間がかかったんだろう。どこかぼんやりしていた彰彦が、我に返った。

「警察……電話した方がいいのかな……」

ダウンのポケットを探り、携帯をとり出した。濃いブルーの携帯には、大きなサッカーボールと、青いユニフォームのストラップがついている。彰彦が好きな、プロチームのグッズだった。

携帯の先で揺れる青い飾りをながめながら、僕は少し考えて、そして言った。

「彰彦、うちに電話してくれる？　お蔦さんにきいてみる」

ちょっと駅までのつもりだったから、携帯をもって出なかった。

「家電《いえでん》でいいよな」

僕がうなずくと、彰彦は右手で素早く操作して、僕に携帯を渡してくれた。

一回、二回。三回コールが鳴っても応答がない。お風呂に入ってしまったんだろうか。不安になったとき、四回目でようやく繋がった。

「はい、滝本です」

『こんな時間になんだい』とでも言うような、少しぶっきらぼうな調子だ。それでも祖母の声をきいたとたん、膝の力が抜けて、その場にしゃがみ込みそうになった。

「望だけど」

「いつまで油を売ってんだい。ふらふらしてると、洋平みたいに補導されちまうよ」

洋平の過去の傷をあげつらい、歯切れのいい文句を放る。いつものあたりまえの日常に引き戻されたようで、思わず口許がゆるんでいた。

「お蔦さん、きいて。有斗の家が、ちょっと大変なことになってるんだ」

祖母のおかげですっかり調子をとり戻した僕は、手短に事情を話した。

判断の速さなら、お蔦さんは折紙つきだ。僕の話が終わると、即座に言った。

「おまえたち三人は、すぐにそこを出て、うちに帰っといで。彰彦と有斗も、一緒に連れて来るんだよ」

ぴしりと命じるように、電話の向こうからお蔦さんの声がとぶ。他所《よそ》さまの子供でも、クンだのチャンだのつけることなく、孫の僕と同じようにあつかうのはいつものことだ。

「うん、わかった。で、警察には……」

「警察には、あたしから連絡するよ」

「やっぱり、呼ぶの？　もし家庭内での事故なら、あんまり大げさにしない方が……」

「もし、そうじゃなかったら、早めに手を打った方がいい」

『もし』にことさら力をこめて、お蔦さんは言い切った。

「仮に有斗の家族が、何かの事件に巻き込まれたとしたら……他の第三者に、傷つけられたとしたら、犯人がその辺でうろうろしてる可能性もある。だから望、とにかくすぐにそこを離れるんだ」

「わ、わかった……」

さっきまでとは少し違う、不安の混じった寒気が、下の方から背中を舐めた。

「彰彦、有斗、すぐここを出よう。ふたりとも、とりあえずうちに来いって」

僕は見えない犯人に追いつかれないよう、有斗の手を握りしめ、神楽坂を駆け下りた。


「うん、そう……そういうわけだから……え、挨拶？……わかった、ちょっと待って」

彰彦は携帯を耳から離すと、お蔦さんにさし出した。

「すみません、うちの母が挨拶したいって」

うなずいたお蔦さんが、携帯を受けとった。いつもより少し丁寧な調子で、電話の向こうに話しかける。

「悪いな、おれまで」

「ひとりもふたりも変わらないよ。良かったな、有斗、彰彦も一緒だって」

居間のソファーに胡坐《あぐら》をかいて、抱えたクッションに顔を埋めるようにして、有斗は小さく首を縦にふった。

お蔦さんは、警察に事情を説明し、今晩はひとまず有斗を預かることにした。

祖母が連絡したのは一一〇番ではなく、神楽坂警察署だ。お蔦さんの知り合いが何人もいて顔が利くから、有斗を泊めると言っても、すぐに了解してもらえた。

「事情聴取は明日以降にしてくれと、向こうさんには頼んでおいたよ」

お蔦さんからは、帰ったときにそうきいていた。

ショックは収まったようだけど、逆に家族が心配でならないのだろう。有斗はひと言も口をきかない。日頃、小生意気で元気がいいだけに、かわいそうで見ていられない。

彰彦はそんな有斗を放っておけなかったのだろう。一緒に泊まると言い出した。

「明日、学校はどうする？」

熱いココアをさし出して、彰彦に言った。顔を上げない有斗には、両手をもち上げてカップを握らせる。甘いカカオのにおいのする湯気に、引き寄せられるように有斗が口をつけた。見ていて、少しほっとした。

「おれたちは、休むわけにはいかないよな」

「制服と鞄は？」

「朝早く、いったん家に戻るよ。学校まで、こいつを連れてってもらえるか？」

有斗が初めて顔を上げ、不安そうに彰彦を仰ぐ。

「有斗も学校へ行かないか？　有斗の家族は警察が探してくれてるから、いまのところはやることがないだろ？　じっとしてるより、勉強やサッカーしてる方が気が紛れると思うんだ」

無理強いはしないけど、と彰彦がつけ足した。有斗が、思い出したように言った。

「そういえば、明日の放課後、港北《こうほく》ユニオンズとの練習試合っスよね」

「港北ユニオンズ？」

「学校の近所にあるクラブチームなんだけど、前回のU‐15で負けた相手でね」

「おれ、スタメンに入れてもらえますか？」

やっぱり有斗も、サッカー馬鹿だ。それまで生気のなかった瞳が、初めて焦点を結んだ。

うーん、と彰彦が考える顔をした。

「プレーに集中できないようなら出さないよ。大怪我のもとだから」

「おれ、行けます！」

本当か、と問うように、有斗の顔をじっと見る。

「じゃあ、明日の具合を見て判断するよ……ひとまずオージンと監督には、明日一日は黙っていた方がいいな。たぶん止められるだろうから」

「はいっ、ありがとうございます！」

弾けるような大きな返事とともに、ようやく少しだけいつもの有斗に戻った。

ちょうど電話を終えたらしいお蔦さんが、その声にちょっと驚いた顔をする。

「息子にもう一度、代わってほしいとさ」と、彰彦に携帯を返す。

彰彦がまた話しはじめると、お蔦さんが僕に言った。

「バタバタしてたら、小腹がすいちまったね。望、何か作ってくれるかい？」

「ええっ、これから？」

時計を見ると、すでに十時をまわっている。

「米を食べそこねたもんだから、物足りなくってさ。たしかにもらいものの、うどんがあったろう？　煮込みでもいいし……焼うどんも悪くないね」

あれ、と僕は気がついた。お蔦さんはもっぱら蕎麦《そば》派で、うどんは好物の鍋焼き以外、ほとんど口にしない。この前ご近所からいただいた乾麺《かんめん》の讃岐うどんも、札幌にいる両親に送るつもりでいた。

「焼うどん！」

有斗がよだれを垂らしそうな顔をして、ようやくお蔦さんの意図が読めた。ただでさえ家族を心配して不安なのに、他人の家で熟睡しろという方が無理な話だ。腹いっぱい食わせておけば、眠りが訪れるのも、少しは早くなるかもしれない。

「仕方ないなあ。用意するから待ってて」

口だけで文句を言って、いそいそと台所へ立った。大鍋で湯を沸かしながら、具の調理をする。豚肉とキャベツという焼きそば風の具に、風味付けに天かすをたっぷりと加えた。紅ショウガがなかったから、代わりに目玉焼きをのせる。

言い出しっぺのお蔦さんは、たいした量も消費せず、あとは三人で平らげた。

「面倒だから、お風呂も一気に済ませちまいなよ」

お蔦さんの助言を受けて、芋洗いのようになりながら、三人一緒に風呂に入り、寝るときも居間に布団を並べて、川の字になって寝た。

「何か、合宿みたいだな」

彰彦が笑い、布団に入ると、またサッカー談議に花が咲いた。明日の試合相手の選手のあれこれから、ゲーム運びのシミュレーションまでくり広げ、僕は聞き役に徹していた。

「だからあそこは、右のディフェンスが曲者なんだ。中央と右は避けて左から……有斗、きいてるか？」

　彰彦の問いに、すーすーと寝息だけが応える。

「何だよ、あんなに心配かけといて、真っ先に寝るか？」

　彰彦が呆れたように、隣の布団をのぞき込む。僕と彰彦にはさまれた有斗は、枕を抱える格好で、うつぶせになって寝息を立てている。

「これ、きっと、枕がよだれだらけになるぞ」

「どうあっても、手のかかるヤツだな、おまえの後輩は」

　有斗の頭ごしに、彰彦と笑い合った。

　居間の隅にあるスタンドを消して布団にもぐると、暗い中で彰彦の声がした。

「今日は、助かったよ。おれひとりじゃ、何もできなかった……望とおばあさんのおかげで、何とかなった」

「僕らだけでも、どうにもならなかったよ。有斗のお守りは、大変だもの」

　違いない、と笑ってから、彰彦がぽつりと呟いた。

「有斗の家族、無事だといいけど」

　そうだな、と応じて、互いにおやすみ、と言い合った。

　さっきまで暖房を入れてあったから、部屋の中は暖かい。それでも僕は、布団を頭からかぶった。目をつぶると、ほんの数時間前に見た光景と、鼻の奥には生ぐさいにおいがよみがえる。

　もしも家に帰ったときに、お蔦さんの姿が見えず、部屋が血まみれになっていたら……。

想像するだけで、震えがくる。隣の布団に顔を向け、僕は彰彦と同じことを祈った。

「じゃ、悪いけど、あと頼むな」

翌朝、彰彦は、朝六時にはうちを出た。ふたりとも朝練で鍛えてあるから、早起きには慣れているようだ。僕よりよほどすっきりした顔をしているが、有斗のテンションはいつもの半分以下だ。不安そうに彰彦の背中を見送って、ひとり言のように呟いた。

「ひょっとして、もう帰ってきてるかな」

有斗は、自宅のある方角を見ている。

「お蔦さんが、後で確認してくれるから、僕らはとりあえず学校へ行こ」

「でも、望さん、おれ、制服も鞄もないし」

「あ、ほんとだ！」

昨夜はそれどころじゃなかったから、すっかり忘れていた。

「やっぱり、とりに行かないとダメっスよね」

嫌そうに、有斗が顔をしかめた。

「いいよ、僕が行ってくる」

「でも……」

正直、あの血なまぐさい家に戻るのは、相当な勇気が要る。それでも、ここで有斗を行かせては男がすたる。腹に力を込めたとき、店の前に白い車が止まった。

「おはよう、望くん」

運転席から出てきた男の人が、さわやかに笑う。

「真淵《まぶち》さん、どうしたんですか？　こんな朝早く」

「どうしたって、お蔦さんに頼まれて、届けものだよ」

トランクから大きな段ボール箱を出すと、僕のとなりにいる有斗の前に立った。

「君が、金森有斗くんかい？」

「はい」

「これ、君の荷物。制服と鞄と、教科書と着替え。君の部屋から適当にもち出したけど、足りないものがあったら、また僕が運ぶから遠慮なく言ってね」

「あ、ありがとうございます！　え、と……誰ですか？」

初対面の有斗が、不思議そうに見上げる。

真淵さんは、神楽坂下に近い「真淵写真館」の息子で、神楽坂警察署、生活安全課の刑事をしている。僕がそう紹介すると、有斗の目が輝いた。

「すげーっ、本物の刑事さんて、初めて見た！　かっけー！」

「いや、ただの公務員だから……」

目をきらきらさせる有斗に苦笑いを返し、段ボールを一度、アスファルトの上に置いた。スーツのポケットから手帳を出し、有斗に向かってかがみ込む。

「有斗くん、ご家族が行きそうなところに心当たりはないかな？　たとえば親戚とか友達とか」

有斗は下を向いて、しばらく考えていたが、やがて、わかりません、と答えた。

「おじいさんやおばあさんは？　それに、ご両親の兄弟だっているだろう？」

「お父さんもお母さんも、親とはソエンだって言ってました」

「疎遠って……つきあいがまったくないってことかい？」

こっくりと、有斗がうなずいた。どちらの祖父母にも、一度も会ったことがないという。ちょっとびっくりしたが、都会には案外多いと、後で祖母からきいた。色んな事情があったり、家族とどうしても反《そ》りが合わなかったりして、たったひとりで田舎から東京に出てくる。有斗のご両親もそうだとは限らないが、決して少なくはないのだそうだ。

「ご兄弟とか、親戚は？」

お父さんには誰もいないと、有斗が告げる。

「お母さんにはいるけど……お母さんのお姉さんが、船橋《ふなばし》に」と、また下を向く。

「何だ、案外近くにいるんだね」

「でも、たぶん、行ってないと思います……この前、喧嘩したって言ってたから」

真淵さんが、ちょっと難しい顔になり、それでもそのおばさんの名前と所在をたずねた。住所や電話番号までは有斗も覚えていなかったが、パソコンに入っている年賀状の住所録でわかるはずだと答えた。

「車庫に車がなかったけど、ご家族はふだん自家用車を使っているの？」

「車は去年、売っちゃったんです。それ以来ガレージはあいたままで」

「そうか。あと、ご両親の寝室のクローゼットの棚に、大きな隙間があいていてね」

ちょうど大型のスーツケースが収まるくらいのスペースだと、真淵刑事は言った。

「場所はよくわからないけど、海外旅行用の大きなスーツケースならありました。シルバーの」

「わかった、ありがとう。後はこちらで調べてみるよ」

真淵さんが胸ポケットに手帳をしまおうとしたとき、有斗がたずねた。

「あの、お父さんとお母さんと姉ちゃん、まだ帰ってないんですよね？」

ふいを突かれたんだろう。若い刑事さんが、一瞬たじろいだ。

「うん、まだだよ。警察で探してるから、もう少し待っててくれるかい？」

とたんに捨てられた子犬のように、有斗がしょんぼりする。弱ったなあと言いたげに、真淵さんが頭に手をやったとき、住居に続く店の奥から、お蔦さんが顔を出した。

「ご苦労だったね、ヨシボン」

「ああ、いえ。これも仕事ですから」

「ヨシボン？」と、有斗がすぐに食いついて、刑事さんを仰ぐ。

「お蔦さん、子供の前ではやめて下さいよ。真似されたら、どうするんですか」

いつものごとく真淵さんの苦情は一切受けつけず、お蔦さんは足許の段ボールに目を落とした。

「その箱、自分で二階まで運べるかい？」

「えっと……大丈夫です」

真淵さんが持ち上げた段ボールを受けとって、有斗が重さをたしかめる。

「じゃあ、上に運んで中身を見ておいで。足りないものがあれば、また頼まないとならないからね」

有斗は素直にうなずいた。箱を抱えた有斗が奥に消えると、お蔦さんは真淵刑事に顔を向けた。

「で、どうなんだい？　あの子の家族がいまどこにいるか、見当くらいはついたのかい？」

「いえ、それがまったく……昨日出動した救急車と、患者を受け入れた救急病院を当たってみたんですが、都内ではいまのところ該当者はいません」

「じゃあ、家族の誰かが怪我をして、病院に運んだってことは……」

言ったとたん、不安が増した。

夜中に連絡のとれる病院は限られていて、救急外来を備えているような、大きな病院だけだ。これから小さな医院や近県も含めて、片端から当たってみると、真淵さんは答えた。

「あの血は、誰のものかわかったんですか？」

「鑑識の結果待ちだから、まだ何とも……事件なのか事故なのか、それすらわからないからね」

「上は、どう言ってるんだい？」と、お蔦さんがたずねた。

「病院の線が消えた時点で、捜査本部が立つと思います。あの出血量は、尋常じゃありませんから……たぶん、今日の夕方くらいが目処《めど》でしょう」

僕の目の裏には、昨夜見たものが焼きついていた。思い出したのは、あのまがまがしい血痕ではなく、台所にあった玉ネギだ。

半分スライスされたまま、放置された玉ネギは、何かが突然、有斗の家族にふりかかり、日常を根こそぎ、むしりとっていったことを示している。

あたりまえのいつもの毎日が、明日も明後日もずっと続く。誰だって、そう信じている。

それが突然、あの切りかけの玉ネギのように、予告もなくいきなり止まる。

いや、消えたんだ。

家族とともに、自分の生活がいきなり消える。本当にそんなことが起こり得るということが、怖くてならない。

僕は無意識のうちに、お蔦さんの着物の袂《たもと》を、握り締めていた。

第二章　寂しい寓話

僕には、絶対に知られたくない秘密がある。

ことに同じ桜寺学園の生徒には、決して言いたくない。家族より他に知っているのは洋平だけで、幼なじみの仲良しだからとか、そういう理由ではなしに、単に学校が違うからだ。だからクラスメートや先生にはもちろん、洋平同様、家族ぐるみでご近所づきあいしている高等部の若葉《わかば》ちゃんにも伝えてない。学校でもっともつきあいの長い、彰彦にさえも内緒にしていた。

それがこんな形でバレるとは、思ってもみなかった。

はあああ、と肺の空気が全部なくなりそうなため息をつくと、お蔦さんはあからさまに顔をしかめた。

「いつまでも往生際の悪い。いい加減、その鬱陶《うっとう》しいため息を引っ込めとくれよ」

口では勝てないもんだから、はあああ、とさっきより長いため息で応酬する。けれど秘密のもとを握っているこの祖母は、まるで同情してくれない。

「別にやましいことがあるわけじゃなし、そんなにビクビクしなさんな」

「前に古典で習ったんだよ。『李下《りか》の冠』『瓜田《かでん》の履《くつ》』って」

口を尖らせて、柄《え》を握った左手の手首を右手でトンとたたく。フライパンの上のオムレツが、弾みでくるんとひっくり返る。

「李下の冠ってのは、あれだろ、梨の木の下で冠を正さずって」

「梨じゃなくて、スモモだよ」

「そうだったかね。ま、どっちでもいいさ。カデンのクツってのは初めてきくけど……」

「冷蔵庫や洗濯機じゃないからね。瓜田てのは瓜《うり》畑のことだよ」

瓜畑の中でうっかり腰をかがめると、瓜泥棒に間違えられる。瓜畑で履が脱げても履きなおすべからず。李下の冠と同義の、疑いを招きやすい行いはするなという格言だ。

「あーあ、きっと有斗なんて面白がって、へーっを連発するんだろうな」

階段がドタドタと大きな音を立て、何度目かのため息はかき消されてしまった。

「はよーざーっス！」

有斗のおはようございますは、そうきこえる。

「うはーっ、いいにおい！　今朝の朝飯、何スか？」

目が腫れぼったいから、きっと昨晩は布団の中で泣いていたんだろう。僕らの前では無理して元気よくふるまっているのが何だか痛々しい。気づかぬふりで答えた。

「きのこオムレツだよ。有斗の嫌いな椎茸《しいたけ》は入ってないから」

「すげーっ！　うまそーっ！」

うちの朝ご飯は、パンのときもあればご飯のときもある。晩のおかずの残りがあれば、みそ汁だけ作ってご飯にするけど、何もないときはパンになる。

けれど有斗がうちに来てからは、残り物が出るなんてことがなくなった。肉ひとかけら、菜っ葉一枚残さずきれいに平らげられて、おかげで毎朝パン食を余儀なくされている。

「ここん家《ち》って、ほんと朝から豪勢《ごうせい》っスよね。うちなんて目玉焼き以外、まず出てこないのに」

「毎朝同じだと、お蔦さんの機嫌が悪くなるからね。二日続いただけで、もう飽きるんだ」

「おれは食えりゃ何でもいいと思ってたけど、やっぱ旨《うま》い朝飯が待ってると思うと、早起きする気になるっスね」

有斗が歯を見せて、にっかりと笑う。この小さなからだの、いったいどこに入るのかと呆れつつ、正直言うと、いまの安心材料はそれだけだ。

「人間、食べられるうちは、たいがいのことは凌《しの》げるさ」

とは、お蔦さん流の格言だけど、僕もそうあって欲しいと願っている。

有斗が笑顔を引っ込めて、背筋と腕をぴんと伸ばして、気をつけの姿勢になった。

「おれ、ここに置いてもらえて、すごく有難いっス。不束者《ふつつか》ですが、これからもよろしくお願いします!」

サッカー部員のくせに、野球部みたいなきっちりとしたお辞儀をした。

ふだんはマイペースなだけに、ふいにこんな健気な態度に出られると、何だか胸が痛くなる。一生懸命平気なふりをしているけれど、内心は不安で不安でたまらないはずだ。

それがわかっているからこそ、僕もお蔦さんも知らぬふりをする。特に朝は。

「不束者って何だよ。うちに嫁にでも来るつもりか」僕は笑いながら茶化し、

「ま、気楽にやっとくれ」お蔦さんは、ことさら軽い調子で言った。

有斗がうちに来て、三度目の朝だ。

けれど有斗の家で起きた事件は、まだひとつも解決していなかった。

いなくなった有斗の家族は、両親と六つ年上のお姉さん。三人のプロフィールを、簡単に書くとこうなる。

金森佳高《よしたか》、四十五歳、大手不動産会社、MMハウジング取締役。

金森久仁枝《くにえ》、四十四歳、専業主婦。

金森菜月《なつき》、十九歳、前園《まえぞの》女子大学、人文学科二年生。

失踪したのは一月十四日。月曜日だけど、成人の日で祝日だった。有斗の話では、お父さんやお姉さんも仕事や学校が休みで、有斗が玄関を出たときは、三人とも家にいたという。不動産会社に勤めるお父さんは、祝日も仕事に行くことが多いそうだけど、この日は休みがとれたそうだ。

有斗からはぽつりぽつりと、端切《はぎ》れみたいな情報しか得られなかったけど、昨日、うちに来た真淵刑事から、きちんときくことができた。

神楽坂警察署の真淵刑事は生活安全課の所属だが、刑事課は万年人手不足でもあり、有斗という未成年が残されていることから、有斗の家族の失踪事件には正式に応援要請がかかったら

しい。

「まあ、ここと署の連絡係と思ってください」自嘲ぎみにそう笑った。

昨日、顔を出したのは、ちょうど夕飯の仕度を終えた晩の七時頃だった。

「いや、これからいったん、署に報告に戻らないといけないし」

夕飯を勧めると、一応、公務中だからと真淵さんは辞退したが、

「今日の仕事は、それで終わりなんだろ。ここなら自分の家で食べるのと変わらないよ」

お蔦さんに促され、何よりビーフシチューのにおいには抗えなかったようだ。うれしそうに、僕の向かい側の席についた。お蔦さんは、僕の隣に腰をおろす。

「下手な洋食屋なんかより、全然おいしいよ」真淵さんは幸せそうに目尻を下げたが、ふと気づいたように言った。「そういえば、有斗くんを待たないで、先に食べてもいいのかな」

「今日から練習場が河川敷になるから、帰りが一時間くらい遅くなるんだ。たぶん、九時近くかな。家にいたときもそうだったから先に食べててくれって、有斗に言われたんだ」

学校のグラウンドは他の部との交替制で、週に一、二回しか使えない。サッカー部の主な練習場は多摩川《たまがわ》河川敷のグラウンドで、神奈川県に近い辺りだから、学校から行き来するだけでも一時間くらいよけいにかかる。

「そうか……じゃあ、これから有斗くんに用があるときは、九時過ぎに来ることにするよ。今日はとりあえずあれを置いていくから、間違いがないかどうか有斗くんに見ておいてもらえるかな」

居間のテーブルに置かれた、Ａ４のコピー用紙を示した。いなくなった有斗の家族の、プロフィールが書かれている。さっき目を通したお蔦さんが、思い出したようにたずねた。

「父親が四十五歳で取締役ってのは、早かないかい？」

「ＭＭハウジングは、今年でちょうど創業二十周年を迎えるそうですが、ここ十年くらいで急成長した会社です。金森佳高さんは、設立当初からいた六人のスタッフのうちのひとりで、社長以下、六人全員が四十代で、いずれも取締役のポストに就いています」

「収入も、それなりにいいんだろうね？」

「はい、去年の年収は、一千万の大台を楽に超えてました」

「一千万！　そんなに！」

驚いた拍子に、スプーンの上の牛肉が、また皿の中に落ちてしまった。

「まあ、いまどき専業主婦をやっていられる妻は、東京じゃむしろめずらしいくらいだからね。娘が通っているのも、いわゆるお嬢さま大学だろ？」

「前園はたしかにそうですね。ただ、妻の久仁枝さんは週に三日ほど、友人のアクセサリーショップを手伝っているとのことでした」

それも収入のためというよりは、気晴らしに近いものだときかされて、僕は首を傾げた。

「それでどうして、お金がないんだろう……」

「お金がないって、どういうことだい？」真淵さんが、僕の方を向いた。

「有斗が、そう言ってたんだ。だからクラブチームにも入れないって」

あの事件の起きた日、彰彦と三人でいたときの会話を、ふたりに話してきかせた。

「子供ふたりを私学に通わせていれば、それなりに出費は嵩《かさ》むだろうし……子供に対する牽制《けんせい》のつもりで、そんなふうに言っただけかもしれないね」

真淵さんの、言うとおりかもしれない。お小遣いはこれ以上あげられません、というニュアンスで、親が口にしてもおかしくない台詞《せりふ》だ。

だけどお蔦さんは、納得がいかないように、じっと考える顔をした。

「それより、まる二日経ってるのに、まだ手がかりのひとつもないんですか」

真淵さんの皿に、気前よく二杯目のシチューを盛りながら、僕は口を尖らせた。

「そうなんだ……事件性が高いから、単なる失踪人あつかいじゃなく、本気で捜索してるんだけどね」

お代わりまでもらってすみませんとでもいうように、刑事さんは申し訳なさそうに皿を受けとった。

有斗の家族は、未だに誰も見つかっていなかった。

警察は都内はもちろん近県にも範囲を広げて、目ぼしい病院をあたってみたが、一月十四日のあの晩、有斗の家族らしき怪我人が運び込まれた形跡はなかった。

それを受け、翌十五日の夕方、神楽坂署に捜査本部が立ち上げられたが、それからまる一日が過ぎたいまの時点でも、暗中模索の状況らしい。

「リビングにあった血痕が誰のものか、それがわかれば、少しは探しやすいんだろうけどね」

科学捜査とかDNA鑑定とか、ニュースでもサスペンスドラマでもよくきくから、あっという間にできるものだと僕は思っていた。そう簡単にはいかないと、真淵さんは困った顔をした。

「血液型と性別くらいなら、結果を出すのにそう時間はかからないけど、DNAとなると、試料の具合によっては、二ヶ月以上かかることもあるんだ」

試料とはつまり、鑑定する検体のことで、それが血液か精液か毛髪かによっても違うし、どういう状態で採取されたかによって、鑑定にかかる時間も、その精度も変わってくるのだという。

たとえば血痕なら、布に染みついていたり、畳に吸い込まれていたりと状況はさまざまある。現場が外ならさらに難しく、雨が降れば流れてしまい、痕跡も薄くなる。

「でもさ、よく推理ドラマで、ルミノール反応ってやってるよね。あれって血を拭きとっても水で流しても、反応するんでしょ？」

「あれは血痕があるか否か調べるためのもので、DNA鑑定とは目的が違うんだ」

「血痕は、一目瞭然だよ。僕も見たんだから」

「血痕てより、あれは血溜まりだろう」

まるで見てきたような口ぶりだ。不思議そうに祖母をながめると、真淵さんが苦笑した。

「あの日の深夜、お蔦さんは現場に来たんだよ」

「ええっ、そうなの？　いつの間に……」

「おまえたちが寝ちまった後だよ」と、素っ気なく返す。

「現場、見せてもらえたんだ」

「というより、いつものゴリ押しだよ。有斗くんを預かることにしたから、荷物をとりに来たって、係員が制止してもきかなくてね」

さすがに現場である居間には立ち入りを禁止されたそうだが、中を覗くことはできた。おまけに肝心の有斗の荷物は、明日の朝運ぶよう頼んで、さっさと帰ってしまったという。

祖母がいつもすみませんと、謝りたい気持ちになった。

「そんなことより、あれだけ新鮮な血液なら、鑑定試料としては文句ないんだろ？」

都合が悪くなると、話題を変えるのもいつもの癖だ。

「はい、そのとおりですが、それでもDNA鑑定となると、それなりに時間がかかります。どんなに急いでも、一週間はかかるかと」

「ずんぶんと、まどろっこしいんだね」と、祖母は顔をしかめた。

「DNA鑑定は、試験の方法が複雑ですから」

たとえばABO式の血液型なら、一回でこれだと判定できる試薬がある。でもDNA鑑定にはそういうものはなくて、どうしても長くかかってしまうのだそうだ。

「実をいうと、科捜研も人手不足で」

通称、科捜研と呼ばれる科学捜査研究所は、警察の科学捜査の中枢だ。そんな場所でも、DNAの鑑定人は決して多くはないという。

「DNA鑑定は、誰でもできるというわけではありません。試料の数に追いつかず、鑑定は順番待ちの状態だそうです」と、申し訳なさそうな顔をした。

試料を提出しても、すぐにとりかかってもらえるとは限らない。そういうことだ。

「じゃあ、あの血痕が有斗の家族の誰のものか、わからず仕舞いでいいんですか?」

つい、声が大きくなった。真淵さんが、困ったように頭をかく。

「だってすぐわかるのは、血液型と性別だけでしょう? それなら何もわからないのと同じだよ。有斗の家族は、全員O型なんだから」

有斗から直接きいた話だ。O型の両親からは、ふつうはO型の子供しか生まれない。だからお姉さんも有斗も、同じO型なんだ。

ABO式の他にもRH式とか、血液型には他にも種類があって、三、四種類は調べるそうだが、どんな結果が出るにせよ、肝心の家族三人の元データがなければ何にもならない。もしも性別が女性なら、お母さんかお姉さんかさえ、わからないということだ。

「有斗は口にしないよう我慢してるけど、ものすごく心配してるんです。警察なら、何とかしてくれたって……」

「その辺にしておきな、望」

ちょうど食事を終えたお蔦さんが、僕をさえぎった。いままで口を出さないでいたのは、食べる方に専念していたからのようだ。

「ヨシボンに八つ当たりしても、仕方ないだろ」

「だってさ……」

「血痕の持ち主よりも、金森家の三人を探す方が先だと、ヨシボンは言いたいんだろうよ」

そうか、と僕もようやく気がついた。ＤＮＡ鑑定を一週間待つよりも、三人の足取りを追った方が早い、そういうことだ。

「パソコンの年賀状ソフトから調べた住所に、片端から当たっているけれど、まだ当たりは出ないんだ。携帯が残っていれば、良かったんだけどね」

消えた家族三人は、それぞれ携帯を持っていた。でも、いずれも持ったままいなくなったようで、家の中には見当たらなかった。

「それと……」スプーンを置いた真淵さんの顔に、それまでとは違う屈託が浮かんだ。「船橋に住む有斗くんの伯母《おば》さんのところに、今日、刑事課の者が足を運んだんですが……」

伯母さんは仕事が忙しいみたいで、今日になってようやく会うことができたようだ。

「金森さん一家の消息については、心当たりがないし……有斗くんは預かれないと、そう言っていたそうです」

「それ、だけ？」

真淵さんがこくりとうなずいて、キッチンが一瞬しんとなった。

ビーフシチューで温まったはずのからだが、すうっと冷えた。僕が本気で頭にきた証拠だ。

心底腹が立つと、いつもそうなるんだ。

——自分の妹が行方不明なんだぞ！　甥っ子がひとりぼっちになったんだぞ！　どうなってもいいって言うのかよ！

胸の中では、罵詈雑言《ばりぞうごん》が渦《うず》を巻いている。なのに頭の方は、冷えていく一方だ。

「有斗は、ここで暮らせばいい」

自分のものじゃないみたいな、低い声が出た。真淵さんが、驚いたように僕を見る。

「望くん……」

「そんな親戚の家なんて、行くことない。有斗は、僕が面倒見るよ。いいよね」

となりの祖母に顔を向けたとたん、ぴん、とおでこが鳴った。猫だましを食らった感覚だけど、かなり痛い。祖母にでこぴんをされたのだ。

「いった……ちょっと、お蔦さん、やめてよね」

「面倒を見るだなんて、そんな傲慢《ごうまん》な台詞はおまえにゃ十年早いよ」

不満げに下唇を尖らせた僕には構わず、お蔦さんは真淵さんに言った。

「ヨシボン、その伯母さんとやらの連絡先、わかるんだろ。教えとくれ」

え、と真淵さんが、疑い深い目を向ける。

「有斗をうちで預かるとなると、やっぱり身内のひとりくらいには挨拶しておかないとね」

「挨拶って……どっちの挨拶ですか。まさかお礼参りとか、相手に殴り込みをかけるとか」

「嫌だね、そんな大人げないこと、するわけがないじゃないか。いいから、とっととお寄越しな」

顔は笑っているのに、声だけどすが利いている。脅し以外の、何ものでもない。

真淵さんは早々に白旗を上げて、手帳をとり出した。

「滝本くん、ちょっといい？」

昼休み、学食へ行こうとすると、担任の菅野《かんの》先生に呼び止められた。何の話か予想がついたから、友達ふたりを先に行かせた。

「放課後、第一応接室に来てほしいんだけど」

「はい……あの、先生はもうきいてるんですか？　その……」

「うん、理事長先生から、だいたいのところはね」

菅野澄香《すみか》先生は、三十五で未だに独身。けれどぎすぎすしたところは、どこにもない。受けもちの教科が女子の体育だけあって、アクティブで明るい先生だ。生徒のあいだではカンカンと呼ばれていて、「パンダと一緒なら悪くない」と本人は喜んでいたが、昔、上野動物園に同じ名前のパンダがいたことはクラスの誰も知らなくて、それにはショックを受けていた。

百七十近い長身だから、少しかがむ格好で、僕の顔を覗き込んだ。大丈夫かな、と言いたげな顔をしている。僕の都合の方じゃなく、この先の心配をしているようだ。

「わかりました。授業が終わったらすぐに行きます」

しっかりと目を合わせると、先生も安心したように、うん、とうなずいた。

「時間は三時半でいいからね」

授業は三時十分で終わるけど、終礼と掃除当番の時間を入れたんだろう。僕は当番じゃないから、終礼が済むと、ひとまずとなりの教室を覗きに行った。二組の入口から顔を出すと、すぐに彰彦が気づいてくれた。

「おれも当番じゃないんだ。三時半まで暇つぶししよ」

ふたりで一階にある学食に降りた。学食の営業は終わっているけど、中には入れる。

食堂の隅には、ジュースとカップ麺の自販機がある。値段も市価より少し安くて、僕は九十円の缶コーヒー、彰彦はとなりの自販機で、六十円の紙パックのフルーツ牛乳を買った。

食堂には、他にも生徒の顔がちらほら見える。昼休みに仕入れておいたパンやおにぎりを、部活動の前に腹に詰め込んでいる連中のようだ。

窓際のテーブルで、彰彦となてなめ向かいの形で座ると、ついため息がこぼれた。

「参ったなあ……」

「参ったって、呼び出しのこと？」

僕だけじゃなく彰彦もまた、応接室に来るように言われていた。

「それとも、やっぱり世話とかが大変って、そういうことかな」

整った彰彦の顔が、心配そうに曇る。

「ああ、全然違うよ……何ていうか、いままで秘密にしてたことがあって……それがバレるのが嫌だなあって」

「何だよ、気になる」

「たいした話じゃないんだけどさ……やっぱり彰彦には先に言っとく」

ゴニョゴニョと小声で告げると、へええ、と感心半分びっくり半分の声をあげた。

「望のおばあさんて、やっぱいろいろとスゴイね」

「単に顔が広いってだけだよ」

「ていうか、望がそんなこと気にしてたなんて、思ってもみなかった」と、彰彦は意外そうだ。

「だってさ、妙な疑い持たれたらムカつくだろ」

「望とおばあさんを知っていれば、そんなセコい真似しないって誰でもわかるよ」

「学校の皆に、お蔦さんを紹介するわけにもいかないじゃん」

「それもそうだな」

ははは、と彰彦は、緑の草原がバックに出てきそうな、さわやかな笑いをこぼす。手に持ったフルーツ牛乳のCMに、そのまま使えそうだ。

「でも、何か安心した」

「何が？」

「有斗のことで、やっぱり迷惑かけてたらどうしようって、気になってたからさ」

まるで見当違いのことを心配していた僕に、かえって気が抜けたようだ。

「ほんとに厄介なら、あのお蔦さんが引き受けるはずないだろ。僕も同じ」

「そうだな。一緒に呼ばれたってことは、おれも手伝えることがあるんだろうし」

ひとつ肩の荷を下ろして、ほっとしたんだろう。彰彦は紙パックがへこむ勢いで、一気にフルーツ牛乳を飲み干した。

僕らが呼ばれたのは、有斗の今後を話し合うためで、応接室を使うのは来客のためだ。

来客とは、お蔦さんのことだった。

食堂でのんびりし過ぎたらしく、応接室に着いたときには三時半を少しまわっていた。

校舎は横に長い五階建てで、真ん中に美術室や理科実験室、パソコンルームなんかがあって、これを挟むようにして、西に中等部、東に高等部の教室がある。特別教室のならぶ真ん中部分の、一階が学食、二階が職員室で、職員室の横にふたつ応接室があった。

ちなみに校長室や理事長室はなくって、ふたりとも職員室の端っこに机がある。日頃から一般の先生たちと近い位置にいたいという、理事長先生の方針なのだそうだ。

彰彦が第一応接室の扉をノックすると、どうぞ、と声が応じた。

有斗はもう中にいて、僕と彰彦が最後だったみたいだ。応接室にいた五人の大人が、いっせいにこっちを向いたもんで、ちょっと引きそうになった。

桜寺学園は明治二十一年の創立で、こういう歴史ある学校の応接室というと、焦茶色の木製の壁とか革張りの重厚なソファーとかを想像しがちだけど、全然違う。

明るいクリーム色の壁紙に、薄茶のカーペット。ベージュの布張りのソファーと木のテーブルは、どこかの談話室のようで、思わず長居してしまいそうな居心地の良さがある。

十年くらい前に建て替えられた校舎は、どこもかしこも明るくて近代的な造りだ。

けれど先に来ていた有斗は、うんと心細かったんだろう。僕らを見ると、涙ぐまんばかりの顔になった。

三人がけソファーの向かいに、ひとりがけソファーがふたつ。奥にはお蔦さんが、手前には理事長先生が座っている。有斗は三人がけソファーのいちばん奥の隅っこ、お蔦さんの向かい側で、いつもの元気を置き忘れてきたように所在なげに小さくなっていた。

「おまえらの席は、ここな」

有斗の隣を示したのは、僕と彰彦の一年のときの副担任で、いまは有斗のクラス担任をしている、オージンこと小野仁先生だ。

僕の担任のカンカンもいて、テーブルのあいた側面を埋めるように、それぞれパイプ椅子に腰かけていた。その隣にもうひとり、カンカンより少し年上に見える女の人がいる。学校の専属カウンセラーの崎田《さきた》さんだ。桜寺にはカウンセリングルームがあって、崎田さんは生徒だけでなく、教師の相談も受けていた。

オージンに言われて、有斗の隣のソファーの真ん中に僕が、その隣に彰彦が座った。顔を上げると、左にお蔦さんが、右に理事長先生がいて、この絵面は妙に圧迫感を感じる。

お蔦さんの場合は態度のでかさなんだろうけど、理事長先生はからだがでかい。

カウンセラーの崎田さんもぽっちゃり型だけど、それよりふたまわりはふくよかだ。どこもかしこも丸っこくて、目だけがいつも笑っているから細く見える。

僕ら生徒に対してもにこやかに接してくれて、偉そうな態度をとることもない。その分、威厳には欠けるから、理事長というより、どこにでもいそうな人当たりのいいおばあさん、といった方がしっくりくる。

だから初めて会ったときも、学校の理事長をしているなんて夢にも思っていなかった。

「それにしても、理事長と滝本くんのおばあさまがご親友だったなんて、ちっとも知りませんでした」

カンカンの第一声に、からだ中の毛穴が、どわっと開いた。菅野先生には、悪気はまったくない。それは声でわかったけど、それまで借りてきた猫みたいだった有斗が、あっさりと食いついて予想通りの反応をする。

「そう、なんスか？　へーっ、スゲー、知らなかった！　へーっ、へーっ」

このときばかりは、僕はアルマジロのように、からだを丸めて隠れたくなった。

「撮影所で初めて会ったときから、意気投合しちゃってね」理事長が、ふふ、と笑い、

「まさか半世紀以上もつきあうことになろうとは、思ってもみなかったけどね」お蔦さんが、憎まれ口を返す。

理事長先生は、羽生初音《はにゅうはつね》という。三年近くひた隠しにしていた僕の秘密とは、この羽生理事長と祖母が、「初ちゃん」「蔦ちゃん」と呼び合う親友だということだった。

半世紀と言われても、十五の僕にはジュラ紀や白亜紀くらい、感覚のわからないものだ。とにかくふたりの出会いは、五十一年前の映画の撮影所だった。

お蔦さんは当時、神楽坂で芸者をしていたところをスカウトされて、映画に出はじめた頃だった。僕も昔のフィルムを見たけれど、若いときから決して美人とはお世辞にも言えない。た

だ、姿が粋《いき》で、妙な存在感がある。昔のファンだというご近所衆の話では、その辺が人気だったのだそうだ。理事長もまた、同じように言っていた。

「子供の頃から女優はたくさん見てきたけれど、蔦ちゃんみたいなタイプは初めてだったの。すごく興味がわいて、撮影所に行くたびに話しかけていたのよ」

一方の羽生理事長は——当時は結婚前だから、苗字は違っていたらしいが——女優でも映画スタッフでもない。興行主たる映画会社の、社長令嬢だった。小さい頃から撮影所に出入りして、家にも俳優や監督がしょっちゅう遊びに来ていたという。

そこまでは僕もきいていた。というより、そこまでしかきいていなかった。

僕はお蔦さんと、ずっと一緒に暮らしていたわけじゃない。

中等部一年の春休み、お父さんが札幌に転勤になった。お母さんは北海道出身だから、一緒に行きたいと言い出して、僕はせっかく受験した学校を辞めたくなかった。祖母の飯炊要員という大事な役目もあって、僕はお蔦さんに預けられた。料理は男が担うというのが、わが滝本家の家訓なのだ。

それまでは、両親と荻窪《おぎくぼ》に住んでいた。とはいえ週末はほとんど毎週、神楽坂に遊びに来ていたから、ご近所衆とも洋平ともつきあいは長い。

だから「初おばさん」とも、何度か顔を合わせたことがある。ふたりの間柄はきいていたから、もと映画会社の社長令嬢だった祖母の親友、という認識でいた。

それがまさか受験した学校の理事長だったなんて、知ったときにはまさに青天《せいてん》の霹靂《へきれき》だった。

入学して間もない頃、学内で初おばさんと行き合ったときは、まだ事態が呑み込めていなかった。

「あら、こんにちは。望くんがこの学校に入ってくれて、私も本当にうれしいわ」

にっこりと真相を語られたときは、裏口入学の四文字が頭の中をかけめぐり、血の気が引いた。

初おばさんが嫁いだのが、この学園を創設した羽生家で、旦那さんは三代目の理事長だった。ご主人は病気で早死にして、二十二年前に理事長に就任したのだそうだ。

「初おばさんが桜寺の理事だって、どうして教えてくれなかったのさ！」

食ってかかった僕に、お蔦さんはしれっと言った。

「だって望に言ったら、受験をやめると言い出しかねないだろ」

「あたりまえだろ」

「おまえが桜寺を受けたのは、あそこが気に入ったからなんだろ。せっかくの進路をそんなつまんないことで変えるなんて、ばかばかしいと思ってさ」

たしかに、祖母の言うとおりだった。桜寺は進学校としてはそこそこのレベルで、上の中といったところだろう。その割にクラブ活動も盛んで、何より自由な校風に魅力を感じた。毎年の学園祭も、ひときわ派手でにぎやかだ。

僕は私立を二校と公立を一校受けたが、第一志望は桜寺学園だった。

両親もそれを知っていたから、やっぱり祖母と同様、初おばさんのことは黙っていたと、後になってわかった。

いまでは僕も、その心遣いに感謝しているけれど、人に吹聴《ふいちょう》する気になるかというと話は別だ。お蔦さんの気性を考えれば、裏口入学なんて天地がひっくり返ってもあり得ない。それでもやっぱり周囲に気づかれないよう、初おばさんこと理事長とも、学内では極力顔を合わさないよう努力してきた。

だけど有斗や彰彦は、僕が思ってもみなかった反応を返した。

「えーっ、ノゾさん、カッケー。おれなら友達に自慢しまくるかも」

「何の自慢にも、ならないだろ」

有斗をじろりとにらむと、彰彦が笑いながら言った。

「理事長権限をひけらかすとか、人によっては、そういう奴もいそうだよね」

「何、それ、ダサ！」

「望らしいね」

「ノゾさん、カッケー」

「おまえ、そればっかじゃん。少しは日本語増やせよ」

有斗の深刻な状況も、目の前の大人たちのことも、僕らは一瞬忘れていた。

「場がなごんだところで、そろそろはじめましょうか」

羽生理事長は、まるでお遊戯会でもはじめるみたいな調子で、朗らかに言った。

大人五人に生徒三人。結構な数をそろえたにしては、話はあっけないほどすぐに済んだ。

「というわけで、ご家族の消息がわかるまで、金森くんは当面のあいだ滝本さんの家で預かることになりました」

羽生理事長がそう結んだとおり、今日の話の趣旨はそれだけだった。

家族が失踪した生徒を、別の生徒の家に預けるというのは、本来ならイレギュラーなんだろうが、お蔦さんの人品《じんぴん》は、他ならぬ理事長が保証人だから誰も異論はない。

「金森くんも、それでいいのね？」

「はいっ！」

理事長が顔を覗き込むと、有斗は元気よく返事した。

「金森くん、うれしそうだね」と、カンカンがにこにこする。

「はいっ、お蔦さんもノゾさんも話しやすいし、居心地いいです」

数日うちにいるあいだに、僕の名前は勝手に省略されてしまったが、祖母のことはそう呼ぶようにとこちらから注文をつけた。

「何よりご飯が、すげー旨いっス！」

「結局、そこかよ」僕がつっ込むと、「気持ちはわかるけどね」彰彦がフォローを入れる。

理事長先生が、ふっくらとした顔をほころばせた。

「滝本くんと森くんには、サポートをお願いするわね。もちろん私たち教師も全面的に協力するけれど、大人じゃ気づかないことや言い難いこともあるかもしれないし」

はい、と彰彦と声をそろえる。

「でも、何かあったら、必ず蔦ちゃんか、私たち教師に知らせること。もちろん、崎田さんでもいいからね」

先生たちが心配しているのは、有斗の心のケアだ。カウンセラーの崎田さんが呼ばれたのもそのためなんだろう。いつでも来てね、と僕らに向かってにこにこする。

「ひとつだけ、いいですか？」

何の障《さわ》りもなく落着しそうなところへ、水をさしたのはオージンだった。

いつものとおり、ちょっとよれたワイシャツに、物理の教師だから白衣を引っかけている。その白衣の右手がかるく上がり、どうぞというように理事長がうなずいた。

「僕も一年のときは望くんの副担任でしたし、滝本さんの家のようすもある程度承知しているつもりです。ご両親はいま札幌にいて、料理はすべて望くんが担当しているんでしたね」

「そうですよ」と、あたりまえのようにお蔦さんが答える。

「ひとり増えるだけといっても、食べ盛りの上に、金森はスポーツ選手です。からだをつくる上では大事な時期で、本来なら人一倍気を使ってあげなくてはならない。それを同じ中学生の望くんにさせるのは……」

「僕、できます！」

思わず大きな声が出てしまった。

「バランスのいい食事とか、たんぱく質をたっぷりとらせるとか、彰彦からきいて知ってます。

その辺もちゃんと考えて、毎日のメニューを決めています」

「そこなんだ、滝本」オージンは、僕の顔を見て言った。「毎日のことだからこそ、決して生やさしいことじゃない。たとえばおばあさんと金森とで、同じ献立にするわけにはいかないんじゃないのか?」

「それは……そうですけど……」

確かにそのとおりだ。僕と有斗は同じ年代だけど、おじいちゃんやお父さんの料理で育った僕は、好みはお蔦さんと似ている。けれどサッカー三昧の有斗には、量も栄養もそれだけでは足りない。もう一、二品、ボリュームのあるおかずを増やすことにした。

「滝本が無理をして、負担が大きくなるようじゃ後々続かない」

「無理なんてしてません!」

本当のことをいうと、大変じゃないと言えば嘘になる。だからこそ僕は、必死になった。

「いまはまだ三、四日のことだから、自分でも負荷に気づいていないかもしれない。けれどこれが何ヶ月も続いたら……」

お蔦さんが、ちらとオージンを見た。

「小野先生」

羽生理事長が、静かに、だが何かを抑えつけるような調子で言った。その目は、有斗に当てられている。有斗は、まるでだんご虫のように、小さく丸くなっていた。

「すまん、金森……」

オージンが、ようやく失言に気づき、有斗にあやまった。

「金森のことは、誰より心配しているつもりだ。だけど滝本のことも、同じように心配なんだ」と、声を落とした。

「たしかに……期末試験も控えてますし、勉強とのかねあいも大変でしょう。小野先生はその辺りを考えて、望くんにばかり負担がかかるようではいけないと、そう言いたかったのでしょうけど」

羽生理事長が、穏やかにフォローする。オージンがこくりとうなずいた。肯定するようにも、礼をしたようにも見える。

「だけど、心ないことを言ってしまった。悪かったな、金森」

もう一度オージンがあやまると、背中を丸めたままの有斗から、か細い声がもれた。

「やっぱり……おれ、迷惑っスよね……。おれ……どうしよう……」

呟いたきり、ぎゅっと目をきつくつむり、歯を食いしばった。

顔をうつむけていても、隣にいる僕からは丸見えだ。思わず向かい側のお蔦さんに、目だけで助けを乞うた。

「迷惑は迷惑だけどね。それでいいんだよ」

お蔦さんは、語りかけるように有斗に告げた。おそるおそる首を出したミドリガメみたいに、有斗がそろりと顔を上げる。

「迷惑をかけてかけられて、人ってのはそれがあたりまえなんだ」

「でも……人に迷惑をかけるのはいけないって、そう習って……」

「それは人を傷つけたり、嫌な思いをさせたり、そういう行為はするなって戒《いまし》めだよ。助けたり助けられたり、人間はお互いそうやって生きていく。迷惑だからと関わるのをやめてしまえば、人と人との繋がりも成り立たない。わかるかい?」

有斗は、わかったようなわからないような、曖昧な表情でお蔦さんを見詰めている。

「たとえばだ、道で迷子を見つけたとしたら、おまえはどうする?」

「んーと、近くに交番があればそこに連れていって、なかったら……一緒にその子の親を探すかな」

「その子のために時間や労力を使うのは、迷惑じゃないのかい?」

「そう言われればそうだけど、あんまり考えないな。もし親が見つかって、その子が喜んでくれれば、おれもきっとうれしいし」

うん、と満足そうに、お蔦さんはうなずいた。

「つまりは、そういうことさ。いまのおまえは、迷子になった子供と同じなんだ」

「そっか……」有斗は丸い目を、ぱちぱちさせた。

「勉強してサッカーして、いなくなった家族の心配をして。いまのおまえは、それでいっぱいいっぱいのはずだ。だから他のことはあたしらに任せて、存分に迷惑をかければいいのさ」

「でも、ノゾさんは、やっぱ大変スよね。おれ、料理とか全然できないし……」

こちらを向いた有斗に、にっ、と笑いかけた。

「僕さ、有斗が来てから、また料理が楽しくなったんだ」

「え、どうして？」

「いままで作ったことのない料理を、色々試してみようって気になったからだよ」

うちにはひいじいちゃんの代からのレシピ帳が何冊もある。全部チェックする機会なんてなかなかなかったけれど、改めて頁《ページ》をめくりながら、これはどうだろうとか、これなら有斗も好きかなとか考えて、それを実際に作ってみるのはすごく楽しい。

お蔦さんが言うところの、「ものは考えよう」だ。ただの義務なら辛いけど、時間や手間がかかっても、楽しいことなら苦にならない。

「有斗が美味しいっていっぱい食べてくれたり、これはイマイチだとか正直に言ってくれる方が、僕も張り合いが出る。だから迷惑だからって、よけいな遠慮なんてするなよ」

ぽん、と有斗の頭に手をおいた。

「ノゾさん……」

有斗がうるうるの目になって、それがまるで小鹿みたいだ。

「納得がいかれましたか、小野先生」と、羽生理事長がオージンに顔を向けた。

「はい……至らぬことを言って、申し訳ありません。勉強になりました」

オージンは椅子から立ち上がり、お蔦さんに向かってきっちりと頭を下げた。

「あ、おれも！」

ぴょこん、と有斗もソファーから腰を上げ、気をつけをした。

「不束者ですが、これからよろしくお願いします！」

「だからそれは、嫁の挨拶だって」

僕のつっ込みに、どっと笑いが起きて、それがお開きの合図となった。


彰彦や有斗は、顧問のオージンと一緒にサッカー部の練習に向かった。僕は美術部で、中等部の卒業記念の制作をはじめている。部室に顔を出すつもりでいたが、予定を変更して、祖母と一緒に学校を出た。

「これから、ちょいと寄るところがあってね。おまえも来るかい？」

お蔦さんが意味深な顔をするから、気になってついてきてしまった。

「店はいいの？」ときくと、「福《ふく》さんに頼んだから大丈夫さ」と返された。

福さんとは、「福平鮨《ふくへいずし》」のおばあちゃんだ。おじいちゃんが平輔《へいすけ》で、おばあちゃんが福江《ふくえ》さん。店の名は、ふたりの名前からとったのだそうだ。

福さんは、お蔦さん同様、昔から着物で過ごしている。下駄や草履にも詳しくて、鼻緒のすげ替えも難なくこなす。多喜本履物店の助っ人としては申し分なく、店を長くあけるときは、よく福さんにお願いする。神楽坂は土地柄、着物人口が高くて、料亭「ねぎ亭」のおかみさんをしている若葉ちゃんのお母さんなんかも、店では和服で通している。

今日のお蔦さんは、生成《きなり》の白っぽい着物に、黒地に赤い南天《なんてん》模様の帯。深い藍色の羽織《はおり》に、紫のストールを羽織っている。祖母の姿を横目でながめながら、僕はたずねた。

「どこへ行くの？」

「船橋だよ」

「船橋って……ひょっとして、有斗の伯母さんに会いに行くの？」

そうだよ、とうなずく。まさか本当に喧嘩をしに行くつもりでは、とその疑念も胸に浮かんだが、お蔦さんの機嫌は悪くない。ひとまずは大丈夫そうだと、祖母と一緒に駅の改札を抜けた。

学校は泉岳寺《せんがくじ》駅から、徒歩十分のところにある。泉岳寺から都営線で新橋《しんばし》へ出て、ＪＲに乗り換えた。乗り換えもわりとスムーズで、新橋から快速で、三十分ほどで着いた。

船橋駅は初めてだが、駅が東武《とうぶ》と西武《せいぶ》のふたつのデパートに挟まれているところは池袋《いけぶくろ》みたいだ。僕らは東武デパートの中にある、喫茶店に入った。

朝のうちに連絡を入れて、ここで五時半に待ち合わせしているという。

まだ十五分くらい時間があったし、小腹がすいたから、僕はミルクティーに加えてホットサンドも頼んだ。お蔦さんはコーヒーが来るより前に、煙草に火をつける。

「ここが禁煙じゃなくて助かったよ。酒を出す店でさえ禁煙に踏み切るなんて、まったくつまんないご時世になったもんさね」

最近の大幅値上げも何のその で、禁煙のふた文字は、お蔦さんには無縁のようだ。

店内はわりと混雑していて、こんなところで初対面の相手と会えるのだろうか、と心配になったが、ホットサンドがあとひと口になったとき、通路側の席にいた祖母の後ろに女の人が立った。

「あの、失礼ですが、滝本さんですか」

「はい、わざわざお呼び立てして、申し訳ありませんね」

ふり向いたお蔦さんは、椅子から立ってきちんとお辞儀をした。僕もあわててラストのひと口を口に放り込み、祖母に倣《なら》った。

「着物を着た年寄りだ」と、お蔦さんはそう伝えていたようだ。銀座《ぎんざ》や歌舞伎座《かぶきざ》にでも行かない限り、和服の人はまず見かけない。伯母さんもすぐにわかったんだろう。

「増川《ますかわ》と申します。このたびは、甥の有斗がお世話になりまして」

妹も甥も、我関せずの冷たい人だ。真淵刑事からきいたときは、鼻持ちならない意地悪そうなおばさんを想像していた。でも、目の前の女の人はいたってふつうで、何だか拍子抜けしてしまった。

お蔦さんが奥の席を伯母さんに勧めて、僕はお蔦さんのとなりに移動した。

正面から改めてながめたけれど、有斗と似たところはどこにもない。いつも面白いことを探しているような、よく動く大きな目の有斗とは対照的な、おうとつの少ない顔立ちで表情も乏しい。化粧気もないし服装も地味で、肩までの髪も美容院とは縁遠いとわかる。

「お仕事のほうは、大丈夫ですか？」

「ええ、夕方の営業ははじまっていますが、店が混み出すのは七時を過ぎたころですので、それまでに戻れば平気です」

伯母さんは船橋駅からは少しはずれた定食屋で、十一時から昼の二時までと、夕方の五時から十時まで働いていた。あいた午後の時間に家に戻って、三人の子供の食事や、掃除洗濯をしているという。

生活の疲れが全身からにじみ出ているのも、無理はないなと、見ていてちょっと切なくなった。

「主人も仕事で毎晩遅いもので、正直、三人の子供の面倒を見るのがやっとの有様で……それに2LDKのマンションでは、五人家族でも手狭なくらいで、もうひとり置く余裕なんてとてもなくて……」

有斗を預かれない理由を、伯母さんはそう述べた。夫婦と小、中、高の子供三人なら、たしかにその間取りではきついかもしれない。でも有斗の一家には、この伯母さんより他につきあいのある親戚はいない。しばらくのあいだ甥っ子を預かっても罰《ばち》は当たらないはずだ。いかにも申し訳なさそうにはしてるけど、有斗や金森家に関わるつもりは一切ないと、頭からはねつけているのに変わりないんだ。

伯母さんの言い訳をききながら、やっぱり僕は納得がいかなかった。

でも、お蔦さんは、そういう話をしに船橋まで来たわけではないようだ。

「甥御さんのことは、いいんですよ。私どもで、責任を持ってお預かり致します」

背筋を伸ばし、きっぱりとそう告げた。一方の伯母さんは、文句を言われる覚悟で来たのだろう。一瞬きょとんと目を見張り、それからあわててお願いしますと頭を下げた。

「ただ、甥御さんから、気になることを耳にしたものですから」

「何でしょうか？」

「妹さんと最近、喧嘩をなすったそうですね」

あ、と有斗の伯母さんが、思い当たる顔になった。

「そんなことはないとは思いますが、今回の妹さん一家の失踪と、何か関わりがあるなんてことは……」

「まさか！　私たちは、何の関係もありません！」

伯母さんの顔色が変わり、ひとつおいてとなりの席にいた買物客らしいふたり連れが、声に驚いてこちらをふり向いた。

「ですが、妹さん一家がいなくなったときけば、すぐに駆けつけるのがふつうじゃありませんか？　忙しいのはわかりますが、甥の顔さえ見に来ないというのは、正直、ちょっと違和感を覚えましてね」

伯母さんは、黙ってうつむいている。待つつもりなんだろう、お蔦さんは断りを入れて煙草を手にとった。ひと息吸って、煙を吐き出す。

その煙がフロアに消えたとき、伯母さんはうつむいたままでぽつりと言った。

「久仁枝とは……妹とは、金輪際《こんりんざい》、関わらないと決めたんです」

「何か、事情がおありのようですね。妹さんと、何があったんですか」

お蔦さんが水を向けると、伯母さんはようやく重い口を開いた。

「妹とは子供の頃から、決して仲のいい姉妹じゃありませんでした。価値観の違いというか、とにかくそりが合わなくて……それは大人になっても同じで……」

ひとりっ子の僕は、兄弟がいるだけでもうらやましいけど、たとえ親子や兄弟でも、相性の合う合わないはあるんだろう。ふだんから親しく行き来する間柄ではなかったようだ。

「八年前になります。主人の会社が倒産して、その後二年ほど働き口が見つかりませんでした。失業保険が終わると、私のパート代だけではやりくりのしようがなくて……消費者金融を利用して、足りない生活費を埋めるようになりました」

終わりのところは、消え入りそうな声になった。テレビなんかで明るいCMが流れているし、無人契約機でその場ですぐに借りられる。手軽さに釣られて、先月は三万、今月は五万というように、借金は少しずつ増えていった。

けれど、それを半年、一年と続けるうちに、利子は嵩み、借り高は知らぬ間にふくらんで、気づいたときにはとんでもない金額に化けている。増川さん宅の借金も、あちこちのローン会社から督促《とくそく》状が届きはじめたときには、三百万以上になっていた。

「それで妹のところに、お金を借りに行きました……本当はあの子にだけは頼みたくなかったけれど……でも、他にどうしようもなくて」

身内とはいえ日頃から仲が悪く、しかも相手は妹だ。伯母さんは姉として、きっと清水《きよみず》の舞台からとび下りるようなつもりで、お金の無心に行ったんだろう。

「でも、久仁枝も佳高さんも、まったく耳を貸そうとしなかった。特にご主人の佳高さんは、考えなしに借金をした私たちが愚かだと、その尻拭いをするつもりは毛頭ないと、けんもほろろの有様でした」

ひと息に言って、きゅっと悔しそうに唇を噛みしめた。

「一緒に行った主人も、ものすごく腹を立てて……子供たちの前ですら、未だに金森の家のことをよく言いません。自ずと子供たちにもそれが浸透して……」

「甥御さんを引き取れないのには、そういう事情があったんですね」

お蔦さんは納得したように、深くうなずいた。

「はい……有斗がひとりで残されたことも話してみましたが、誰もいい顔をしなくて……」

有斗は何もしていないのに、同じ年頃の従兄弟《いとこ》たちから悪く言われてるんだ。そう思うと悔しくて、さっきのホットサンドが喉《のど》にせり上がってきたみたいに苦しくなった。

「幸い主人の友人が無利子で貸してくれて、お金の方はどうにかなりましたが」

同じころ、ご主人の新しい仕事も見つかった。夫婦ふたりで一生懸命働いて、ようやく去年、友達に全額返済したのだそうだ。そう語ったとき、少しだけ顔が明るくなった。

「妹さんとは、それからはまったく？」

「あれ以来、一度も金森家には行っていません。それでも妹は、少しは悪いと思ったんでしょう。年に一、二度、ようす伺いをするみたいに、電話はかかってきました」

「最後に連絡があったのは、いつですか？」

「警察にも話しましたが、去年の春、たしか五月だったと思います」

姉妹のあいだで何らかの諍《いさか》いがあったということは、警察も把握している。有斗の口から真淵さんを経て、担当刑事に伝わったんだろう。伯母さんは、昨日訪ねてきた刑事にも、いまと同じ話をしていた。

「どんな話をなさったか、覚えてますか？」

「……お金を、貸してほしいと……」

いまの話をきいた後では、意外に思える。けれどお蔦さんは、最初から予想していたようだ。

「やっぱり、そうでしたか」とうなずいた。

「やっぱりって、どういうこと？」

思わず口を挟むと、祖母が口の端だけで笑う。

「うちにはお金がないと、有斗も言っていたじゃないか」

と、お蔦さんは、僕から伯母さんに顔を戻した。

「もしそれが本当なら、お姉さん同様、妹さんもまた、あなたしか頼る人がいないんじゃないかと、そう思えましてね」

「そうかも、しれません……でも、私は妹からお金の話が出たとたん、以前のことを思い出してしまって……」

「それも、当然でしょうね」と、お蔦さんが慰め口調になる。

「あのときの怒りが込み上げて、思わずきつい言葉であの子を責めていました」

妹に言うだけ言って、腹立ちまぎれに電話を切ってしまったと、肩を落とした。

「いま思うと……私に頼むなんて、よほど切迫していたのかもしれません。でも、五万でも十万でもいいから都合してもらえないかって、妹からそう言われたときには、悪い冗談としか思えませんでした」

一千万以上の収入があって、新しい一軒家に住んでいて、その程度のお金に困るなんて、たしかに不自然かもしれない。増川さんのご主人に至っては、向こうの嫌がらせじゃないかと、疑心暗鬼になっていたそうだ。

昨日、警察に話したのはそれですべてだと、伯母さんは言った。

「妹さんとは、それきりですか？」

伯母さんの顔が一瞬、泣き出しそうに歪んで、その首がこっくりと大きく縦にふられた。

まるでイソップ童話の、「アリとキリギリス」みたいだ。

夏のあいだ、アリは一生懸命働いて、キリギリスは唄を歌って遊び暮らしていた。やがて冬が来て餌《えさ》がなくなると、キリギリスはようやく自分の怠惰《たいだ》を後悔する。

だけど寓話の中のアリは、そんなキリギリスに食べ物を分けてあげた。僕が読んだ絵本の中では、アリとキリギリスが一緒に食事を囲むシーンで終わっていた。

たとえそうしたくてもできない、増川さんの生活が苦しいということは理解できる。

それでもやっぱり、僕は寂しくてたまらなかった。

原書では絵本と違って、キリギリスは死んでしまう。

けれど増川さんは、単に妹へのわだかまりというだけで、有斗の家族を見放したわけではなかった。

「警察には言えなかったんですけど……妹の一家がいなくなったときいたとき、私、咄嗟《とっさ》に思ったんです」

「何をです？」

「妹たちは、自ら望んで行方を晦《くら》ましたんじゃないかって……」

「どういう、ことでしょう」

お蔦さんが、真剣な顔になった。

「借金から、逃れるために……つまりは、夜逃げです」

決して大きくはない祖母の目が広がって、伯母さんをじっと見詰めていた。

第三章　知らない理由

『神楽坂一家三人行方不明事件』

あの夜からまる三日が過ぎた晩、有斗の家族の失踪は、警察から正式に発表された。

有斗の今後について学校の応接室で話し合いをもち、僕とお蔦さんは、船橋で有斗の伯母さんにも会ってきた。その日のことだ。

この後、僕らはそのフレーズを、嫌というほど耳にすることになる。

翌日の金曜日から、有斗の周囲は急に騒がしくなった。

「望、テレビ見てるか？」

朝から携帯が鳴るなんてめずらしい。相手は洋平で、時計の表示を見ると、七時二十二分。家を出て、神楽坂駅に向かう途中だった。有斗はすでに朝練をしているころだ。

「見てないよ。もう家出たし、もうすぐ駅」

うちは朝、テレビをつける習慣がない。お蔦さんも見ないし、テレビは居間にあるから、台所に立つ僕からはどのみち見えない。食卓も同じ台所にあるから、食事時もやっぱりテレビとは無縁だった。

「有斗の家族の事件、やってるぞ。結構でかい」

でかいというのは、あつかいがという意味だろう。びっくりして、思わず足が止まった。

「ホントか？」

「ちょっと待ってろ、いま……ああ、この局では終わっちまった。どっかよそで……」

僕の携帯は通話とメール限定だから、当然ワンセグもついてないしテレビも見られない。チャンネルを替えたらしく、少し間があいて、それから電話の向こうの雑音が急に大きくなった。洋平が、テレビの音量を上げたようだ。

『……ということで、三人の行方は、以前摑めていません。金森さんご一家が失踪して、すでに四日目の朝を迎えており、その安否が……』

「どうだ？」洋平の声が割ってはいる。

「うん、きこえる」

『室内に大量の血痕が残されていることから、何らかの事件に巻き込まれたものと……』

床に広がった大きな血溜まり。白い壁に散った赤い斑点《はんてん》。あの夜の光景がフラッシュバックして、たちまち心拍数がはね上がる。マスコミが騒ぎ立てるほどショッキングなニュースなのだと、いまさらながらに思い至った。

「有斗は？　傍にいないのか？」洋平の声がして、はっと我に返った。

「朝練で、一時間早く出た」

「そっか。でも、良かったな。警察とマスコミが動けば、きっとすぐに見つかるさ」

電話の向こうの声は、いたって能天気だ。

けれど違う心配が、初めて頭をもたげた。携帯を切ると、僕は学校へと急いだ。

いつもより二本遅い電車になったが、それでもホームルームの十分前には教室に着いた。幸い僕の心配は、杞憂《きゆう》に終わったようだ。少なくとも僕のクラスでは、誰も有斗の話をしていない。担任の菅野先生も、ふだんどおりいたって平和な話題に終始した。

考えてみれば、『神楽坂の金森さん一家』としか報道されてない。金森というのは、特にめずらしい苗字じゃないから、よほど親しい奴でなければ、すぐに有斗とは結びつけない。午前中、授業そっちのけで悶々《もんもん》とした揚句、その結論に辿り着いた。

「望、飯食いに行こうぜ」

同じクラスの連中と学食に行ったときには、すっかり気を抜いていた。だから、いきなり朝と同じフレーズが背中からきこえて焦りまくった。実際、びっくりした拍子に持っていたトレーが傾いて、ラーメンの汁がピンクのプラスチックの上に盛大に広がった。ひとまずトレーをテーブルに置いて、後ろをふり返る。

『……やはり血液の量からして、どなたかがかなりの重傷を負っているものと見られ、また、行方がわからなくなって、今日で四日目となることから……』

後ろのテーブルで、四人の男子生徒が携帯画面を覗き込んでいた。ワンセグ機能が付いていて、テレビが見られるようだ。ちょうど昼のワイドショーの時間にあたり、有斗の家族の事件を報道していた。学内への携帯の持ちこみは禁止されていないが、使用は昼休みと放課後のみ、機能も電話とメールに限るという規則があるから、こんなふうに学食で大っぴらに見ている奴はまずいない。それだけ関心があるのだろう。テレビの音に負けないような、声高な調子で話しはじめた。

「これよ、うちのがっこの一年だって。ほら、金森ってサッカー部の」

「ああ、去年の全中でやたら目立ってた、あのちっこい奴か」

「マジで？　じゃあ、あいつも行方不明なのか？」

「でも、おれ、昨日見たぞ、教室移動のとき」

「おれもサッカー部の奴に確かめた。週明けからずっと登校してて、部活もふつうに出てるって……行方不明なのは、あいつの親と姉貴なんだって」

えーとかマジかーとか、間延びした声がてんでにあがる。

「よく学校なんか来れるよな。ふつうは心配で授業どころじゃないだろ」

「いい根性してるよな」

――何にも知らないくせに、無責任なことを言うな！

腹の中で怒鳴って、はっと気づいた。きょろきょろと辺りを窺《うかが》って、有斗が傍にいないことを確かめる。家族がいっぺんに消えたんだ、心配しないはずがない。くたくたになるまでサッカーして、いっぱいご飯を食べて、よけいなことを考えずに眠る。有斗はどうにか自分を騙しながら、毎日を懸命にやり過ごしているだけだ。

けれど身近にいる僕ら以外、そんなことは誰も知らない。報道するマスコミも、見ている視聴者も、だからこそ面白半分に騒ぎ立てる。

今朝、ふいに心配になったのは、まさにこのことだ。そうと知らない四人組は、さらにとんでもないことを言い出した。

「……案外さ、犯《や》っちゃってたりしてな」

そこだけはさすがに声をひそめ、だが、思いきり意味深な含みがある。

「犯るって……あの一年が、犯人ってことか？」

「……ないことも、ないかも。そういう話、最近多いもんな」

「うわぁ、すげぇ。もしそうなら、おれたちも取材とかされるのかな」

こめかみの辺りから、たしかにびしりと音がした。僕はキレると頭の中が冷たくなる。このときはさしずめ、氷河期の襲来だった。

立ち上がった勢いで、座っていた丸椅子が倒れ、派手な音を立てた。後ろをふり返ると、音に驚いた四人がこっちを見ていた。この食堂は高等部の生徒も使うが、四人の制服は中等部のものだ。話の感じから、有斗と同じ一年ではないと見当がついていて、さらに僕が顔を知らないということは、たぶん二年生だ。

「テレビ消せよ。電話とメール以外は、禁止だろ」

怒鳴ったわけではないし、いくら上級生とはいえ僕みたいなチビじゃ、てんで威厳に欠ける。やり返される覚悟もしていたが、「すみません」案に相違して、携帯の持ち主はすぐに電源を切り、後の三人もそれぞれ頭を下げて、早々にその場を退散した。

拍子抜けした気分で、倒れた椅子を起こす。すっかり伸び切ったラーメンの丼と向き合ったとき、テーブルの向こう側にいた、同級生ふたりの視線に気がついた。

「望、こえーよ。何いきなりキレてんだよ」

「おまえみたいのがキレると、いちばんこえーんだよ」

テーブルを挟んでいた上に、ふたりは別の話題に興じていたから、四人の話はきいていなかったようだ。その事実に何よりほっとして、僕は倍ほどの太さになった麺をすすり上げた。


有斗の家族の事件は、相変わらずテレビで頻繁に流されていたが、当人の有斗はほとんど目にすることがなかった。僕や祖母が、気を使って見せなかったわけじゃない。

「何だか知らないけど、オージンがすげえ張り切っちゃって、手がつけられないんス」

その日の晩、へとへとになって帰ってきた有斗は、言うなり台所のテーブルに突っ伏した。

金曜の夜、神楽坂の人口はいつもの三倍増しになる。一月半ばのいまごろは、新年会シーズンだからなおさらだ。その人込みすらきつかったと、有斗はぼやいた。

「オージンの奴、ふた言目には『打倒！　多摩南《たまなん》』で。勝手に練習試合組んどいて、ひとりで熱血してるんスよ」

今月末、多摩南中学という強豪校との練習試合を組んだのは、有斗の担任でサッカー部顧問でもある、オージンこと小野先生だ。

「彰彦たちが事実上は引退したから、レギュラーの顔ぶれも一新したんだろ？　新チームを少しでも早く軌道に乗せようって腹じゃないのか？」

「たしかに、それもあるかも。やっぱアキさんが抜けたのは痛いっス。予想はしてたけど、ここまでゴールのレベルが下がるなんて想定外だ」

桜寺学園は中高一貫校だから、よほど成績に難がなければ、エスカレーター式で高等部に進級できる。受験がない分、夏以降も部活を続ける生徒がほとんどで、運動部にはもうひとつ、面白い風習がある。中等部三年の三学期からは、高等部の部活に参加できるのだ。うんと昔に野球部からはじまったそうだが、いまではスポーツ系のすべての部で伝統化されている。

冬休み明けを目処に、各部で新キャプテンへの引き継ぎが行われ、翌日からは希望する高等部の練習に顔を出す。見学と雑用がほとんどだけど、入部希望者にとっては早くから雰囲気に馴染《なじ》めるし、合わないと思えば入部を見合わせることもある。高等部側にとっても、新入部員の人数や力量の見極めができるから、どちらにとっても利があるそうだ。

去年の中等部のサッカー部は、彰彦と有斗のコンビが点を稼いでいた。それが使えなくなって、監督や顧問のオージンは試行錯誤の最中なんだろうと、部外者の僕にも予想がついた。

「いま、スープ温めるから、そのあいだ先に風呂入っちゃいな」

「駄目だあ……このままここで灰になりたい」

放っとくと、本当にここで寝入ってしまいそうだ。

「じゃあ、晩飯はいらないんだな。明太子入りのささみフライと、サバのマヨ焼き、卵餃子《ギョーザ》。

明日は休みだから、ちょっと豪華版なのに、残念だな」

メニューを並べると、それまで瀕死の状態だった有斗が、がばっと頭を上げた。

「卵餃子って、何スか？」

「餃子の皮の代わりに、うす焼き卵を使うんだ。その上から餡《あん》をかける」

「うまそーっ！」有斗の目が、電飾並みにきらきらし出す。「五分で風呂終えるんで、待ってて下さい！」

「せめて十分は入れよ」

そう返したときには、すでに有斗の姿は台所から消えて、階段を上る足音だけがバタバタと響いた。

「あの子ひとりで、三人分の埃《ほこり》が立つねえ」

有斗と入れ替わるように、台所にお蔦さんが入ってきた。

「しょんぼりしてたら、活を入れてやるつもりでいたけれど……逆の心配をした方が良さそうだね」

「逆って、何？」

「あの空元気《から》が、いつまで続くかってことさ。あれがあたしらへの、あの子の気遣いなんだろうよ」

そうか、と思わずため息がもれた。こういう気持ちを、もどかしいというのだろう。僕らへの気遣いなんて、する必要ない。もっと頼ってくれていいし、もっといっぱい助けてあげたいのに、どうしていいかわからない。

「あたしら大人にだって、うまいやりようなんてわからないんだ。おまえに見当がつかないのもあたりまえさ」

僕の心を、まんま見透かしたみたいだ。祖母には、こういうことが時折あった。

「でも、それでいいんだよ。どのみち最上の策なんて、誰にもわかりゃしないんだ。真っ暗な中、手さぐりでひとつひとつ欠片《かけら》を探し出すようなものさ」

最後まで放り出さずに、探し続ける。それが何より大事だと、お蔦さんは言った。人によって、見つける欠片はひとつひとつ違う。すべてを拾う必要もなくて、気持ちさえ通じれば、半分集めただけで十二分に威力を発揮することもある。

「だから正解なんて、もとからどこにもないんだよ」

うん、とうなずくと、またバタバタと階段を下りる足音がした。それが風呂場に消えると、お蔦さんがまた口を開いた。

「あの子は家でも、同じだったのかねえ」

「同じって?」

「ああして何も知らないふりで、毎日元気に過ごす……まあ、いちばんかすがいらしい気の使いようだがね」

子供は子供なりに大変だねえと、祖母は最後にそうつけ足した。

自分が宵《よい》っ張りなものだから、お蔦さんは朝寝坊にはとやかく言わない。

おかげで土日の朝は、朝食作りも免除され、好きなだけベッドの中でぐずぐずできる。

けれどその日に限っては、お蔦さんが部屋まで起こしに来た。僕をじゃない、有斗をだ。

「おまえにお客が来ていてね。顔を洗って、居間に来ておくれ」

祖母が声をかけているのは、隣の部屋だ。二階にはふた間しかなくて、隣は奉介おじさんの部屋になっている。ちょうどいまは絵の構想を練るために旅に出ているから、とりあえず有斗には、そこで寝起きしてもらうことにした。

祖母の声はよく通るから、廊下から筒抜けだ。もぞもぞと布団から這《は》い出して、眠い目をこすりながら引戸をあけた。

「客って、誰？　ひょっとして、彰彦？」

「何だい、おまえも起きたのかい。お客ってのは、ヨシボンだよ」

「真淵さん？」

「あとふたり、刑事課からも来ていてね。有斗に話をききたいそうだ」

とたんに、ぱっと目が覚めた。けれど隣からは、何の返事もない。まだ寝ているのだろうかと、祖母のえんじ色の着物の陰から隣部屋を覗くと、有斗は布団の中でちゃんと起きていた。

「……話って、何ですか？」

両手で握った布団から顔だけ出して、巣穴からおそるおそる外を覗く野鼠《のねずみ》みたいだ。

「そりゃあ、おまえの家族を探すための、あれやこれやだろ」

「でも、おれ、知ってることは全部話したし、それ以上は何も……」

「警察ってのは、同じことを何度も確かめるのが仕事だからね。知らないなら知らないと、もういっぺん言えばいいんだよ」

お蔦さんに諭《さと》されて、有斗が力なくうなずく。困ったねえと言わんばかりのため息をつき、

「後は頼むよ」と目で合図して、祖母は先に階下に下りていった。

僕は部屋に入ると、足許にころがっていたサッカーボールを拾い上げた。

「ほら、有斗、今日も練習行くんだろ？　何時だ？」

「……河川敷に、十時半」

「それなら九時半には出ないと……嫌なことはさっさとすませて、ちゃんと朝飯食って、こっちをがんばれ」

有斗の頭の上で、軽くボールを弾ませる。部屋にある目覚まし時計を見ると、八時十分を少し過ぎていた。

「ノゾさんも、一緒にいてくれますか」泣きそうな顔で、僕を見上げる。

「警察がオーケーくれれば……けど、きいてもいいのか？」

「どのみち、おれから話すことないし……大人ばっかだと、この前みたく緊張するし」

学校の応接室で、理事長や先生たちと今後の相談をしたときのことだろう。僕と彰彦が少し遅れて着いたとき、有斗は泣きそうな顔でソファーに小さくなっていた。

「じゃあ、警察の人に頼んでみるよ」

有斗の顔が少しだけ明るくなって、現金なものでそそくさと着替えをはじめた。僕も部屋に戻ってジャージをはいて、長袖Tシャツにもこもこパーカーをはおる。ふたりで洗面と歯磨きをすませて、居間へ行った。

「おはよう、ふたりとも。土曜の朝から悪かったね。有斗くんは週末も部活があると、お蔦さんからきいていてね」

ヨシボンこと真淵刑事は、すまなそうに言って、横にいるふたりを紹介した。

三人がけの長椅子に、三人の刑事さんが窮屈そうに収まっている。頭が半分くらい白くなった年配の刑事が橋本《はしもと》さん、三十代半ばくらいの、やたらとガタイのいい人は平田《ひらた》さん、とそれぞれ名乗った。

「有斗くんは、そこに座ってくれるかな」

三人がけソファーの向かいには、ひとりがけソファーがふたつならぶ。お蔦さんは右側に腰かけて、真淵さんはあいた左側を示した。けれど有斗は動こうとせず、代わりに僕のパーカーの肘のあたりを、ぎゅっとつかんだ。

「あのお、有斗が心細いみたいで……僕も同席しちゃだめですか」

刑事課のふたりが、互いにとまどった顔を見合わせる。そのあいだにお蔦さんが、有斗にたずねた。

「望がいた方が、話しやすいのかい？」

「はいっ！」

けれど年配の橋本さんは、ていねいだが断固とした口調で言った。

「滝本さん、やはりお孫さんはご遠慮願います。課長の指示で、滝本さんの同席には応じましたが」

僕もお蔦さんも、言ってみれば赤の他人だ。有斗は未成年だから、仮の保護者ということで、祖母だけはつきそいが許された。それも神楽坂署の刑事課長と顔馴染みで、あらかじめ根回しをしておいたからだと、後になって祖母からきかされた。

有斗はまるで、これから刑場に据《す》えられる罪人みたいに、しおしおと示された席についた。僕もおとなしく居間を出て、二階の自室に引き上げたが、要望が却下されたダメージは大きかったようで、事情聴取とやらは散々な結果に終わった。

九時過ぎまでの約一時間、三人の刑事は根気よくあれこれとたずねてみたが、有斗は何をどうきかれても、「知らない」の一点張りだった。

朝食をとる時間もなくて、急ごしらえの特大おにぎりをふたつ持たせて、有斗を送り出す。有斗を解放した後も、大人四人は閉め切られた居間の中で何事か相談していたが、

「望くん、悪いけど、ちょっといいかな」

有斗がいなくなるのを待っていたように、真淵さんが顔を出し、不発となった聴取の経緯を手早く述べる。

「それで、いまさら虫がいいようだけど、有斗くんから何かきいてないかと思ってね」

まったくだ、と憤慨を満面に出し、素っ気なく答えた。

「僕も何も知りません。有斗は本当に、知らないんじゃないですか」

それでもふたりの刑事さんは、僕にいくつか質問をはじめた。

「お父さんは毎日帰りが遅くて、土日も家にいなかったようだけど、有斗くんと話す時間はあったのかな」

「お母さんは、パート以外にも急に外出が増えたって、きいてないかい？」

「お姉さんの菜月さんのことは……たとえば、どこでバイトしていたとか、交際相手とか」

「両親の夫婦仲や、お姉さんとの親子関係は、どうだったのかな？」

そのいずれもが、僕にはまるきりわからない質問ばかりだ。知らないと、言葉を覚えたての九官鳥みたく、そればかりくり返すうち、ふいに昨日の祖母の言葉を思い出した。

——何も知らないふりで、毎日元気に過ごす。

かすがいらしい気の使いようだと、そうも言っていた。「子は鎹《かすがい》」の意味だろう。

たぶん、僕にしたのと同じ質問を、有斗にもしたに違いない。僕が答えられないのはあたりまえだけど、同じ家にいた有斗が、まるきり知らないというのは逆に妙だ。

お蔦さんのように、あけっ広げなのはむしろ稀《まれ》で、たいがいの大人は、子供には何でも隠そうとする。「子供の耳に入れては、教育上よろしくない」との建前で、子供に余計な負担をかけたくない、守ってやりたい、という親心なのだが、いつだったか祖母が言っていた。

「そうしないと、自分自身が倒れてしまうんだ。子供の前で精一杯虚勢を張って見せることで、どうにか自分も立っていられる。やむにやまれぬ、そういう大人の事情もあるだろうね」

けれど、どんなに上手に隠したつもりでいても、子供は案外敏感に、大人の秘密に勘づいているものだ。

有斗のお姉さんは大学生で、僕らから見ればすでに大人だ。大人三人の中で、有斗だけが子供の役割を果たしていたとしたら——。「子は鎹」のかすがいの役目を、必死に演じていたとしたら——。有斗の「知らない」は、まったく逆の意味を帯びてくる。

知っていたからこそ、知らないふりをした。無邪気な子供のふりで、家族のかすがいになろうと必死だった。

鎹というのは、建材同士を繋ぎ止めるための曲がった形の大釘だと、辞書にあった。

有斗が繋ぎ止めようとしていた家族は、有斗の前から消えてしまった。それでも懸命に知らないふりを続けている。それはつまり、口にすればバラバラになってしまう、二度ともとには戻らなくなると、誰よりも有斗が承知しているからではないだろうか。

「僕は本当に、何も知りません」

最後通告のようにもう一度言うと、三人の刑事さんは諦めたようなため息をついた。

「でも……有斗もそのうち、何か思い出すかもしれません」

「そうだな、まだご家族がいなくなったばかりで、有斗くんも混乱しているだろうし」

橋本さんが、藁《わら》をも摑むような顔をして、平田さんは自分の携帯番号を書いて僕にさし出した。

「有斗くんが何か思い出したら、いつでも連絡をくれないか」

さっきは追い払われてムッとしたけれど、有斗の家族を探してくれているのはこの人たちだ。

「何かわかったら、必ず知らせます。だからどうか、有斗の家族を見つけてください」

僕はうんと気持ちをこめて、三人の警察官に頭を下げた。


「さっきの質問、何だか変だったね」

神楽坂署の三人が帰ると、朝昼兼用の食事を作りながら、お蔦さんに言ってみた。何だか朝から疲れてしまって、お茶漬けで済ませることにした。

「誘導尋問てわけじゃないけど、質問が妙に具体的だった」

「有斗に対しては、もっとあからさまだったよ。不在ぎみの父親、母親の外出、姉のバイトと交際相手、両親の不仲、親と娘との諍い、それと借金……こんなところかね」

台所のテーブルで一服しながら、お蔦さんは指を折った。

「何か、きいてるだけでお腹いっぱいだ。そんな家庭内事情より、強盗とか変質者とかを探した方が早いと思うけど」

「おまえも現場を見たろう？　思い出してごらん、室内は荒らされていたかい？」

「そういえば……」

血痕があまりに生々しくて、他のところにまでは頭がまわっていなかった。テーブルとソファーが、くの字の形に大きくずれていて、変わったところといえばそこだけだ。荒らされたという雰囲気はなかった。むしろ、何かのために場所をあけた……おそらくはあの大きな血溜まりだ。

「怪我人を運び出すために、家具を移動した……そんな感じだった」

「鑑識の調べでも、室内に物色された形跡はないそうだ。時計や宝石、ブランド品のたぐいも手つかずだったし……ただし、現金だけは残っていない」

「犯人は、お金だけを奪ったってこと？」

「奪われたんじゃなく、残していかなかった。ただ、それだけじゃないのかね」

あ、と僕はようやく気がついた。

「家族それぞれが、財布を持って出た……そういうこと？」

「三人が持っていたはずの携帯も、やっぱり家の中からは見つからなかったしね」

警察ですでに確認済みだが、携帯からは三人の居場所を特定できなかった。電源を切っているか、電波が届かない場所にいるのか、あるいはもっとまずい状況もある。

「外から押し入ってきた犯人が、鞄ごと持ち去ったのかな……」と、その心配を口にした。

「母親と娘の物なら、鞄ごとって線もありそうだけどね」

有斗のお父さんは財布も携帯も、ふだんから上着やズボンのポケットに入れていた。物取りなら財布はともかく、わざわざ携帯まで持ち去る必要はない。もっと金目の物が、他にいくらでもある。祖母の言い分を考えてみて、ふとひらめいた。

「強盗じゃないとしたら……犯人は有斗の家族の顔見知りかもしれないってことか」

「いまのところ、その線がいちばん濃厚のようだね。ただ、もうひとつの可能性も捨ててはいないようだがね」

「もうひとつって？」

「家族三人の中に、加害者と被害者、両方がいるということさ」

「そんな……」

口では否定しながらも、さっきたずねられたばかりの質問が、頭の中を駆けめぐった。

すべて家庭内のトラブルの種ばかりだった。口論の果てに、かっとなって刺した。たぶん家の中で起きる事件で、いちばん多いのは家族間のトラブルじゃないだろうか。

「アリバイのある有斗以外は、加害者の可能性があるからね」

「アリバイって……」

「妙な具合だけれど、あたしらがその証人さね」

血の乾き具合から、事件が起きたのは十四日の夜、五時半から六時のあいだ。この三十分に限定されたのだそうだ。有斗はそのとき、僕らとここにいて、宿題にとり組んでいた。

有斗は事件当日、サッカー部の練習のために、昼食を食べてすぐ家を出た。昼の十二時より少し前だと、有斗は言っていた。このとき両親とお姉さんはまだ家にいて、三人がいつ家を出たのか、いまのところ目撃証言がなくはっきりしない。

金森家にはセキュリティ・システムはなく、周辺の防犯カメラにも三人の姿は映っていなかった。

「ただ、あの日、金森家に来客があったことだけは確かなようだね」

「来客って、誰？」

「それはわからないけど、近所の人が見たりきいたりしてるんだ」

神楽坂署から無理やり引き出したわけではなく、お蔦さんが自前で入手した情報だった。あの辺の自治会長とも、祖母は昵懇《じっこん》の仲だ。事件が起きた後、防犯相談のために一軒一軒まわったという自治会長経由で、ご近所の目撃証言がいくつもとれた。

「数は案外多かったんだが、弊害もあってね。証言のばらつきが、あまりに大きいんだよ」

祖母にはらしくない、長いため息をこぼした。

「時間だけでも、午後四時から八時までと開きがあってさ。からだつきも小柄な痩せ型から、大柄な筋肉質まで、よりどりみどりだ」

「……それ、明らかに別人だよね」

「あと、玄関チャイムをしつこく鳴らしていた、いや、玄関先で怒鳴ったりドアを叩いていた。あるいは車が止まっていた、車はなかったと、状況もさまざまなんだ」

「何で、そんなことに……」

「いまの時期だと五時には暗くなっちまうし、着ぶくれして体型もわかり辛い。目は当てにはならないし、音だけきいたという手合いも多くてさ」

金森家の前で後ろ姿を見かけた。金森家かどうかはわからないが、物騒な音や声をきいた。中途半端な断片が、ばらまかれているに等しい。ひとつの形にするには裏付けが不可欠で、これができるのは警察だけだった。

「せめて、ご近所から直に話をきけば、少しはまともな形になるんだろうが……あの子をかくまっている以上、そうもいかないからね」

祖母があからさまに動けば、有斗の居場所が知られてしまう。じっとしているのが苦手な祖母には、歯がゆくてならないようだ。

「来客は男。いまのところ一致しているのは、それだけさ」

「何の手がかりにもならないよ」

がっかりしながら、昨日の残りの明太子を載せたお茶漬けを、祖母の前にだけ置いた。

「おまえは、食べないのかい？」

「何か、食欲なくなった」

有斗の家族を探す手がかりが、ひとつもない。それがやりきれなかった。

「そんなんじゃ、この先やっていけないよ」

お蔦さんが茶碗を持ち上げたとき、チャイムが鳴った。

店は十一時からだから、シャッターはあいていない。店の外にも呼び出しブザーがあるけど、音が違う。店の裏手にあたる、玄関のチャイムだった。

玄関に出てドアをあけたとたん、それまで重くふさがっていた気分が一気に軽くなる。

チェックのスカートに白いダウン姿の、楓が立っていた。

「よかった、望、いたんだね。メールしたけど返信なかったから、ちょっと迷ったんだ」

お蔦さんに挨拶して、楓はその隣に座った。

警察と向かいあっていたとき、ポケットの中の携帯が鳴った。メールの着信音だったからそのままにして、チェックするのを忘れていた。

「これから友達の、誕生日プレゼントを買いに行くんだ」

仲間内で流行《はや》っている原宿《はらじゅく》のショップまで行くつもりで、その前にここに寄ってくれたようだ。

「受験生って言っても、案外呑気だな」

「この前の模試の結果が良かったから、ちょっと息抜き」と楓が笑う。

洋平と同様、楓も受験を控えている。邪魔になってはいけないと、少し前から電話やメールは控えていた。

「メールなら、勉強の合間にチェックするから、気にしなくていいのに。最近、望からはくれないなあって、気になってたんだ」

だめだ……嬉しくて顔がにやけそうだ。あわてて祖母と楓から顔を逸らし、中身をチェックするふりで冷蔵庫をあけた。

「楓、お腹すいてない？　何か作ろうか……キノコと明太子のクリームパスタとかどう？」

「朝ご飯食べてきたから、あんまりすいてないけど……でも、それ美味しそう」

「トマトクリームでもいいし……カルボナーラもできるよ」

ようやく顔のデッサンが落ち着いて、後ろをふり向く。

「あたしとは、えらい待遇の違いだねえ」

お茶漬けを食べ終えた祖母が、ちくりと嫌味を言う。

「何なら、お蔦さんも食べる？　同じ具材で和風にしてあげるよ」

内心ではこのやろうと思いながらも、顔には出さず機嫌をとる作戦に出る。お蔦さんは、クリーム系パスタは好まない。

「お茶漬けで十分だよ。それより望も、一緒に行ってきたらどうだい？」

僕にではなく、楓の方を向いて言った。気を使っているつもりなのかもしれないが、どうも祖母のこの手の気遣いはわざとらしい。

「女の子用のショップだから、苦手かもしれないけど……良かったら一緒にどうかなとも思ってたんだ」

「僕はそういうの、全然苦手じゃないから！」

楓の気が変わらないうちに、急いで返事する。楓に笑顔を返されて、一瞬、祖母の存在を忘れて、また頬の辺りがゆるんでしまった。

パスタを茹でながら、となりのコンロでクリームソースを作る。多めのバターと小麦粉を弱火でかるく炒め、だまにならないよう気をつけながら、少しずつ牛乳を加える。グラタンのホワイトソースと同じ手順だが、心持ちとろみをゆるくするのがこつだ。

別のフライパンで、たっぷりの舞茸とシメジを炒め、ホワイトソースには、茹でたパスタと皮をとった明太子を投入する。明太子は火の通りが早いから、ここから先は手早さが勝負となる。火を通し過ぎると、ぼそぼそした食感になるんだ。ピンクの粒々が麵にまんべんなく行き渡ったら皿に盛り、炒めたキノコを上に載せた。

「はい、どうぞ」

皿に盛って刻み海苔をかけ、テーブルに置いた。いただきます、と楓がフォークをとる。

「美味しい！　クリームの後に明太子のピリ辛がちょっとだけきて、キノコと海苔《のり》の香りもいい。こんなの初めて食べた」

本当に美味しそうに頰張る楓を見ていると、それだけで幸せな気分になる。けれどその気持ちも、楓のひと言でしゅんとしぼんでしまった。

「そういえば、テレビでやってた行方不明事件て、神楽坂だよね？」

楓の横にいるお蔦さんが、意味ありげな視線を僕に送った。

「お蔦さん、顔が広いから、ひょっとして知り合いかなあって思って」

「え、と……お蔦さんじゃなく、どっちかっていうと、僕、なんだよね」

「そうなんだ！」と、楓が切れ長の目を、大きく見張る。

「あの家の末っ子が、桜寺の一年生でさ……」

こちらを向いている祖母に、どうしようと目で問いかけたが、僕に任せるつもりなんだろう、何も返してくれない。迷っていると、楓が急に調子を変えた。

「ごめんね、望の友達だって知らなくて、興味本位な言い方しちゃった」

ひどく申し訳なさそうにあやまって、それから妙に真面目な顔をした。

「うちもお母さんのこととか色々あったし、どこの家にも知られたくない事情のひとつやふたつはあるって、前にお蔦さんも言ってたし……何か複雑な事情があるなら、話さなくていいよ。それより、早く家族が見つかるといいね」

昨日、学校で心ない反応を目にしたばかりだ。思わずほろりときちゃいそうなほどありがたくて、胸がじいんとした。父親の奉介おじさんとは、ついひと月ほど前に再会したばかりだ。母ひとり子ひとりが長かったせいか、楓は歳の割に浮ついたところがない。

「奉介の娘にしては、上出来だ」

と、お蔦さん流の褒め言葉を口にして、祖母は気づいたように楓にたずねた。

「複雑な事情って、どうしてそう思うんだい？　ニュースやワイドショーでは、そんなことまで言ってたのかい？」

「ネットで噂が流れてたって、友達が」

いまの時代、本当に恐いのはテレビ報道なんかじゃない。テレビも新聞も、スクープ専門の写真週刊誌ですら、責任の所在がはっきりしている。だけどそれが、まったくないメディアがひとつだけある。

インターネットだ。

閲覧も書き込みも、誰にでも平等にその権利が与えられ、いまや一国の政情を左右するほどの力がある。けれど逆に言えば、世界中に散らばる情報源《ソース》を、規制する術《すべ》はないということだ。

「噂って、どんな！」

昨日の学食での光景が、ふたたびよみがえる。あんな無責任な発言が、そのままネット上に書き込まれる。そんなことすら、あってあたりまえの世界だ。

「色々……昨日の塾で男子たちが話してて……中のひとりが検索好きなんだ。気になる事件とか書き込みをチェックするのが日課で……で、昨日の話題が、あの行方不明事件だった」

「それって、どんな書き込み？」

「だから、色々……」と、楓が口ごもる。そのようすからして、決して良い噂ではなさそうだと予測がついた。僕の友達ときいたから、よけい言い辛いんだろう。

察した祖母は、先に手の内を明かした。

「実は、その一家の末っ子を、いまうちで預かっていてね」

「そう、なんですか！」

祖母と僕の顔を、交互に見る。僕はこくりとうなずいた。

「どんな話であれ、一応、知っておきたいんだがね」

「たぶん、いい加減な中傷だと思うけど……」

そう断りを入れて、楓はいくつかの噂を、遠慮がちに披露した。

「まず、お姉さんの元交際相手が、犯人の有力候補としてあげられていて……前にもそういう事件がいくつかあったし」

「元交際相手って？」

「お姉さんがバイトしてた、キャバクラのお客で……」

「キャバクラぁ？」

思わず素《す》っ頓狂《とんきょう》な声を出すと、お蔦さんが顔をしかめた。

「少し、黙っておききな。いまどきの女子大生は、飲み屋でのバイトなぞめずらしくもないそうだよ。そう目くじらを立てるほどのことじゃない。それより相手の男ってのは、どんな奴だい？」

自身も水商売をしていたから、この辺りは寛容だ。別れ話がこじれ、いっときはストーカーになっていたらしいと、楓が小さな声でつけ足した。

「あくまでネットの噂だから、キャバクラも嘘かもしれないけど」

「他には？」

「あとは、金森さんの家族の話も色々……」

「きかしとくれ」

夫婦仲が最悪だったとか、両親とお姉さんも仲が悪かったとか、さらに金銭トラブルを抱えてたとか、楓の精一杯の気遣いさえ役に立たないほど、話の内容はひどいものばかりだった。

お蔦さんは眉ひとつ動かさず話をきき終え、ひとつの推測を導き出した。

「どうやら噂の出所は、お姉さんの周辺のようだね」

菜月さんの情報だけやたらと詳しく、両親の不仲なども、年頃の娘なら友達に漏らしてもおかしくない。いまは誰でもネットを使うけど、ヘビーユーザーはやはり両親ではなくお姉さんの世代だ。たしかにと、僕と楓がうなずいた。お蔦さんは、楓にひとつだけ釘をさした。

「有斗がここにいることだけは、内緒にしておくれ。そのうち嗅《か》ぎつけられるかもしれないけれど、できるだけ長くそっとしといてやりたいからね」

「はい」と、楓は真剣な顔でうなずいた。

「それにしても……いまの話のいくつかは、本当なのかもしれないね」

「お蔦さんまで、なに言い出すんだよ」

「今朝の刑事の質問と、妙に符合するものがあるじゃないか」

「そういえば……」

僕に質問をしていたのは、刑事課のふたりのうち、主に若い方の平田さんだ。そのやりとりを反芻《はんすう》しているあいだに、お蔦さんは警察が来たときの様子を楓に語った。

「まさかネットの噂を真に受けて、たしかめに来たってこともないだろうし。おそらくは似たような事実が、警察の捜査でも上がっているんじゃないのかね」

お蔦さんが推測を述べ、ほんの一瞬、台所がしんとした。そのときを狙ったように、電子音が響いた。思わずからだがびくっとしたが、家の電話の呼び出し音だった。

「はい、滝本ですが」

廊下に近いところにいた祖母が、受話器をとった。電話の相手と挨拶を交わし、だが、すぐにその声がぴりりと緊張する。

「有斗が？　ええ……ええ……そうですか、わかりました。すぐにそちらに向かいます」

電話の脇のメモにペンを走らせて、お蔦さんは受話器を置いた。

「電話、誰から？　有斗に、何かあったの？」

「担任の小野先生からだよ。有斗が、病院に運ばれたって」

「まさか……事故ですか？」

楓の母親も、先月怪我をして入院したばかりだ。自分のことのように、たちまち青ざめる。

「いや、練習中にいきなり倒れて、食べたものを盛大に吐いたそうだ。その後も吐き気が止まらなくて、先生の車で病院に運び込んだって」

きいたとたん、ざあっと血の気が引いた。

「どうしよう……今朝持たせたおにぎりかも……昆布の佃煮《つくだに》は封をあけたばかりだから……きっと明太子だ！」

「少しは落ち着いたらどうだい。ちゃんと火を通したんだろ？」

「うん、生は怖いから焼き明太子にした」

「それなら大丈夫だろ。あたしらも食べたけど、問題はなかったよ」

お蔦さんのとなりで、楓もうなずく。

食材の鮮度を嗅ぎ分ける能力にかけては、僕はこの祖母を全面的に信頼している。ひとまず胸を撫でおろし、だが、すぐに別の心配が頭をもたげる。

「吐き気が止まらないってことは、やっぱり何かの中毒じゃないかな……」

練習に向かう途中、買い食いでもしたんだろうか。もしかしたら、昨日の夕食を食べ過ぎたのが原因かもしれない。次から次へと心配の種を増やす僕に、やれやれと祖母はため息をついた。

「さっさと病院に行って、原因をきくのが早道だと思うがね。それに……中毒は何も、食べ物とは限らないよ」

「食べ物じゃないなら、何?」

お蔦さんは答えず、さっさと羽織とショールをとりにいく。

「ごめん、楓。一緒に行けなくて……」

「そんなのいいよ。それより有斗くんの具合、後でメールしてね」

せっかくのデートがふいになったけど、がっかりする余裕もないほどに、そのときの僕は動《どう》顛《てん》していた。

「有斗くんがすっかり良くなったら、三人で一緒に遊びに行こ」

混乱していた頭に、ふっと風が通った。そんな気がした。

「うん……ありがと、楓」

このときの楓の笑顔を、一生忘れないよう、僕は大事に胸にしまった。

家の前で楓と別れ、僕とお蔦さんはタクシーで大田《おおた》区の病院に向かった。

お蔦さんの予想は見事に当たって、初めてきく病名に、僕はぽかんと口をあけた。

「自家中毒?」

「そうなんだ。ふつうは十歳以下の子供に見られる症状らしいけど、稀に有斗くらいや、大人にも出ることがあるそうだ」

オージンは、心配と安堵のない交ぜになった表情で、僕と祖母にそう語った。主に子供に多い嘔吐症で、猛烈な吐き気や突然の胸のムカつきに襲われて、発作のような症状を起こすという。お蔦さんには、馴染みのある病気のようだ。

「おまえの父親も、昔一度なったことがあってね」

「そうなんだ……食べ物じゃないなら、原因は何なの？」

「はっきりとしたメカニズムは、まだわかってないそうだけど……精神的なストレスや疲れが原因だって……」

答えたオージンが、辛そうにうつむいた。

「やっぱり有斗、無理してたんだ……僕、全然気づいてやれなくて……」

『有斗の面倒は僕が見る』なんて、えらそうに言っておいてこのざまだ。自分のいたらなさが情けなくて、それ以上に有斗への申し訳なさで胸がいっぱいになる。

「引き金になったのは、おそらく今朝のお客だろうよ」

僕を引き立てるように祖母が言って、先生にもその話をする。

「そうですか、警察が……」オージンはため息のように呟いて、そして言った。「有斗に無理をさせた、僕が悪かったんです……マスコミに大きく報道されて、よけいなことを考えるより、からだを動かしていた方が楽じゃないかって、練習量を増やしてしまった」

「練習メニューを増やしたのは、有斗のためだったんですか？」驚いて、僕がたずねた。

「他の理由ももちろんあるけど……有斗のことも気になってな」

苦い分量の方がうんと多いような、そんな苦笑をこぼす。お蔦さんは、その顔をちらりと見上げ、てきぱきと言った。

「有斗はまだ、治療中でしたね」

「はい。吐き気止めに座薬を使って……後は水分と糖分の補給が大事とのことで、ブドウ糖を注射して、いまは点滴をしています」

「話はできますか？」

「症状は落ち着きましたし、大丈夫です」

「それなら望、おまえが行っておいで。あたしは病院の先生と話をしてくるから」

オージンの後について、処置室へ行った。病院の規模としては中くらいだけど、建物は新しい。ただ土曜日の午後のせいか、がらんとして、寒々しい雰囲気があった。河川敷から近い大田区内の病院を、ネットで探して見つけたとオージンが言った。

「話がすむまで、望は有斗についてておやり」

お蔦さんとオージンが廊下を先へ行くと、僕は声をかけて処置室のカーテンをくぐった。

有斗は狭いベッドの上に、横になっていた。

日に焼けた細い腕に、点滴の針が刺さっているのが痛々しくて、それだけで泣けそうになった。丸い椅子を引き寄せてベッドの横に座ると、眠っているように見えた有斗が、ふっと目をあけた。

「あ……すいません、おれ……また迷惑かけて……」

「いいんだ、有斗……有斗があやまることなんて、ひとつもない」

点滴の針に気をつけながら、目の前に投げ出された手を握る。

「ごめんな、有斗。こんなになるまで無理させて……」

「何で、ノゾさんが……ノゾさんがあやまることなんて、何にも……」

「もう、有斗がひとりで抱え込まなくていいんだ。吐き出せない色んなものを、溜め込む必要なんてないんだ。僕やお蔦さんが半分持つから、どんな話をきいたってびくともしないから、だから有斗、もう何も知らない子供のふりをしなくてもいいんだ」

僕に向けられた有斗の目が、びっくりしたように見開かれ、そのまん丸の目から、ぶわっと吹きこぼれるように涙がこぼれた。

「……おれ……おれ……ホントは、ずっと辛くて……でも、友達にも誰にも言えなくて……」

点滴の針のない右腕で顔を隠し、歯を食いしばっている口許だけが見える。

「みんな、いなくなる前から……うちの中、ぎすぎすして……おれがいないところでは、喧嘩ばかりで……だから、おれ……」

「うん、わかるよ、有斗。有斗はみんなのために、頑張っていたんだろ?」

あいた手で頭をなでると、うわあああんと、小さな子供のような泣き声が上がった。

びっくりした看護師さんが、入口とは反対側のカーテンから顔を出す。僕と有斗を交互に見て、ほっとしたように小さくうなずいた。好きなだけ泣きなさいと、許しをもらったような気がして、それまで懸命に堪《こら》えていた涙が、はずみのように僕の目からぼろぼろとこぼれた。

僕と有斗が泣きやむまで、お蔦さんも先生も戻ってはこなかった。

第四章　サイレントホイール

「最初の電話がかかってきたのは、去年の五月でした」

心持ちうつむき加減で、それでもしっかりとした声で、有斗は話しはじめた。

隣のひとりがけソファーにはお蔦さんが、向かい側の三人掛けには、窮屈そうに三人の刑事が収まっている。まるでデジャヴを見ているような、二日前と全く同じ情景なのに、ひとつだけ違う。有斗の表情だ。

警察の事情聴取で「わかりません」を連発し、同じ日の午後に有斗は練習中のグラウンドで倒れた。それが土曜日のことだ。おそらくストレスからくる自家中毒症だと診断されたが、治療が終わるとすぐに家に帰ることができた。日曜と、念のため月曜日も学校と部活を休ませることにしたが、その朝、意外なことを言い出した。

「おれ、知ってること警察に話します」

病み上がりの小さな顔は、まだ頼りなげにも見えたが、病気と一緒にからだ中の悪いものをすべて出し切ってしまったように、妙にすっきりとしていた。祖母もきっと同じように思ったんだろう。午後に警察に来てもらうことにした。四時半と、遅めの時間にしたのは、有斗の要望があったからだ。

「できればノゾさんに、一緒にいてほしいんだけど」

もちろん僕にも異存はない。だから学校が終わる時間に、合わせてもらった。

有斗はやっぱり緊張はしてるけど、敵に背を向けてぶるぶる震えていたような、この前とは違う。目の前にいる三人の大人は、敵ではない。味方につけるためには、自分もできるだけのことをしなくてはならないと、必死でそう言いきかせているように見える。

僕は台所から運んできた椅子を有斗のとなりに据えて、その横顔を見守っていた。

「去年の五月というと、君が桜寺学園に入学した翌月だね？」

「はい。ゴールデンウイークが終わった直後だから、五月の十日より前くらいです」

「金融会社から、最初に電話があったんだね？」

「その前にも、あったのかもしれないけど……それ以来、ほとんど毎日かかってくるようになったから……」

質問はもっぱら、ソファーの向かって右端に座る、生活安全課の真淵刑事から出されている。生活安全課は、十代の青少年という奴を日夜相手にしているし、真淵さんとは僕らもいちばん馴染んでいる。有斗を少しでも恐がらせないための配慮だろう、僕の同席もあっさりと許可されて、刑事課のふたりの刑事は、相槌《あいづち》と書記役に徹していた。

「督促の電話は、毎日どのくらいかかってきたのかな？」

「んと、多いときで、一時間に三、四本」

「そんなに……大変だったね」

「いろんな会社からかかってきてたから……でも、ただ数が多いより、八時ちょうどの次は九時って具合に、わざわざ一時間後ぴったりに電話してくるところもあって、まるで時限爆弾みたいだって、お母さんが参ってました」

「嫌がらせか」

真ん中でうなずきに徹している年配の橋本刑事が、眉をひそめて呟いた。

「督促してきた相手が、何社くらいかわかるかい？」

「正確には……」と、有斗が首を横にふる。「たぶん、七社とか八社とか、そのくらい。ひっきりなしに電話が鳴るから、家にいるのが辛かった」

本当は警察でも、その辺りの情報はすでに摑んでいた。金森家に、債務の書類が残されていたからだ。このころ金森家は、九社もの会社から督促を受けていた。

「電話線を抜いたり、しなかったの？」

「電話に出ないと、今度は会社や学校に行くって脅されて……実際、姉ちゃんが大学の構内で、待ち伏せされたこともあったって。ご近所の手前、電話の呼び出し音だけは、小さくしてました」

テレビの報道番組なんかで見たことはあるが、債務の取り立てというのは掛け値なしに容赦がないんだろう。

「家に取り立て屋が押しかけたりは、しなかったのか？」

心配になって、つい小さな声でたずねてしまった。有斗が首を横にふる。

「おれが知ってる限りは、一度も」

「訪問での督促は、いよいよ支払が滞《とどこお》った、いわば最終段階でね。それまではトラブル回避の目的もあって、電話で済ませるんだ」

と、答えてくれたのは年配の橋本刑事だった。金融会社の取り立ては、過去に色々と問題になって、現在はかなり規制がうるさくなっている。電話で『ぶっ殺す』と口にしただけで、アウトなのだという。

「トラブルを回避というと、どのような?」と、お蔦さんが質問を重ねる。

「たとえばドアをノックしただけでも、ガンガン叩かれて近所迷惑になったと、債務者に訴えられることもある。訪問督促は余計なトラブルのもとになると、昨今では業者も承知していましてね。ちなみに電話も、一日三回以上は過剰とみなされる。大手消費者金融なら、一日二回に留めるそうです。ただ、日を追って督促が厳しくなるのは、どこも同じですがね」

橋本刑事は、お蔦さんに向かってそのように語った。

これがいわゆる闇金と呼ばれる、非合法の業者だというならまだわかる。けれど有斗の話では、借金の相手は、いずれもカード会社だった。

銀行やデパート、あるいは航空会社からビデオ屋に至るまで、「お得ですから、お作りになりませんか?」と笑顔で勧めてくるクレジットカードだ。そして支払いが滞ったとたん、それまでの笑顔が仮面に過ぎないと思い知る。

取り立てというと、何となく暴力団というイメージがあるけれど、ヤクザと繋がっていれば一発で認可をとり消される。認可を受けて営業する消費者金融やカード会社は、その方面の人材は一切使っていないときいて、ちょっとびっくりした。ただ、取り立てとなるとやることは同じで、かなりえげつない方法を平気でとるのだそうだ。

「その借金のことだけど、どうしてそんなに溜まっちゃったのかな？」

いままでいちばん、何気ない調子で真淵さんはたずねたが、有斗の頬がぴくっとなった。答えに詰まっている有斗を、すぐに察したようだ。真淵さんは質問を変えた。

「実はね、お父さんを知っている人が、口をそろえて言ってるんだ。君のお父さんが、借金などするはずがないってね」

かすかに、有斗の頭が上下した。うなずいたようにも見えるけど、はっきりしない。

「するはずがないって、どういうことですか？」つい助け船のつもりで、たずねていた。

「金森佳高氏は、お金にはひどく厳しいところがあってね」

真淵さんは慎重に言葉を選んでくれたが、有斗のお父さんは、良く言えば経済観念があり、悪く言えばケチともとれるほどお金にシビアな人だったようだ。けれど会社では、そういうところを信頼されて、財務管理を任されていた。

務め先である大手不動産会社、ＭＭハウジングは、二十年前に六人が出資して興した会社で、有斗のお父さんも出資者のひとりとして取締役に就いている。会社発足当時からの仲間である社長を含む五人の経営陣も、また財務部で一緒に仕事をしている部下たちも、一様に金森氏は金銭には細かいタイプだと証言した。

ソファーの左端でずっとメモをとっていた平田刑事が、手帳をめくりながら補足した。

「四年前に建てた、いまの家の住宅ローンは順調に返済しており、残りの返済年数も十二年と短い。佳高氏の収入なら十分に支払っていける額で、他は自家用車を含めて、大きな借財はありませんでした……一昨年の十月までは」

一昨年の十月というと、一年と三ヶ月前になる。まだ捜査途中ではあるけれど、どうやらこの月から、金森家の出費は急激に増えたようだ。

「それがさっき言っていた、カードの乱用なんだね？」

確認した祖母に向かって、三人の刑事がてんでにうなずいた。

「実はそれが、何よりも妙な点でしてね」橋本刑事が、半分白い頭に手をやった。「どうやら佳高氏は、自身ではカードを一枚も持っていなかったようなんです」

「そりゃあたしかに、妙な話だね」

お蔦さんが、狐につままれたような顔をする。

「会社の取締役なら、何枚かは持っていないと、格好がつかないようにも思うがね」

「同僚や知人から勧められても、決して持とうとはしなかったそうです。どうもクレジットカードを、ひどく毛嫌いしていたようですね」

持っていたのは、銀行のキャッシュカードだけだという。

「つまりは、カードを使って借金を拵《こしら》えたのは、父親ではなく……」

「母さんです……カードでたくさん買物して、借金を作ったのは、母さんです」

ひどく難しい英語の発音みたいに、答えた声はきしんでいた。


「何か、わけがあるんだね？」

お蔦さんに言われて、有斗はこくりとうなずいた。

金森家の財布の紐は、お父さんが握っていた。そして妻や娘にも、やはりカードは持たせていなかった。なのにあえてお母さんは、一年と少し前から急に、自分名義で何枚もカードを作り、湯水のように使い続けた。

「ひょっとして、何かの腹いせかい？　お父さんへの不満を、形にして示したかった」

有斗がもう一度、首を縦にふる。疲れたような、うなずき方だった。

「お父さんが、浮気したって」

「なるほど」相槌はやはり、真ん中の橋本刑事だ。

「でも、お父さんはしていないって」

「男ってのは、往生際が悪いからね」と、お蔦さんはにべもない。

本当のところは、有斗にもわからない。そんな大人のジジョーを、当時はまだ小学生だった子供に話すはずがないからだ。ただ、両親の雰囲気が急に険悪になって、言い争いも絶えなくなった。末っ子の有斗の前では、あからさまな衝突は避けていたけれど、深夜、居間や両親の寝室から、いつもとはまるで別人のような声がする。

それが怖くてならなかったと、有斗は語った。

実際、別人なんだろう。子供に見せているのは親の顔で、それをかなぐり捨てると、子供には決して見せない男と女に戻るからだ。後になって祖母は、そのようにも言っていた。

だから有斗は、必死で気づかぬふりをした。明るく元気で、そして鈍感な子供を演じ続けた。

お蔦さんは、ちらりと労《いた》わるような目を向けて、声だけはいつもの調子でたずねた。

「真偽のほどはともかく、火のないところに煙は立たない。おまえの母さんが疑うだけの材料があったと、そういうことだろう？　何かきいてないのかい？」

「知ってます。それだけは、姉ちゃんが教えてくれたから……父さんが、誰かの保証人になって、借金を肩代わりしたんです」

「保証人というと、連帯保証人のことかな？」

真淵さんが確認すると、「たぶん」と自信なさげに有斗は答えた。

「誰かって、お父さんは誰の連帯保証人になったの？」

「名前とかは知らないけど……若い女の人だって」

三人の刑事が同時に、ぽん、と手を打ちそうな納得顔になる。

「おまけにもとキャバクラ嬢で、お金を借りたのも、自分の店を持つためだって」

「そりゃあ煙どころか、火がボウボウと思われても仕方ないねえ」

遠慮のない感想を述べて、思い出したように、お蔦さんが煙草に手を伸ばす。釣られて橋本刑事も、背広の内ポケットからブルーのパッケージをとり出した。若い真淵さんは、いまどきの人らしく煙草は吸わないし、平田さんも同じなようだ。その平田さんが、また手帳に目を落とした。

「おかげで、ようやく繋がりましたよ。金森さんの預金通帳を調べたところ、一昨年の九月初めに、使途不明の大きな支出がありましてね。何か本件と関わりがあるんじゃないかと調べていたんです」

有斗のお父さんは、一昨年の九月、ほとんどすべての貯金を引き出していた。財形とか定期とかもみんな解約して、その月の通帳の残高は、四人家族が一ヶ月暮らしていくのも難しそうな金額にまで目減りしていたという。

「まだ捜査の途中なので、金森家のすべての口座を把握したわけではありませんが、それでもメインで使用していたらしい二行の銀行口座から、七百万は下らない額を、振り込みではなく現金で引き出しています」

「おそらく通帳の明細に支払先を残したくなかったんだろうが、そこまで有り金をはたいてしまえば、さすがに奥さんにばれる。それで揉めたんでしょうな」

平田刑事の後を引きとって、橋本刑事はふーっと旨そうに煙を吐いた。

「一度、父さんと母さんの言い合いを、立ち聞きしたことがあって」

有斗は小学六年生で、その日は日曜日だった。友達と公園でサッカーをして、帰ってくると両親は喧嘩の真っ最中だった。玄関扉をあけたとたん、二階の居間から悲鳴のような母親の声が耳を刺した。

「他人に貸すくらいなら、どうして親戚を助けなかったのかって……たぶん、船橋の伯母さんのことだと思う」

あ、と思わず、声をあげそうになった。船橋駅のデパートの喫茶店。僕の斜め向かいで、背中を丸めて座っていた姿が思い浮かんだ。増川さんという、有斗のお母さんのお姉さんに当たる人だ。

「おれは小さかったから全然覚えてないけど、姉ちゃんからきいたことがあって……本当は伯母さんに頼まれたとき、援助してあげたかったのに、お父さんがどうしても許さなかったって」

『考えなしに借金をした私たちが愚かだと、その尻拭いをするつもりは毛頭ないと』

有斗のお父さんが伯母さんに言ったという、その台詞がぷかりと胸によみがえった。

増川さん夫婦は、以来、二度と金森家と関わろうとしなくなった。お母さんはそれが、とても悲しかったに違いない。妻の姉には冷たい態度を通しながら、赤の他人の若い女のために七百万以上もつぎ込んだ。浮気云々以上に、何よりもそれが許せなかったんじゃないだろうか。

「なるほど。それでお母さんは、お父さんに内緒でカードを作り、浪費に走ったというわけなんだね」

真淵さんに向かってうなずいて、おそるおそる有斗がたずねた。

「あの、うちの借金て、どのくらいになるんスか?」

「有斗くんは、きいてないのかい?」

「母さん本人は、いくら使ったのかすら、わかってなかったみたいで……考えがなさ過ぎるって、父さんに叱られてたから」

橋本刑事がとなりを軽く小突き、平田刑事がうなずいて、手帳をめくった。

「元本《がんぽん》、つまり久仁枝さんが買物で使った金額は、三百万ほどです。佳高氏が連帯保証人として支払った金額の半分以下と言えますが……利息を考えれば軽くそれを上回り、九百万に近い額になると思われます」

いまの捜査段階では、まだ利息込みの正確な金額は出ていないと、自衛隊員みたいな硬い調子で平田さんが告げる。

「そんなに……どうりで学校替われって、言われるはずだ」

「それ本当か、有斗！」

びっくりした僕に向かって、下唇を情けなさそうに突き出す。

「桜寺学園も、お姉さんの通う前園女子大も私立だからね」と真淵さんが応じる。

「だけど姉ちゃんは、親の勝手のために、せっかく受かった大学をやめるのは嫌だって、それでキャバクラでバイトをはじめたんです」

「そうだったんだ！」

思わず叫んでしまった。ネット上にそんな話が流れてて、根も葉もない噂かと思ったら意外にも事実だった。でも、学費のためとなればうなずける。破格のバイト代が目当てなんだろうけど、もしかしたらお父さんへのあてつけだったのかもしれない。

「あ、そういえば、お姉さんの元カレが犯人ていうのは？」

ついネットの噂を口に出すと、橋本さんが初めて表情をゆるめ、ちょっと笑った。

「我々も裏はとりましたが、あれはデマでした。たしかに別れた後もしばらくのあいだは、しつこくつきまとっていたようですが、自分に新しい交際相手ができてからは、現金なものでぴたりとやめたそうです」

「何より事件当日は、その彼女と沖縄にいましてね」と、平田さんも苦笑する。

「顔だけはいいから、すぐに次の彼女が見つかって助かったって、姉ちゃんも言ってました」

ストーカー行為は、去年の秋にはやんでいたと、有斗の口からも証言された。

「おれはろくなバイトはできないし、せっかく入った桜寺だけど、やめるしかないのかなって一度は諦めたけど」

「結局は、やめなくて済んだんだな」

「うん、オージンのおかげで」と、僕に向かって有斗は初めて笑顔になった。

「オージンのって、どういうことだ？」

「学校をやめるかもしれないって、オージンに相談したんだ。そうしたらオージンが、スポーツ特待で奨学金を受ければいいって手配してくれたんだ」

「スポーツ特待……」

きいても、いまひとつピンと来ない。桜寺は自由な校風が売りだから、クラブ活動もそれなりに盛んだが、逆に選手を引き抜いてまでチームを強くしようとか、そういうガツガツしたところはない。腑《ふ》に落ちない顔の僕に、お蔦さんが言った。

「ほとんど例がないそうだが、私立だからね、奨学金の制度はある。有斗のサッカーなら十分にその価値はあると、小野先生が初ちゃんを説き伏せたそうだよ」

初ちゃんとは、理事長の羽生初音先生のことだ。祖母はどうやら、理事長先生からその経緯をきいていたらしい。

祖母と有斗の話では、奨学金を受けるには色々と条件があって、まず、いくらスポーツ特待でも勉強は大事で赤点は不可。有斗の場合はまだ一年生で、具体的な結果も残していない。それでもオージンは一生懸命に頼み込み、理事長はひとまず一年間の学費免除を承知して、そのあいだに有斗の才能を見極めることにしたようだ。

「有斗をレギュラーにしたのは、その意味もあったのかな」

オージンの思惑を、僕はそう推測した。一年の夏の大会から、有斗は存分に活躍し、おかげで夏休みが終わるころには、奨学金はもう一年延長された。

「もっさりしてるくせに、オージンて案外頼りになるんだ」

「うちにも父さんや母さんに、奨学金のことを説明しに来てくれたんだ」

それまで緊張が抜け切れていなかった有斗が、にかりと歯を見せた。三人の刑事さんも、いくぶん和んだ雰囲気になる。なのに有斗の頭越しに見える祖母だけが、表情が硬かった。

何がそんなに気に入らないんだろう。引っかかったけど、有斗の話は先へ進んだ。

「けど、親は最初はすんなり受け入れてくれなくて……」

「どうして？」と、僕はたずねた。

「あの頃は督促の電話がマジひどくって、家を売って引っ越そうかって話も出てたから」

「ああ、そうか」

「おれは部活でいなかったけど、オージンが来てるあいだにも電話はひっきりなしで、このときだけはとうとう頭にきて、父さんが電話線を壁から抜いちゃったって」

当のオージンは、有斗から事情をきいていたからだろう。驚いたようすも見せず、有斗に奨学金を受けさせるべきだと、それだけを熱弁して帰っていったという。

「それからしばらくして……半月とかそのくらい経ったころかな。ある日、電話がぴったりとやんだんです。すごい静かになって、逆に気味が悪いくらいでした」

「それは正確には、いつのことだい？」と書記係の平田さんが、わずかに身を乗り出した。

「え……と、七月の、夏休みがはじまる前くらい」

「五月上旬からはじまって、約二ヶ月か……」と平田刑事が、ごつい右手を動かした。

「それで、どうして督促の電話が急にやんだのかな？　何かきいてる？」真淵さんが、改めてたずねた。

「借りたお金を整理したから、もう大丈夫だって……父さんは言ってました」

「やはり債務を一本化したのは、そのころのようだな」

橋本刑事が、面白くなさそうに顔をしかめた。気になったのだろう、祖母がたずねた。

「それが何か？」

「いや、実は、そのころ金森さんの債務のすべてが、ある金融会社にまとめられているんです。

俗に言う、まとめローンというやつで」

各社の債務を一社にとりまとめることを、まとめローンと呼ぶらしい。有斗のお母さんは、九社ものカード会社を利用して、どこにいつまでにいくら返せばいいかすら、わからなくなっていた。これがひとつになれば、当然返す先も一社になるし、督促の電話が減るだけでも、ずいぶんと楽になる。そのかわり、まとめローンにも落とし穴がある。

「たいていは、月々の返済額を減らして、返済期間を延ばす方法がとられる。この方法だと、結果的には借金の総額は増えるんですよ」

「それって、詐欺じゃないですか」と、つい憤慨してしまった。

「確実に返させるには、それがいちばんの早道なんだよ。担保として、不動産を押さえられるのも相場でね。金森さんの土地と家も、やはり担保にされていた」

「うちって、借金の形《かた》になってたんだ」

有斗には少なからずショックだったみたいで、たちまちしょんぼりする。話をそらすように、お蔦さんは別の質問をした。

「その債務をまとめたという金融会社は、今回の件と、何か関わっていないんですか？」

「それなんですがね」

橋本刑事が首筋に手をやって、真淵さんと平田さんも一様に困った顔をする。

「三光《さんこう》ローンという、いわゆる街金で、認可も受けていました。ただ調べてみると、実体がないんです」

「どういうことです？」と、祖母の眉間が、きゅっとすぼまった。

「登録はされているが、社長のみの個人営業で、しかもその社長というのも、だいぶ前に名前を貸しただけのようです。いまは半分呆けて、施設に入っていました」

「じゃあ、その三光ローンは……」

「おそらく、どこかの闇金が都合よく使うために作った、幽霊会社でしょう」

認可されているというだけで客は安心するし、一方で取り立ては闇金が担当する方が効率がいい。そういう仕掛けのようだ。

「相手の正体は捜査中ですが、向こうも筋金入りの玄人です。なかなか尻尾を出さなくて……それで有斗くんから何か、手がかりをもらえないかと思ってね」

と、あらためて有斗に顔を向けた。闇金とか幽霊会社とか、ますます話が深刻になっている。日焼けした小さな顔は、いまにも泣き出しそうだ。

「あの、ちょっと休憩しませんか？　トイレタイムもとりたいし、いただきものの豆大福があるんで、どうですか？」

「豆大福、食べたい！」

案の定、僕の提案に有斗はすぐにとびついた。他ならぬ有斗の希望には、刑事さんたちも逆らえない。祖母と僕がお茶を入れ替えて、有斗が銘々皿に大福を置いた。

「ノゾさん、ひとつ余った」

「食っていいぞ」

有斗が嬉しそうに、自分の皿にもうひとつ追加する。僕が菓子皿を居間へ運ぶと、しげしげとながめて真淵さんが言った。

「これ、『伊万里《いまり》』の大福？」

「そう、新作だって」

「大福は昔からあったろう？」

「豆を増量させて、餡の甘さも控えめにしたんだって。甘いのがいいのにって、ご近所のお年寄りから不満もあったそうだけど、お蔦さんは気に入ってるみたい」

甘味をめったに口にしない祖母だが、豆の塩気で甘さが緩和されるとかで、豆大福は嫌いではない。片栗粉がたっぷりまぶされているのは、昔から変わらない。誰もが食べ終えた後に、手や口についた粉を払った。二個目にかかっていた有斗が、ハムスターみたいな頬っぺたのまま、ふいに声を上げた。

「うーんんん、んんんうんんうん。うんんうん」

「なに言ってるか、一個もわかんねーぞ」

僕のつっこみに、有斗が一生懸命に顎を動かして、大福を飲み込んで、

「そういえば、思い出した。古谷《ふるや》さんだ」と、もう一度くり返す。

「古谷さん？」

橋本さんと真淵さんが、同時に返し、見事にハモった。

「さっきの債務整理の話、三光なんとかって会社名は知らないけど、うちに来ていたのは古谷

さんて人だった」

警察にとっては、耳よりな情報だったみたいだ。三人の集中力が、にわかに増した。

「その古谷って人、どんな人だい？」と、真淵さんがたずねる。

「いえ、おれは一度も」

「有斗くんは、会ったことがない？」

「おれは桜寺に入ってから、平日も土日もサッカー三昧だし……あ、でも姉ちゃんは何度か会ったことがあって、眼鏡かけた銀行員みたいな人だって言ってました」

「銀行員か……その人が金融会社から、債務整理に来ていたってことかい？」

橋本刑事に問われると、有斗はちょっと考える顔になった。

「ええっと、たぶんそうじゃなく……古谷さんがあいだに立って、カード会社と話し合いをしてくれたとかって……」

有斗の頭には、そんなふうに記憶が仕舞われているんだろうか。まるで引き出しの隅にたまった埃を落とすみたいに、右に左に首をかたむける。

「ひょっとして、弁護士かい？」と、真淵さん。

「そんな感じ、でも弁護士じゃなく……もっと難しい名前。うーん、何て言ったっけ」

「司法書士か、行政書士では？」

「あ、それだ！」

答えに辿りついたのは、平田刑事だった。難問のクイズが解けたような、すっきり感が場に広がったが、肝心のことがわからない。司法書士と行政書士の違いを、有斗が知らないからだ。もちろん僕も右に同じ。

「平たく言えば字のとおり、司法書士は裁判所に提出する書類を、行政書士は官公庁、つまり役所に出す書類を作成するのが仕事だよ」

橋本刑事が説明してくれたが、結局、有斗には判別がつけられなかった。

「金融なら、司法じゃありませんか？　司法書士のメインの仕事は、不動産登記ですし」

「それなら探しようもあるんだが、後者ならお手上げだな」

若い平田刑事に、橋本刑事がため息を返す。司法書士は資格をとるのが難しく、それだけ人数も少ない。一方の行政書士は、たとえば公務員として長年行政事務を務めた人なら無試験でなれる。行政書士登録をしていない人も多く、探し出すのは至難の業だという。

「すみません、あんまり役に立てなくて……」

「そんなことないよ。すごく参考になったよ。有斗くんの家族はきっと見つかるから、もう少し待っててね」

申し訳なさそうな有斗に、真淵さんがにっこりした。刑事さんたちが帰る気配を見せ、そのときになって、僕はようやく気がついた。お蔦さんが、いつになく静かだ。

「お蔦さん、何？　何か気になることでもあるの？」

「ああ、いや、別に。今日はご苦労さまでした」

さりげなく挨拶したが、祖母が妙に静かなときは、頭がフル回転している証拠だった。

三人の刑事さんが帰ったとき、時計を見ると午後六時半を少しまわっていた。来たのが四時半だから、ちょうど二時間ほどになる。

これから仕度するのも面倒だから、今日は外食にしようと決めていた。こんなとき行き先は祖母の気分で決まるのだが、病み上がりの有斗が一緒ではそうもいかない。

「何がいいかねえ。胃腸にやさしいものというと、やっぱりお粥《かゆ》やうどんしか思いつかないね」

「もう治ったから、大丈夫です。何でも食べられます！」

有斗だけは昨日から、お粥とうどんのローテーションだった。もう見たくもないんだろう、あわててお蔦さんに進言する。有斗の必死の気持ちを汲《く》んで、助太刀にまわった。

「クリームシチューとか親子丼くらいなら、胃にも負担がかからないんじゃないかな」

「はいはいはいっ！　カツ丼！　カツ丼がいい」

「カツはさすがに駄目だろう。鶏肉で我慢しろよ」

「もう頭ん中、カツ丼でいっぱいだし。だって警察の取調室と言えば、カツ丼だもん」

「大昔ならともかく、警察でカツ丼なんて出やしないよ。取調室は、食べ物の持ち込みは禁止されているからね」

祖母にあっさりと告げられて、有斗が目に見えてがっかりする。

それでも涙目の懇願に負けて、僕らは丼物の味に定評のある蕎麦屋の暖簾《のれん》をくぐった。有斗はカツ丼、僕は親子丼を頼み、お蔦さんはいつものように冷やの日本酒と肴を頼んだが、一緒に鍋焼うどんを追加した。

「いきなりカツを放り込まれると、胃がびっくりしちまうだろう?」

先にうどんを少し腹に入れて、できるだけよく嚙んでゆっくり食べるよう、それだけは有斗に言いわたした。やがて待ちに待ったカツ丼が運ばれて、ふたをとると、有斗はとろけそうな表情になった。ほっこりと湯気が上がり、香ばしいカツと汁をたっぷり含んだ甘い卵のにおいが、ふんわりと鼻の奥に届く。

厚切りのカツをばっくりと頰張って、「うめーっ!」と幸せそうに叫んだ。

「本当いうと、ヨシボン刑事の顔見ながら、ずーっとカツ丼が頭から離れなくて」

「おまえ神妙な顔して、そんなこと考えてたのかよ」

「終わりの方だけっスよ。最初はそんな余裕なくて……でもしゃべってるうちに、何かだんだん楽になってきて」

「そう、か」

意表を突かれて、咄嗟にそれしか言えなかった。思えば有斗は、家族にも友達にもそして僕らにも、いままで何も明かせなくて、長いこと溜め込んで溜め込み続けて、自家中毒症にまでなったんだ。

「少しは、すっきりしたかい?」

「はい!」

祖母に向かってうなずいた顔は、少しだけ無理がとれて清々しく見えた。

「それにしても、刑事って案外バラエティに富んでますね。おれはレフトに陣取ってた人が、いちばん刑事っぽく見えた」

「ああ、書記係の人か。いちばんガタイがいいもんな」

本当は食事のあいだくらいは違う話題にするつもりだったが、三人の刑事の批評からはじまって、ごく自然にさっきの話に戻っていた。

「ホントはおれも、古谷さんに会って、一度お礼言いたかったんだ」

二ヶ月のあいだずっと、債務の督促に苦しめられた。まさに地獄のような暮らしから助け出してくれたのが、その古谷という債務整理のプロだった。

「そっか、有斗たちを救ってくれた人だもんな」

「おれはいちばん被害が少ないけど……あのころは特に母さんが、どんどん元気がなくなって、見ていられなかった」

己で拵えた借金のために、家族がとんでもない災難を被っている。それがお父さんへの当てつけならなおさら、自分の軽はずみな行動をひたすら悔やんでいた筈だ。

「父さんにも責められてばかりで、可哀相だった……せめて自分がいくら使ったかくらい把握しろって、何度も同じ文句言われて」

「お母さん、本当に知らなかったんだね」

「みたい。でも、何でかな……母さん、たしかにのんびり屋だけど、そんなにずぼらでもないのにな」

「それはね、有斗、お母さんが悪いんじゃないんだよ」

祖母は、妙にはっきりとそう言った。その顔を、不思議そうに有斗が仰ぐ。

「カードローンてのはね、いくら使ったかできるだけわからないようにする、そういう仕組みになっているんだ」

「そう、なんスか!」

「リボルビングって言葉を、きいたことはないかい?」

「あるけど……」

「意味は知らないな」

互いに顔を見合わせた有斗と僕に、祖母はリボ払いと呼ばれる仕組みについて説明してくれた。

要は毎月定額を支払う方法で、たとえば上限を三万円と決めて十五万円の買物をすると、利息を除けば、元金は自動的に五回に分割して支払うことになるという。ただ、ここに落とし穴がある。仮に同じカードでさらに二十万円のものを買ったとする。けれど毎月の支払額は、やっぱり上限の三万円なのだそうだ。

「それって、使う側にとってはラッキーに思えるけど」有斗が言って、

「うん、払う金額が変わらないのは楽だよね」と、僕も同意する。

「そう思わせるのが、消費者金融やカード会社の手口なのさ」

僕らにカードを持たせたら、自己破産間違いなしだとお蔦さんが笑う。

「実際には借入額、つまり借金は増えているのに毎月の返済が変わらない。借金してるって感覚がしだいに麻痺してくるんだ。それともうひとつ、借入金が増えて実際に変わるのは返済期間なんだよ。返済期間が延びると、利息はどうなる？」

「そうか、利息が増えるんだね」

そのとおり、と祖母は大きくうなずいた。返済期間が延びれば延びるほど、利息は雪だるま式に増え続ける。気がつけば、毎月払い続けている三万円は利息だけで、肝心の元本たる三十五万円は少しも減っていない。そんなケースもめずらしくはないのだそうだ。

「それってつまり、永久に三万ずつ支払い続けなきゃならないってこと？」

「そういうことさ。最近の債務トラブルは、おそらく九割方がこの類《たぐい》なんだよ。カード一枚でも十分危ないのに、さらに何枚ものカードを使えば、誰だって借金の額なぞわからなくなる」

きっと有斗のお母さんも、十枚近いカードで買物したあげく、返済の総額を見失ってしまったんだ。

「さらには同じカードで、キャッシングもできるだろ。これが輪をかけて厄介な代物でね」

「キャッシングって、現金を借りることだよね。買物より現金の方が危ないの？」

「ひょっとして、利息が高いとか、そういうことスか？」

「有斗の言うとおり、たしかにキャッシングの方が総じて利息も高いんだがね。いちばん恐いのは、そこじゃないんだ」

と、お蔦さんは、温かそうな朱塗りの猪口に、お酒を注ぎ足した。

「たとえばさっきと同様、毎月三万円の借金があるとして、今月たまたま出費が嵩んで二万五千円しか残らなかったとする。引き落としの期限は明日に迫っていて、他に金策の当てはない。そんなとき、カードのキャッシング機能は便利だと思わないかい?」

「はい、便利っス」

「僕も五千円くらいなら、きっと借りちゃうな」

「五千円くらいっていう、その油断がミソでね。カード会社の狙い目でもあるんだよ」

一度利用すれば、その後も足りなくなるたびにまた五千円を借りる。仮に一年に六回借りたとして三万円。何だ、毎月のリボ払いと変わらないじゃないか、と勘違いしそうになるが、こちらの利子は三割増しだ。

「駄目だ、頭がこんがらがってきた」

とうとう有斗は頭を抱えたが、わからなくて当然だと祖母は言った。カード会社から送られる明細は、毎月の使用と支払額だけが記されて、肝心の返済総額は書かれていない。

「つまりはもとから、利用者にわからせないような仕組みになっているんだ」

カードを何枚も使用しているなら、A社のカードの支払いを、B社からキャッシングしたお金で返済してしまう。

「自転車操業と言ってね、こうなるとなかなか抜けられない」

祖母のその言葉で、頭の中に丸い輪が浮かんだ。

サイレントホイール。

ハムスターの籠などに入れる、運動用の回り車の一種だ。ハムスターみたいなネズミの類は、おおむね夜行性だから、夜中に活発に動き出す。中でもいちばん安眠を妨害されるのが、回り車のカラカラいう音なのだそうだ。

その点サイレントホイールは、ベアリングが工夫されていて音がまったくしない。

真っ暗な闇の中、音もなくひたすら回り続ける車。

そのイメージが、債務に喘《あえ》いでいる人たちとぴたりと重なった。

何もきこえず何も見えず、ただただ車を回し続け、降りることすら叶わない。

「おそらくは有斗のお母さんも、お父さんのチェックが入らない新しい口座を開いて、後はキャッシングを利用して、毎月の支払いを凌いでいたんじゃないかねえ」

金森家の家計は、お父さんが全部握っていた。それでもカード会社から督促の連絡が来るまで、浪費が気づかれることはなかった。

「そっか……だからとんでもない額になるまで、母さんもわからなかったんだ」

空の丼を見詰めて、有斗がしゅんと肩を落とす。お蔦さんが、煙草に火をつけた。

「それでも、有斗。おまえのお父さんは、少なくともお母さんを見捨てなかった」

え、と有斗が、顔を上げた。

「知ってるかい？　債務者の家族には、借金を肩代わりする義務なんてないんだよ」

保証人にならない限り、配偶者だろうと親子や兄弟だろうと、支払いの義務はない。意外な事実をきかされて、僕と有斗は驚いた。

「カード会社への借金は、お母さんが拵えたものだ。本当なら、お父さんにはびた一文、支払う義理はない。財務を任されていたおまえの父親なら、当然、知っていたはずだ」

離婚して離れて暮らせば、督促に頭を悩ませることもない。なのにお父さんは、お母さんを責めながらも、一緒にお金を返そうとした。

「どうしてだと思う？」

「……お母さんと、これからも一緒にいるため？」

「そうだよ。お母さんとお姉さんと有斗と、家族を続けていくためには、お父さんが借金を返すしかない。腹も立てたようだが、その決心だけは最初からしていたんだ」

「そっか……お父さんは、お母さんを助けようとしてたのか」

空の丼の底に、両親の顔が見えているみたいに、へへ、と有斗が笑いかけた。

「たしかにおまえのおっかさんは愚かだけどね、いちばん頭にくるのはあのカードでね。あたしに言わせりゃ、カード金融は立派な詐欺だよ」

過激な発言の多い祖母だが、銀行だの大手百貨店だの、ひときわ構えの立派なところがしきりとクレジットカードを勧めてくるのが、まったく我慢ならないのだそうだ。

「得だの便利だの、どんなきれいごとを並べたところで、カード会社の儲けの九割方は、まんまと騙された多重債務者が担っている。振り込め詐欺よりネズミ講より、金額にしたらいちばん被害額が大きいんだからね。あれほどたちの悪い犯罪があるものかい」

気がつけば、すでに銚子《ちょうし》の数は三本目に入っている。顔に出ないからまるでわからないけど、それなりに酔いがまわっているみたいだ。水でも貰おうかと首を伸ばしたとき、タイミングよく顔馴染みのおかみさんが来てくれた。

「いただきものなんですけど、良かったら召し上がって下さいな」

あいた器を下げて、熱いお茶と菓子皿を手際よく並べる。皿の上には、きな粉をたっぷりとまぶした餅菓子が載っていて、黒蜜の小さな容器も添えられている。

「おや、わらび餅かい?」と、お蔦さんが言い、「きな粉餅じゃないの?」と僕は応じたが、となりで有斗が歓声をあげた。

「わーっ、信玄餅《しんげんもち》だ! おれ、大好物なんだ」

「あら、よくご存知ね」と、おかみさんがにっこりする。山梨県の有名な銘菓だと、おかみさんが教えてくれた。

「最近二回くらい、お土産にもらったことがあって……うめーっ!」

よく噛んで食べろという、食事の前の注意もすっかり忘れてしまったようだ。またたく間に信玄餅は有斗の腹の中に消え、お蔦さんは苦笑して自分の皿をさし出した。

「いいんスか? あざーっス!」

有斗が両手で皿を押しいただき、おかみさんは目を細めた。

「いいですね、お蔦さん。いつの間にお孫さんが増えたんですか?」

「やっぱり、息子に甲斐性があるからかね」と、祖母は冗談を返す。

「やめてよ、お蔦さん、本気にされたらどうするんだよ。お父さん、泣いちゃうよ」

「何で、ノゾさんのお父さんが泣くの？」

「うわ、有斗、食いながらこっち向くなよ！　きな粉が全部とんできただろう」

「あ、そうそう、さっき古谷さんを思い出したのも、それでだった。豆大福の粉で、信玄餅のきな粉を連想して」

「話が唐突過ぎて、わかんねーぞ」

僕は苦言を呈したが、お蔦さんには伝わったみたいだ。目つきがたちまち変わった。

「有斗、ひょっとして、信玄餅を土産に持ってきてくれたのは、古谷さんなのかい？」

「そうです。債務整理とか返済状況の確認のために、月に一度くらいはうちに来てたみたいで、先月と先々月は、お土産に信玄餅を持ってきてくれました」

「つまり古谷さんは、その折に山梨へ行っていたと、そういうことだね？」

「そこまではわからないけど……そうなるのかな」

同意を求めるように、僕の方を向く。

「だから有斗、こっち向いてしゃべるなって。おまえ、わざとだろ」

口のまわりをきな粉だらけにした有斗が、にっかりと笑う。その笑顔を、僕は後になって何度もくり返し思い出した。

借金騒動の後に家族が行方不明になって、これ以上悪いことなどそうそう起こるはずがない。僕はそう思っていた。だけど驚天動地の事実が知らされて、有斗の立場はまさにくるりと逆転する。

翌日の火曜日からは有斗も登校し、ほっとしたのはつかの間だった。

水曜の午後、学校から帰ると、真淵刑事が祖母と向かい合っていた。

僕をふり返った真淵さんの顔が、心なしか青ざめて見える。

「何か、あったの？」

向かい側の祖母の表情も、明らかに厳しい。何か良くないことが起こったんだと、すぐに察した。

「ひょっとして……有斗の家族が、見つかったとか」

もう生きていないのではないか。最悪の結果が頭をよぎったが、そうではなかった。

「金森邸に残っていた血痕の、ＤＮＡ鑑定が済んだんだ」

「本当に？　誰、だったの？」

あの出血の量では、無事だとはとても思えない。きくのも怖かったし、真淵さんも、少しのあいだ口に出すのをためらった。

「前に望くんにも、話したことがあったよね。ＤＮＡ鑑定には時間がかかるけど、血液型や性別ならすぐにわかるって」

「はい、覚えてます」

「だから早い段階から、あの血痕がＯ型の男性のものだということだけは、わかってたんだ」

「Ｏ型の男性って……それってつまり……」

急に喉の奥が、からからに乾いてきた。金森家は全員がO型で、いなくなった三人のうち男はひとりだけだ。消去法で考えれば、そういうことになる。

「あの血痕は……有斗のお父さんのものってこと？」

「その可能性が高いと、そう思われていたけれど、違ったんだ」

「違う、って……？」

「残されていた血痕は、金森佳高氏とは違う、誰か別のO型男性のものなんだ」

ひどく奇妙な感覚に襲われて、僕はしばらく何も言えなかった。プールで泳いで、耳の水抜きがうまくできないときに似ている。

「別の誰かって、誰？」

たずねる自分の声が、ひどく遠い。抜けた、と一瞬喜んだのに、現実の音は水に塞がれてうまく入ってこない。ちょうどそんな感じだった。

「わからない」と、真淵さんが短く答える。

「だって、DNA鑑定したんだろ？　だったら……」

「DNAを個人のものと特定するためには、比較データが要る。データがなければ、どうしようもないんだ」

「それこそ、よくわからないよ」

「望、ここにお座り」

混乱する僕に、お蔦さんは自分のとなりのソファーを示した。一昨日はここに、有斗が座っていた。思い出すと、何故だか泣けそうになった。

「DNA鑑定も、指紋照合と同じなんだ」

真淵刑事は、僕にわかるようにていねいに教えてくれた。

現場にある指紋が誰のものか、特定するためにはもうひとつ別の試料が要る。容疑者と目される誰かの指紋だったり、あるいは一度でも警察の厄介になった犯罪者なら、指紋データが残されている。

DNA鑑定もまったく同様に、現場に残った血痕の他に、これと合致するDNA試料が必要となる。関係者から採取できればいいけれど、有斗の家族の場合は、事件に関わっていると思われる三人がいずれも行方不明になっている。

「それでも金森家から採取したさまざまな試料から、ご両親とお姉さんのものと思われる三種類のDNAが識別できた」

毛根のついた体毛とか、あるいは口紅、屑かごの中の洟をかんだティッシュ。そういうものが、試料となる。そしてさらに大事なのが、有斗から採取した血液だった。

「有斗君と親子関係があるかどうかは、ほぼ百パーセントの確率で識別できる。同様に、有斗君とお姉さん、お姉さんとご両親の関係も、DNAで識別可能なんだ」

両親の寝室と、お姉さんの部屋から採取された試料は、有斗との血縁関係が証明されたという。

「けれど居間に残されていた血痕のDNAは、三人とはまったく違うものだったんだ」

真淵さんの説明で、それはわかった。わかったけれど、それがどういう意味なのか、どんな結果をもたらすのか、どうしても把握しきれない。

「つまりはあの日、行方不明の三人の他に、もうひとり別の人物が金森家にいたということになるんだ」

客なのか強盗なのか、あるいはひとりなのかふたり来ていたのか、それすらわからない。ただ、何らかのトラブルかアクシデントがあって、ひとりのO型の男性が重傷を負った。そしていまも、有斗の家族と行動を共にしている可能性が高い。

そういう状況がDNA鑑定によってわかったということだと、真淵さんは語った。

「こうなると、一刻も早く三人を探し出さないと……仮に誤って死なせてしまったとしたら、無理心中の恐れもありますから」

「まだ、加害者とは決まっていないじゃないか。怪我人ともども四人まとめて拉致されたってことだって考えられるだろ」

「それはもちろんですが……ただ、被害者ではなく加害者の可能性も出てきた。それだけは確かなところです」

さあっと首の後ろから、血の気がたしかに引いた気がした。同時に心臓が急にばくばくと、うるさいほどに鳴りはじめる。ただでさえ水抜きがうまくできないのに、鼓動に邪魔されて、ふたりの話し声がますます遠ざかる。

ふいに胸の中に、あの奇妙なイメージが浮かんだ。

サイレントホイールだ。

音もなく果てしなく回る車。一昨日、話していたときは、有斗のお母さんみたいな債務者が回しているイメージだった。なのにいまは、有斗や、僕や祖母までが、音のない車に乗せられて、闇の中でひたすら同じ場所を駆けているような気がしてならない。

僕は胸の中で回り続ける無音のホイールの音を、いつまでもきいていた。

第五章　四次元のヤギ

表から車のクラクションが、短く二回鳴った。

今日は金曜日。うちはもともと、朝はつけない習慣だけれど、昨日の朝以来、誰もテレビの電源を入れなくなった。だから外の音が、妙によく響く。

「有斗、来たよ。仕度できた？」

「はい」

よく日に焼けているのに、顔色が悪く見える。ただでさえ小柄な有斗が、消しゴムみたいにまわりから擦《こす》られて、ひとまわり小さくなったようで、胸が苦しくなった。

金森家の居間に残されていた血痕は、有斗の家族のものではなかった。神楽坂署の真淵刑事がそう知らせてくれたのは、一昨日、水曜日の午後だった。祖母は学校から帰ってきた有斗に、それを伝えた。

「それって、おれの家族が、誰かに大怪我させたってことですか？」

有斗の家族は無傷かもしれない。朗報のはずが、有斗は喜ぶことすらできない。

「怪我をさせたかどうかは、まだわからない。その恐れも、出てきたということだよ」

混乱しているんだろう。茫然とする有斗に、祖母はいちばん大事な話を切り出した。

「それにね、有斗、家族の心配より前に、おまえは自分のことも考えないといけない」

有斗の家族は、被害者から一転して、加害者の可能性も出てきた。

「この事実は今晩、警察から報道陣に発表される。たぶん晩の九時以降のニュースには流れるし、明日の朝からすべてのマスコミで大きくとりあげられる」

マスコミが煽れば、有斗に向けられる周囲の目も一変する。それがどれほど有斗を傷つけるか、祖母にはよくわかっていた。

「正直なところ、しばらく学校を休んだ方がいいかもしれない。幸いこの場所だけは、まだ知られちゃいないしね」

ずいぶんと長いこと考えて、有斗は答えた。

「おれ、やっぱり学校に行きます……行かせてください」

家でじっとしている方が耐えられない、と訴えた。祖母はひとまず承知して、けれど翌朝、さらに念を入れて、いつもの習慣を無視してテレビをつけた。

『残されていた血痕が、金森さんご一家のものではないと判明し、警察は新たに浮上した被害者の身許の確認を急ぐとともに……』

『金森さんご一家が、被害者ではないかもしれない。これはいったい、何を意味するのでしょうか?』

『拉致や誘拐ではなく、金森さんご一家は自らの意思で逃亡しているという考えも……』

どこの局も「加害者」とは明言していない。だけど選挙カーのスピーカーなみに、大声でそうがなり立てているに等しい。お蔦さんは次々とチャンネルを変えて、ひととおりの報道番組を見せてから、テレビを消して有斗に向き直った。

「こういうことだよ、有斗。外に出るの、怖くないかい？」

「……怖い、です」

有斗の目の中に、みるみる涙がたまる。だけど有斗はこぼれないよう、赤くなった目をいっぱいに見開いて祖母と目を合わせた。

「怖いけど、おれ、行きます」

お蔦さんは満足したんだろう。有斗の頬を両手ではさみ、ぺちんと活を入れた。

有斗は僕よりも五・三センチ、祖母よりもたぶん三センチほど低い。

いつのまにか僕は、祖母の背を追い越していた。

「行っておいで」

有斗を送り出し、それ以来、うちではテレビを一切つけていない。そして有斗の言うところのお蔦さんの「顔ぱっちん」は、毎朝行われるようになった。

「おはよう、昨夜《ゆうべ》はよく眠れたか？」

玄関から路地を通って本多横丁へ出ると、店の前に赤い車が止まっていた。朝の六時半、日の出前の通りには人影が見えない。軽いドアの開閉音の後、車から出てきたのはオージンだった。

小野先生は起きて着替えてそのまま来ました、という風情で、いつも以上にもっさりとして見える。一年のときの副担任だから気心も知れていて、僕はハッチバック式の赤い車をしげしげとながめて言った。

「何で赤？　先生には全然似合わないよね」

「そう言うなって。先生には全然似合わないよね」

「そう言うなって。去年、急遽買った中古車だからな、これがいちばん安かったの。サッカー部の顧問ともなると、車は必須でな」

「中古って、何年落ち？」

「えーっと、二〇〇三年だから……」

「古っ！」

僕とオージンが話してるあいだ、有斗は申し訳なさそうに突っ立っている。景気づけのにぎやかしも、あまり効果はなかった。

「わざわざ、すみません」

オージンは何も言わず、ぽん、と有斗の頭に手をおいて、車に乗るよう促した。

「滝本は、本当にいいのか？」

「こんなに早く行ってもやることないし。一家の主夫にはまだ仕事がありますからね」

そう言ったけど、本当の理由は違う。僕が一緒にいると、有斗の所在が多喜本履物店だと、外に漏れる恐れがあるからだ。オージンも察していて、そうか、と短く答えた。

「おはようございます、小野先生」

ふり向くと、グレーに黒の千鳥格子の着物を着たお蔦さんが、後ろに立っていた。オージンがていねいに挨拶する。

「有斗のこと、よろしくお願いします」

「はい。たしかにお預かりします」

どちらもめったに見ない神妙な表情だ。ふたりとも、有斗が心配でならないんだ。

当面の敵は、マスコミだと思っていた。けれどそれとは別に、妙な連中が有斗のまわりをうろつき出したのだ。


祖母の言ったとおり、水曜の晩から報道が開始され、木曜の朝には、早くも記者やリポーターが桜寺学園の校門前に詰めかけた。有斗はサッカー部の朝練があり、多摩川河川敷の練習場にいて難を逃れた。待ち伏せしているマスコミに、校門前で捕まったらどうしようとはらはらしたけれど、そうはならなかった。河川敷から学校まで、サッカー部員はランニングで行き来する。他の部員に紛れて、有斗は難なく校内に入り事なきを得た。

それでも他の生徒が登校中にマイクを向けられたりして、たぶん理事長先生からお達しがあったんだろう、担任の萱野先生からは、「まだ何も事実確認ができていない。決して憶測で無責任な発言をしないように」と釘をさされた。

けれどマスコミが詰めかけてくるなんて初めてで、学校中が浮き足立っていた。たくさんの風船が校舎中に浮いているようなもので、休み時間になって風船同士がこつんと頭をぶつけるたびに、地に足のついてない噂話が交わされる。

そんな生徒の誰かからもれたのか、放課後になるとマスコミは、河川敷にも現れた。ひとまずマイク攻勢は、柔道の有段者だという監督が押し留めてくれて、その隙に有斗は、オージンの車で練習場を離れた。一応、警戒していつもとは違う路線の駅まで行って、有斗はそこから電車で帰ってきた。

「本当は家まで送り届けたいところだけど、他の部員たちも心配だし、監督ひとりじゃ対応しきれないからな」

僕を地下鉄の飯田橋駅まで、迎えに行かせたのはオージンだ。多摩川河川敷に近い私鉄線の駅に有斗を降ろし、携帯から連絡をくれた。たぶん携帯の乗換検索を使ったんだろう、先生が言ったとおりの時間に、有斗の姿が改札口の向こうに見えた。

「わざわざすんません。心配し過ぎだって、オージンには言ったのに」

「ついでだから気にするな。ちょうど、バルサミコ酢が切れちゃってさ」

「おれ、それきくと、ミジンコ思い出す」

「ミとコしか被ってないぞ」

「でも、何かミジンコの絵が浮かぶ。あの横向きの雀《すずめ》みたいな」

わりと平気そうに見えるのは、やっぱり無理や強がりかもしれないけど、以前とは少し違う。「元気」と大書した板塀を、隙間なく張り巡らせて、自分はそこに隠れて膝を抱えている。お蔦さんは、以前の有斗をそんなふうに言った。でも、一度自家中毒で倒れてからは、腹に力をこめて重い荷物を持ち上げるような、大げさな態度はしなくなって、やたらとスの多い敬語も家ではあまり使わなくなった。

もともとがからりとした奴だから、困難と真正面から向き合ってうじうじと悩むより、気晴らしを見つけながら、やり過ごすタイプなんだろう。お蔦さんもそういう人だから、わかりやすい。わからない真実を憂うなら、ミジンコの方がずっといい。

けれどすっかり気を抜いていた僕らの前を、ふいにふたつの影が塞いだ。

「金森、有斗くんだね？」

あからさまにびくりとなった有斗を、背中にかばって相手を見上げた。

「何ですか、いきなり」

「ああ、すまない。金森有斗くんに、ききたいことがあってね」

一瞬マスコミかと警戒したが、それにしては格好がかっちりしている。スーツにコート姿の、会社員風のふたりの男だ。ただ、何だか鼻がひくひくする。スーツを着れば、誰だってきちんとして見えるものだ。だが目の前のふたりは、胡散臭さが背広に収まりきらず、黒いコートの隙間からにおってくる感じだ。

「おれに、ききたいことって……」

言いかけた有斗の口を封じるように、僕はすばやくたずねた。

「おじさんたち、誰？」

生意気そうにきこえるよう、わざと口調を変えた。僕らみたいなチビなら、小学生とさして変わらない。気を抜けば、本性を出すかもしれない。

だが、向かって右側にいる男は、片頰だけでにやりとした。

「これは失礼。有斗くんのお父さん、金森佳高氏の友人でね、佐藤《さとう》といいます」

「鈴木《すずき》です」

ふたりが名乗り、胡散臭さがいっそう増した。子供相手と馬鹿にしてるんだろうか。たしか佐藤と鈴木は、日本人に多い名前ランキングで一位と二位を占めていたはずだ。

「佐藤さんと、鈴木さんですか」

わざとらしくはっきりとくり返す。どちらも顔が浅黒く、佐藤の方は筋肉質に見えるからだつきで、長身で痩せ型の鈴木はバッタを連想させる。サラリーマンというより、スポーツ選手の印象で、ただ僕が感じる違和感の正体は、それだけではない。

「友人て、何繫がり?」

「仕事関係のつきあいでね」

「てことは、不動産?」

「まあ、そんなところだ」

会話しながら、のびをするように両手を頭の後ろで組んで、有斗に合図を送る。

「で、おじさんたち、こいつに何の用?」

「お父さんの居所を、教えてもらおうと思ってね」

話すのは、少し年嵩《としかさ》に見える佐藤という男だけだ。丸顔で、目も鼻も丸くて小さい。どちらかといえばとぼけた顔なのに、声だけがひどく低く、何より目が笑っていない。横にじっと控えている鈴木は、どう見ても友人というより部下の関係に思える。

「警察が必死で探して、見つからないんだよ。こいつにわかるわけないじゃん」

「息子の有斗くんなら、居場所のヒントくらい知ってるんじゃないかと思ってね」

「知らないものは知らないよ、な？」

後ろをふり返り、もうすぐだと、目に力を込める。さっきから改札を出てくる人波を物色し、チャンスを窺って待っているのだが、なかなか来てくれない。

「本当は有斗くんにだけは、お父さんから連絡があったんじゃないのかい？　いまどこにいる、という情報じゃなく、無事だという知らせだけでもいいんだ。とにかく心配でならなくてね」

本当に安否を気遣っている人間は、こんな油断のならない目つきなどしない。有斗には口を開かせず、のらくらと知らないを連発していると、相手がさすがに苛立ってきた。

「おい、いい加減にしろよ。こっちだって遊びじゃないんだ。こいつの親父に、大事な用件があるんだよ」

低い声にさらにどすを利かせ、ダウンの上から僕の右腕をぐっと掴んだ。すごい力で、手慣れた感じがする。感じていた違和感が、さらにきつくなった。

この男たちの持つ雰囲気は、ただの会社員とは明らかに違う。何かの拍子に簡単に破れそうな、脆《もろ》くて薄い紙の服をまとっているような、そんな危うさがある。

ひょっとして、こいつら——。

嫌な想像が頭をかすめたとき、待っていた一団をようやく見つけた。きれいに着飾った年配のおばさんたちのかたまりが、改札を出てきて右手に向かった。右に向かう団体ならとりあえず何でもいいけど、口の達者さではあの年代のおばさんに勝るものはない。

午後七時。新年会シーズンも、まだ終わっていない。ただでさえごったがえす改札外に、さらに二十人近いおばさんが吐き出され、通路は見事にふさがった。

「腕、放してよ。でないと大声出すよ。この駅、鉄道警察が常駐なんだから」

大嘘だけど効き目はあった。佐藤が握っていた僕の腕を放し、その瞬間、

「走れ！　有斗！」

叫びながら、僕も右に向かって走った。目の端を、猛然と左に走る有斗の姿がちらりとかすめた。弾丸の異名を持つ有斗だ。間違ってもこいつらに捕まるようなへまはしない。問題はむしろ、僕の方だった。僕が逃げ切れなければ何にもならない。

「あっ、こいつら！」

「おい、待て！」

佐藤と鈴木の慌てふためく声を背中に、僕は後ろも見ずに走り続け、おばさんのかたまりの真ん中に突っ込んだ。たちまち強い香水のにおいに包まれる。

「ごめんなさい、通ります！」

足はあんまり速くないけど、障害物競走はわりと得意だ。上等なコートや毛皮のあいだを、

ひょいひょいと抜ける。あらあら、とか、なあに、とかきこえるけど、小学生の駆けっこにしか見えないのか、いたって呑気なものだ。

たぶん有斗を佐藤が追って、僕を若い方の鈴木に任せたんだろう。

「邪魔だ、どけ！　クソババア！」

決して言ってはいけない文句が、地下の通路に響き渡った。背中でいっせいに怒りがふくらんだ気配がして、僕は勝利を確信しながら地上への階段を駆け上がった。

「うそ、まだ帰ってないの？」

家へとび込むと、肝心の有斗の姿がない。走り続けて火照ったからだから、ひと息に体温が下がった。まさか他にも仲間がいて、先回りされたんだろうか。

「いったい、何があったんだい」

「ごめん、説明は後」

心配でじっとしていられず、ふたたび家をとび出した。

表通りだと、また連中と鉢合わせするかもしれない。複雑に入り組んだ神楽坂の路地裏を、あちこち覗きながら駅へ向かう。かくれんぼ横丁を折れて、仲通りへ出ようとしたところで、ようやくその姿を見つけた。安心がかたまりになって押し寄せて、その場に座り込みそうになる。

——何やってんだよ、心配しただろう！

文句を寸前で止めたのは、有斗がこちらに背中を向けて、仲通りを覗き込んでいたからだ。仲通りに面した鮨屋の竹垣に、ぺたりと顔をくっつけるようにして張りついている。おかげで頬にくっきりと竹の跡がついてしまい、家に帰るとお蔦さんがびっくりしていた。

そっと近寄り、後ろから肩をつんつんする。ひくんとからだが震え、ふり向いて安堵の表情になる。何してるんだ、と耳許で小声でたずねると、黙って仲通りを指差した。

有斗の頭の上に顎を乗せる形で、竹垣の陰から目だけを出した。仲通りの少し先に、黒い車がおしりを向けて止まっている。有斗の指はその車を差していた。ここからは確認し辛いけど、運転席にだけ人影が見えた。

「さっきのおっさんをまいてから、逆に後をつけたんだ」

有斗が小声で説明する。なんて危ない真似をとの説教は、とりあえず後回しにした。

「そしたらあの車のところへ行って、運転席の奴と何か相談してた。それからずんぐりなおっさんは、また車を離れてどっかへいっちゃったんだ」

そこまで語り終えたとき、運転席のドアがあいた。あわてて見えるぎりぎりまで、顔を引っこめる。

中から出てきた男は、意外なほどに大きかった。ちょうど、さっきの佐藤と鈴木を合わせたみたいだ。身長が高く、肩幅も広い。スーツに黒いコートという出で立ちだけは、おそろいだった。

待ちくたびれたように、車によっかかって煙草に火をつける。カチンという金属音は、たぶんオイルライターだ。大きめの炎が、男の顔を下から一瞬照らし出した。彫りが深い、というかゴツい。長方形の輪郭に、頬骨や鼻の高さが際立って見えるのは、光の加減かもしれない。

火が消される瞬間、男の視線が、ちらりと動いた。夜だし、顔の向きは僕らの方からは逸れていた。なのにまるで気配を察したみたいに、たしかにこっちに目玉が動いた。一瞬、目が合ったような気がして、とたんに凍りつくような恐怖に襲われた。

頭だけは辛うじて引っこめたものの、そこからからだが動かない。走り出したいのに、かちかちにこわばったからだは、冬の気温のせいだけじゃない。たぶん有斗も同じなんだろう、僕のとなりでかたまっている。

コツン、と乾いた音がした。革靴が、アスファルトをゆっくりと踏みしめる。コツン、コツン、と規則正しいその音は、しだいに近づいてくる。ホラーやサスペンス映画にある、処刑までの時を刻む、古い時計の振り子のようだ。

「カドべさん！」

ふいにかけられたその声に、靴音がとぎれ、僕らにかけられていた呪縛も解けた。

「すみません、おれもガキに逃げられちまいました」

ふたたび覗く勇気はなかったが、声でわかった。さっき僕を追いかけて、おばさんの団体にはばまれた鈴木に間違いない。靴音が近づいてきて、黒い車の鼻先の方角から走ってきたようだ。カドべと呼ばれた男が、若い鈴木に応じた。

「だらしねえな」

怒鳴るわけでも、張り倒すわけでもない。なのに抑揚にとぼしいその声に、ふたたび怖気《おぞけ》に襲われた。

有斗の手を握りしめ、僕は今度こそ後ろも見ずに走り出した。


「じゃあ、相手はやくざ者かもしれないと、そういうことかい」

うんうんと祖母に向かってうなずいた。ふたりとも興奮してて、口々にお蔦さんに報告する。

「ボスがカドベで、部下は佐藤と鈴木。こっちは偽名かも」

「マスコミとは全然違って、ヤバい雰囲気だった。おれ、マジでビビったもん」

「車のナンバーは？」

あ、と有斗と、顔を見合わせる。

「覚えてないや……何か余裕なくて」

「おれはちゃんと見た……ボスにビビった拍子に、忘れちゃったけど」

ナンバーさえ覚えていれば、きっと警察が正体を暴いてくれた。貴重な手がかりだったのに、自分で自分にがっかりだ。

「有斗は、いつもとは違う電車で帰ってきたんだろ？」

うん、と有斗がうなずいた。

「てことは、そのふたりもやっぱり、マスコミに紛れて河川敷にいたのかもしれないね」

黒い車はオージンの赤い車を追い、途中で降りた有斗をふたりの部下がつけた。携帯で連絡をとりながら、ボスは車で神楽坂へと向かう。祖母の話で、僕が気づいた。

「そういえば、どうして駅で声をかけたんだろう。どうせなら最後まで尾行して、家を確かめた方が確実じゃない？」

「子供だけの方が、声かけやすいとか？」

「すでにこの場所は、押さえてあるってことじゃないかね」

お蔦さんの推測に、急に背中が寒くなった。

「携帯を使ったにしても、車の到着が早過ぎるだろ？　きっと神楽坂に帰ると、わかっていたんだよ。マスコミより早く、有斗に目をつけていたのなら、学校の帰り道をつければここまでたどり着くのは簡単だ」

「じゃあ、いままで接触してこなかったのは、ようすを窺ってたってこと？」

「あるいは、連中もマスコミに煽られて焦り出したか、どちらかだろうね」

有斗の顔が、泣き出しそうにゆがんだ。

「どうしよう……おれのせいでヤーさんなんかに目つけられたら」

有斗は多喜本履物店の心配をしているようだが、祖母はまったく動じていない。

「そんなに筋者ぽかったのかい？」と、僕にたずねる。

「うーん、それよりは若干、ソフトな感じかなあ」

とはいえ、本物を見たことがないから何とも言えない。あくまでイメージ映像だ。

「そのふたり組は、有斗のお父さんの居場所を知りたがっていたんだね？」

と、念を入れる。ふたりそろって、首をうなずかせた。

「ひょっとしたら……」

心当たりを思いついたようだが、確信がないらしく口にはしなかった。ただ、有斗をひとりで登下校させるのは、危険だと判断したんだろう。夕飯が終わるとすぐに、幼なじみに電話した。僕らの学校の理事長だ。

そして今日、金曜の朝から、担任である小野先生が、有斗の送り迎えをすることになった。

「いつまでもしょぼくれるなよ。それともやっぱり、ユキ先生の方が良かったか？」

冴えない有斗の顔を、オージンが覗き込む。ユキ先生とは、有斗のクラスの副担任で、若い女の先生だ。

「そりゃ、ユキ先生のがいいけど」

「はっきりしてんな」と、オージンが笑う。

「おれのせいで、部活が中止になって……土日に組んでいた練習試合もなくなったって」

「なんだ、そっちか」と、また笑った。

河川敷にまでテレビカメラや音声マイクに出張られては、おちおち練習もできない。理事長の達しもあって、ひとまず騒ぎが落ち着くまでは、サッカー部の練習を見合わせることになった。自身がサッカー小僧の有斗には、何より申し訳なくてならないようだ。

「マスコミなんて、どうせ三日で飽きる。それまでの辛抱だ。それよりせっかくだから、土日の予定を立てといた方がいいぞ」

「実は昨日の夜、もう立てたんだ。土曜はノゾさんと彼女さんと三人で、浅草《あさくさ》行って」

「いまどきのデートにしては渋いな」

「浅草には、僕が寄りたいところがあって」と、となりから補足する。「浅草からお台場《だいば》までは、水上バスが走ってるんです。宇宙船みたいな形の」

「写真見たら、カッケーの。んで、お台場に着いたら、ジョイポリスに行くんだ」

加熱する報道ぶりを心配してくれたみたいだ。昨日の晩、楓から電話がきた。

「ずいぶん騒がれてるけど、有斗君、大丈夫？」

「大丈夫じゃないかも。サッカーできなくなってさ、そっちの方が参ってる。まずは週末の暇を潰してやらないと」

「なら、土曜はあたしと出かけない？　家にいるよりは気晴らしになるだろうし」

「だって、受験は？　いまが正念場だろ？」

「もう、やることはやったし。どっちみち週末は、休みをとることにしてたんだ」

勉強嫌いの洋平でさえ、最近はさすがに机にかじりついている。受験生を引っ張り出すのは大いに気が引けたけど、電話の向こうからは楓の一生懸命な声がきこえる。

「出かけないと、かえって気になって集中できそうもないし。土曜にたっぷり遊んで、日曜からまたがんばるよ」

僕も楓に会えるのは嬉しい。有斗に行きたい場所をきいてみたが、サッカー場以外ないのだそうだ。あいにく一月は、プロリーグの試合がない。浅草を選んだのは楓だった。

「浅草には、望が好きな場所があったよね？」

僕はいいけど、楓や有斗にはつまらないかもしれない。それでも楓に勧められ、ネットを見ながら有斗と一緒にプランを立てた。昼はマスコミ、夜はヤーさん風の連中と、明るい話題に乏しい一日だったから、おかげでちょっと有斗の気分も晴れたようだ。

「滝本は彼女できたのか。いいなあ、美人か？」

「先生にはノーコメント」

ごまかしたけど、彼女と公言できないのが辛いところだ。

お蔦さんが、有斗を呼んだ。

「よし、行っといで」

「顔ぱっちん」だけは忘れずに、お蔦さんは有斗を送り出した。

羽生理事長をはじめとする学校側は、有斗をマスコミから守ろうとしてくれている。

金曜の朝のホームルーム、担任の菅野先生の話からもそれが感じられた。昨日よりは若干数は減ったが、まだ駅から校門までの道筋には、マイクやカメラを抱えた大人がうろうろしていた。けれど桜寺学園では、先生ばかりでなくＰＴＡまで動員して鉄壁の防御態勢をとった。

少なくとも学校にいる限り、有斗は安全だ。僕はそう思い込んでいたけれど、そうじゃなかった。

曇ってはいたが一月にしては暖かで、放課後、僕は絵の題材を探して校舎のまわりをうろついていた。うちの美術部では日本画も盛んで、僕も最近習いはじめた。日本画は草木が描けないと格好がつかないから、校庭周辺の雑草を引っこ抜いたり、デジカメで撮った花壇を参考にしたりと、毎日、植物スケッチにとっ組んでいる。

ずうっと下ばかり見ていたから、足音にも人の気配にも気づくのが遅れた。校舎の角を曲がってきた人影に、ぶつかりそうになって辛うじて避けた。

「ドリ?」

「ノゾミちゃん!」

クラスメートの小坂翠《こさかみどり》だった。ジャージ姿だから、彰彦同様、高等部のバスケ部の練習に参加しているんだろう。何故だか、ひどく慌てている。

「ノゾミちゃん、大変! トンカツ!」

「トンカツ?」

「違う! トンカツじゃなくて、串揚げ!」

さっぱり要領を得ない。ドリは成績はいいけど国語は苦手だ。対して僕は文系だから、少し考えてひらめいた。

「ひょっとして、カツアゲ?」

「そう、それ!」

クイズ番組の司会者みたく、びしりと僕を指差す。正解のピンポンがきこえたような気になったが、あまり嬉しくない。カツアゲはともかく、イジメかもしれない。四人の生徒が、ひとりをとり囲んでいたとドリは言った。

「遠くて校章は無理だったけど、囲んでいた子たちの上履きのラインが見えて、一年生だった」

高等部なら制服が違う。紺のブレザーは同じだが、中等部の男子はズボンが薄いグレーで、高等部になると濃いグレーになる。学年を特定できるのは、校章と上履きとジャージだけだ。学校指定の上履きには、ジャージと同じ色の太いラインが前と後ろに入っている。僕らの学年は青だけど、臙脂《えんじ》色だったというからたしかに二年だ。校舎裏の、いかにもな場所だそうだ。上履きのまま避難口のひとつから外に出たんだろう。

「怒鳴りつけてやろうかと思ったけど、ちょっと人数が多くてさ」

「いくら下級生でも、ひとりじゃムボーだって」

ドリの先導で現場に向かう。ドリはメールしているうちに部活の集合時間に遅れて、罰として買い出しを命じられた。正門前にはマスコミがいるから、裏門から出るつもりで狭い校舎裏を抜けようとして現場に出くわしたんだ。

いったんバスケ部に戻って、応援を呼んでくるつもりだったというドリを止め、とりあえず行ってみることにしたのは、ドリが気になるフレーズを口にしたからだ。

「こんな騒ぎを起こして、どうのこうのって文句言ってた」

騒ぎという単語から、イコールのように有斗が浮かんだ。どうか違いますようにと祈りながら、でも嫌な予感が収まらない。校舎裏の壁は真っ平らではなく、三ヶ所ほど窪んだ形になっている。三つ目の窪みに近づいたとき、そこだけ切り取ったみたいに、妙にはっきりと声が届いた。

「だからおまえがいると、いつまでたっても練習がはじまらないんだよ。散々おれたちに迷惑かけて、自分から辞めるのが当然だろ！」

前を行くドリが足を止め、僕をふり返った。黙って左側、コの字に窪んだ場所を示す。そっと覗くつもりでいたが、続いてきこえた声が、僕の頭を貫いた。

「どんなスポーツだって、不始末起こしたら退部だろ。家族が人殺しなら、立派な不始末じゃねえか！」

脳の血管が真っ白になったみたいに、頭からひと息に血の気が引いた。

ドリは四人に囲まれていると言ったけど、少し状況が違った。ふたりは後ろで遠巻きにながめているだけで、あとのふたりがひとりに詰め寄っている。校舎の壁を背中に、行き場をなくしているのは、やっぱり有斗だった。

「ドリ、彰彦呼んできて。さっき第二グラウンドにいるの見かけたから」

「でも、ノゾミちゃんひとりじゃ……」

「いいから、早く！」

ドリがびくっとして、こくこくと二回うなずいた。向きを変え、後ろも見ずに走り出す。

声に気づいたようで、四人がふり返った。

やはり全員サッカー部だ。僕も試合を何度か見にいって、さし入れをしたこともある。彰彦の友人だと、向こうも思い出したんだろう。ばつが悪そうに目をそらした。

「おまえら、ここで何してる」

四人の二年生は、何も答えない。

真ん中にあった怯えた小さな顔と目が合ったとき、僕の脳内は南極になった。

「何してるって、きいてるんだ！」

コの字になった校舎の壁に、うわんと反響した。自分の声じゃないみたいだ。

「おまえら、サッカー部だよな？　おれのこと、覚えてる？」

はい、と何人かが首をうなずかせた。有斗の真ん前にいた奴が、僕と目を合わせた。この中ではいちばんからだがでかい。

「部外者は、口出さないでもらえませんか。これはサッカー部の問題で……」

「四人がかりで下級生脅して、そっちの方が大問題だろう！」

「だって、こいつのせいで、練習できなくなったのは事実だし……」

「ほんの数日、ボールにさわれないのが何だっていうんだよ。六年の学校生活の、ほんの一瞬だろ」

何か言いたそうに、でかいのが口を開きかけたが、僕はさえぎった。

「想像してみろよ。今日、おまえらが家に帰ったとき、親も兄弟も消えてるんだ」

有斗の目が丸く広がって、うつむき加減だった四人が、はっと顔を上げた。

「家の中はからっぽで、ついさっきまでお母さんがいた証拠に、台所のまな板に切りかけの玉ネギが載っていて……居間のソファーにお父さんがいて、テレビの前に兄弟がいるはずなのに、だあれもいないんだ」

想像力の豊かな奴がいたようで、ごくりと生唾を呑む音がした。

「家族の団欒のシーンから、人物だけ消したみたいに、ひとりぼっちでとり残されるんだぞ。そんな怖い思いをした奴を……」

ひっく、と小さな嗚咽《おえつ》がきこえ、我に返った。有斗がぽろぽろと、涙をこぼしていた。氷漬けになって活動を停止していた脳に、たちまち血が流れ出した。

「ごめん、ごめんな！　おまえを傷つけるつもりじゃなかったんだ」

二年の連中をやりこめるつもりで、有斗のもっとも触れられたくない傷を抉《えぐ》ってしまった。怒りに任せて、とんでもないことをした。後悔と申し訳なさでいっぱいになる。

前にいたふたりをどかせて、有斗の顔を覗き込む。

「嫌なこと思い出させて、本当にごめん。頼むから、泣きやんで……」

涙をこぼしていた有斗が、顔を上げた。涙でいっぱいになった目が、いつもより大きく見えて、すがるように僕を見ていた。

「父さんと母さんと姉ちゃん……もう、帰ってこないのかな」

有斗がずっと封印していた、悪魔の呪文だった。

「おれ、ひとりぼっちになっちゃったのかな……これからずうっと、ひとりぼっちなのかな」

言ったとたん、気持ちが洪水を起こしたように、ぎゅっとつむった目からぼろぼろっと涙がこぼれた。

怖くて悲しくて、いままで決して口にできなかった。口にしたら現実のものになりそうで、恐ろしかったんだ。それを僕は、有斗に言わせてしまった。

情けなさに、気持ちが真っ暗に塞がりそうだ。

「ノゾミちゃん!」

息せききって駆けつけたふたりが、僕らを救いに来た天使に見えた。

天使はどちらもジャージ姿だった。

「これ、どういうことだ?」

四人を横にならべ、彰彦の説教がはじまった。

面差しがやさしいから、怒った顔にも迫力はない。ただ、妙な圧迫感があって、キャプテンの威厳かもしれない。それはコの字にあいた空間いっぱいに広がって、四人を抑えつけていた。

僕と有斗とドリは、四人のななめ後ろから見守っていた。

「練習が休みになったのは、金土日の三日間だけだろう? 月曜からどうするかは、今後の状況しだいってきいた。その一日目から退部を迫るなんて、ちょっとひどいよな?」

理路整然に淡々と責められて、返す言葉もないんだろう。四人が黙り込む。

「トシヤ、どうなんだ? 仮とはいえ、いまはおまえがキャプテンだろ」

後ろで傍観役に徹していたひとりに、彰彦は顔を向けた。トシヤという現キャプテンは、うつむいたままこたえる。

「そのとおりです。退部しろだなんて、ひどいこと言いました……ただ……」

「ただ、何？」

迷うような表情がよぎり、それから意を決したように彰彦と目を合わせた。

「おれたち、最近の有斗の態度に頭に来てて……」

「いいよ、トシヤ。その先は、おれが言う」

さえぎったのは、有斗に詰め寄っていた、いちばんがたいのいい奴だ。

「あいつに腹を立ててたのは、もともとはおれとコーキなんです」

「ヒロと、コーキが？」

ふたりの名前は、僕も知っていた。事件のあった晩、有斗からきいたんだ。彰彦が抜けて、かわりに攻撃の要となったのが、このふたりだった。

「アキさんが抜けた穴は、おれたちで埋めようって……おれたちホントは、有斗と組むのを楽しみにしてたんです」

「冬休みのあいだも、ずっとふたりでシュートの練習して」

ヒロに続いて、コーキが口を開いた。

「なのに有斗の奴、おれたちなんか全然相手にしてくれなくて……」

僕のとなりで、有斗が驚いた顔でかたまった。

「おれ、そんなこと……」

「いまさら言い訳すんなよ！　パスのタイミングが、アキさんより全然遅えじゃねえか！」

ヒロがふり向いて、有斗に怒鳴った。有斗の涙は止まったが、今度はこいつが泣き出しそうだ。

「おれたちがゴール前に走り込んでも、すぐにボールを送らずに、わざともたもたして……おれらがどんなに努力しても、おまえにはかなわない。そんなことはわかってる！　それでもおまえとプレーできるのを、すげー楽しみにしてたのに……」

「次の夏は、このメンバーでまた全中に行こうって、ヒロもおれも、精一杯がんばったのに……ここまで馬鹿にされていたなんて、悔しくて情けなくて」

そういうことか——。

嫉妬《しっと》とプライド。胸の中でそのふたつが闘って、いちばんつまらない結果に行きついた。

それでも変に胸に迫るのは、ふたりの本気が伝わるからだ。有斗とサッカーしたくて、有斗のパスを受けてゴールしたくて、一緒に喜びを分かち合いたくて、できる限り努力した。それが無駄だったと知って、自棄《やけ》を起こしたんだ。

ただ引き金を引いたのは、別のものだ。もしも今回の事件が起きなければ、ふたりの不満は時間が解決してくれたかもしれない。金森家が加害者だと、そんな報道さえなかったら、こんな最悪の形で噴出することはきっとなかった。

他人への中傷を、考えなしにネットに書き込んだり、口にしたりする奴がいる。そのひとつひとつは、ほんの小さな悪意に過ぎない。少なくとも言った当人は、罪の意識すらないだろう。砂粒みたいな悪意でも、数が集まれば凶器となる。相手に一生消えない傷を与え、死に至らしめることもある。

たぶん、ずっと昔から、あったのだと思う。村八分という言葉があるのが、その証拠だ。ルールを破った方が悪いと、私的制裁を加える。現代もそれは変わらない。

ただ、テレビとネットが普及してからは、向けられる悪意の数が膨大になった。センセーショナルに報道され、アナウンサーがくり返し声高にあおり、専門家がもっともらしく裏付ける。そして世間という観客がこれに便乗し、好き勝手にネットで悪意という尖った砂をばらまく。

この砂は、ちょうど新種の病原菌のようだ。投げつけられた当人だけでなく、何の関わりもない傍観者にまで感染する。人格さえ変えてしまう、恐ろしい病だ。

ヒロやコーキは、その病気に感染した。有斗は何も悪くない。ふだんならすぐわかるはずなのに、みんながそう言っているからと、事件を免罪符にして、溜まっていた鬱憤《うっぷん》を晴らしたんだ。

もって行き場のない怒りが、ふつふつとわいてくる。目の前のこいつらじゃなく、有斗をとりまく色んなものに、僕は憤っていた。

「ノゾミちゃん、顔、恐いって」小さな声で、ドリに注意された。

他に当たる場所がないから、知らずにヒロとコーキをすごい顔でにらんでいた。

「おれ、ヒロさんとコーキさんを、馬鹿になんてしてません！」

　ふいに有斗が、声をあげた。

「おれはただ、ゴールを決めてほしかっただけで……それでタイミング計って、でもうまくいかなくて遅れちゃって……おれもどうしていいかわからなくて、えーっと、えーっと」

　ボキャブラリーのなさは、こういうときには致命的だ。部外者の僕とドリはもちろん、四人のサッカー部員も、「?」が頭に載っかっているような顔をする。

「有斗が見ていたのは、人じゃない。状況だよ」

　ただひとり、彰彦だけが、正確な意味を理解した。

「有斗は相手がおまえたちだから、パスを送らなかったんじゃない。いま送ってもゴールできないと、瞬時に判断して、パスを遅らせたんだ」

「そう、それです!」有斗が叫んだ。

「ヒロはパワーなら、おれよりはるかに上だ。コーキはシュートの精度がいい。ただ、ふたりとも、ポジショニングが悪い」

「ポジショニング……」

「それはたしかに、アキさんに敵わないけど」

　ヒロとコーキが、顔を見合わせた。

　彰彦は、絶妙のタイミングでゴール前にすべり込む。有斗も以前から、褒めちぎっていた。たぶん彰彦は、三秒後の状況を予測できるんだ。味方がどう動き、敵がどう防御に来るか、頭でなく感覚で判断して、もっともゴールの確率の高い場所に走り込む。

「ヒロはコーナー側から、力任せにシュートするだろ。逆にコーキは、確実を狙いすぎて、ゴールの真ん前で敵に囲まれる」

「どっかにいいタイミングがあるはずなのに、おれもまだ慣れなくて、なかなかいいパスにならないんです」

有斗が、悔しそうな顔で訴える。

「でも、もう少し時間ください！　必ずヒロさんとコーキさんにも、いちばんいいパス送れるようになりますから」

「そっか……有斗にも、できないことがあったんだな」

ゆっくりと噛みしめるように、コーキが呟いた。

「だから、だから、おれをサッカー部に置いてください。お願いします！」

有斗がきっちり直角に、腰を折った。ヒロがその前に立って、同じ形に頭を下げた。

「ごめんな、有斗。ひどいこと言って、おれが悪かった」

「おれも、ごめん！　一緒に全中、行こうな」

コーキも右に倣い、彰彦がにっこりした。

「よかった、一件落着だね」と、ドリは僕の腕を小突いた。

「どうしよ、買い出しのこと、すっかり忘れてた！　高等部の先輩から、絶対大目玉だ」

事態が落ち着いたとたん、今度はドリが慌てだした。

有斗と二年は、お互いに親睦を深めることにしたようだ。どのみち今日は練習はない。校内に残っていそうな他の部員も誘って、ボウリング場に行くという。
一、二年生がいなくなると、彰彦はドリにお礼を言った。
「小坂さんには、また迷惑かけちゃったね。何か、お礼しないと」

「今度、学食で何かおごるよ。高等部のバスケ部にも、一緒にあやまりに行こうか？」

「いいって。この前は助けてもらったんだから、これでおあいこだよ」

僕らの申し出をあっさりと退けて、じゃあ先行くね、と青いジャージが駆けていく。

「望にも、お礼言わないと。望と小坂さんがいなかったら、大変なことになってたよ」

穏やかな彰彦の表情に、むくむくと罪悪感がわき上がる。

「いいよ……実はおれも、有斗にひどいこと言っちゃってさ」

彰彦が来る前の顚末を、手短に語る。

「言っちゃいけない悪魔の呪文を、有斗に言わせた」

「悪魔の呪文て、おもしろいね」

「おもしろくないよ。自己嫌悪で真っ暗だ」

きっとこの先一生、思い出すたびに落ち込みそうだ。

「おれもね、悪魔の呪文、抱えてるんだ」

いつだって小春日和のような表情が、少しだけ違って見えた。

「おれ、サッカーやめようかと思ってるんだ」

「え？」

「見学には行ってるけど、高等部で続けるかどうか迷っててさ」

そのために彼女にフラれたくらいの、掛値なしのサッカー馬鹿だ。頭が混乱して、突拍子もない結論にたどり着いた。

「……どうしても、彼女欲しいとか？」

彰彦に笑われた。違ったみたいだ。

「おれ、プロのサッカー選手になるのが夢だった」

知ってる。彰彦から、何度もきいたことがある。

「でも、諦めたんだ……有斗に会って、有斗のプレー見て。こういう奴がプロになるんだ、世界へ行くんだって、心の底から思い知った」

プロチームが主宰するクラブに見学に行ったり、全国大会まで行けば、実力のある奴がいくらでもいる。有斗よりも上手い奴、才能のある奴は、他にもいた。彰彦はそう言った。

「だけど、何ていったらいいか……有斗は、あいつは、特別なんだ」

「……特別って？」

「次元が違うっていうか、うまく説明できないな」

もどかしそうな顔をして、ふと気づいたようにジャージのポケットに手を入れた。

「この前、紐が切れちゃって。ポケットに入れっ放しだった」

僕の目の高さにもち上げる。ぷらりと揺れているのは、携帯のストラップだ。

「これさ、アイベックスっていうんだ」

　弧を描いた、長い角笛みたいな立派な角がついていて、ぱっと見は鹿だけど、分類的にはヤギの仲間になる。ヒマラヤとかピレネーとか、険しい山岳地帯に生息している動物だという。彰彦の好きなプロサッカーチームのマスコットだとは知っていたが、名前をきいたのは初めてだった。

「ネットの動画に、すごい映像があってさ、こいつら九十度の崖を軽々と下りるんだ」

　後で動画サイトを確かめると、本当にその映像があった。向かい合わせにそびえ立つふたつの崖は、たしかに垂直に切り立っていて、アイベックスというヤギは、そのあいだをジグザグにジャンプしながら難なく下りていく。一頭だけじゃなく、何頭も続くさまは曲芸みたいだ。そのせいか、ヤギたちが遊んでいるように見えてくる。

「人間には考えられない動きでさ。まるで三次元じゃなく、四次元を走るヤギみたいで」

「四次元の、ヤギ？」

　僕らがいまいる現在が三次元で、それに過去と未来、つまり時間を加えたものが四次元だ。

「有斗のプレーは、ちょうどそんな感じなんだ。どこにいても、必ず観客の目を引く。びっくりして目が吸いついて、何度でも見たくなる……真似しようにも、相手が四次元じゃ、追いつくことすらできない」

　最後のところで、少し寂しそうな顔をした。

「努力で埋まる溝なら、いくらでも努力する。でも、おれの道の延長線上にはないものだと、わかるんだ」

「それって、ただの個性じゃないの？」

僕は美術部だから、よけいにそう思うのかもしれない。誰だってうまくはなりたい。でも何より大事なのはオリジナリティーだ。人と違うということは、喜んで然るべきだと考えていた。

「たしかにスポーツ選手にも、それぞれ個性はあるけどね」

美術と違って、スポーツは毎回勝ち負けが決まる。同じフィールドで勝負するから、競争はより熾烈になる。選手人生が短いとされるサッカーはなおさら、十代で何らかの結果を出さなくてはならない。

あと五年、自分の長所を伸ばし、欠点を克服できたとしても、有斗には遠くおよばない。彰彦は、そう判断したんだろう。

「その話、有斗には……」

「もちろん言ってない」

「だよな……あいつ高等部へ進んだら、またおまえとサッカーできるって楽しみにしていたもんな」

「もしやめることになったら、そのうち話すけど」

有斗がボールを運んで、彰彦がシュートする。ついこの前までゴールデンコンビと呼ばれていたのに、道の先は大きく分かれてしまった。それが切なくてならない。

「ひょっとして……彰彦がクラブチームやめたのって、そのせい？」

「うん、それもあるし、部活の時間を増やしたかったし……おれ、有斗とサッカーがしたかったんだ。サッカー諦めるきっかけになった奴とプレーしたいって、おかしいだろ?」

「おかしくはないけど……彰彦にはなかったのか? 何ていうか、さっきの連中みたいな、その、有斗への……」

「嫉妬?」

さらりと口にされて、うなずくしかできなかった。

「そりゃ、あるさ。ていうか、おれが誰より強いかもしれない」

向けられたさわやかスマイルには、そんな影は微塵もなかった。

「でも、有斗を憎まずに済んだ。何故だかわかる、望?」

「それは彰彦が……」

イイ奴だから、と言おうとしてやめた。それはおかしいと、気づいたからだ。良い人だって、人を憎むことはある。むしろそういう、人をたくさん好きになる人の方が、憎む気持ちも大きくなったっておかしくないんだ。

僕が躊躇《ちゅうちょ》していると、彰彦は自分で答えを言った。

「有斗が、おれを認めてくれたから。おれとのコンビを、喜んでくれたから。それが理由」

ああ、そうか——、と素直に納得していた。

「次のシーズンは、もうおれは有斗に追いつけないかもしれない。でも、去年はあいつを生かせるプレーができた。おれはそれで満足だよ」

ストラップの切れ端を、もう一度顔の前にかかげた。マスコットだから、目がくりっとして、愛嬌がある。

「それ、やっぱり有斗に似てるかも」

ちぎれた紐の先で、一匹だけ揺れている。四次元のヤギは、少し寂しそうに見えた。


「ボウリング場？　あの子がサッカー以外のことをするとはね」

家に帰って、有斗は少し遅くなると、祖母に伝えた。

「ボウリングじゃなく、バッティングかシュートをやるんだって」

いわゆる総合アミューズメント施設で、カラオケからゲーセン、バッティングセンターまで何でもそろっている。ＰＫ戦の要領で、ボールをシュートする遊びもあるそうだ。僕みたいなインドア派だと、三人集まればゲームが相場だけど、体育会系はやっぱりからだを使いたいんだろう。

「校門前で、パパラッチされたりしなかったかね」

「団体の方がごまかしやすいし、万一見つかったら、みんなで走って逃げるって二年の連中も言ってたし」

「まあ、カメラ背負った大人が、サッカー部の足に敵うはずがないからね」

「終業時間だいぶ過ぎてたし、僕が学校出たときはほとんど残ってなかったよ。帰りは、また僕が駅まで迎えにいくよ」

電車に乗る前に、電話しろと言ってある。念のため飯田橋ではなく、都営線の牛込神楽坂駅《うしごめ》にした。

「なにせ昨日の今日だしね。迎えならあたしが行くよ」

昨日、ヤーさんみたいな連中に待ち伏せされたばかりだ。お蔦さんひとりで大丈夫だろうかと、かえって心配になる。

「『鈴木フラワー』と『木下薬局』が、一緒に来るってさ。三人組の話をしたら、何だか盛り上がっちまってさ」

花屋のご主人と、洋平のお父さんが有斗の護衛を申し出た上に、この多喜本履物店にも、商店街の男性陣が、しばらくのあいだ交替で詰めることになったと、ちょっと鬱陶しそうな顔をする。

背中に祖母の声をききながら、僕はフライパンに合わせ醬油を注ぎこんだ。ジュ―ッという音とともに、香ばしい煙が立ちのぼる。牛蒡《ごぼう》を牛肉で巻いた、八幡《やわた》巻だ。

マグロの山かけ丼に、アサリの味噌汁と、今日は純和風にした。

仕度がだいたい整ったところで、有斗から電話があった。三十分くらいで牛込神楽坂に着くという。花屋と薬局に電話を入れて、お蔦さんもコートとショールを用意する。出かけようとしたとき、ふたたび電話が鳴った。何か不測の事態でも起こったんじゃないかと、ちょっとどきどきする。祖母が廊下に出て、受話器を上げた。

「おや、ヨシボン」

気楽な調子で応えたが、どきどきは収まらなかった。有斗の事件で、何か進展があったんだろうか。期待よりむしろ、不安の方が大きい。

「八時に、ヨシボンが来るってさ。まだ七時前だから、夕飯を済ませて後片付けをすれば、ちょうどいいかもしれないね」と、居間の時計をながめた。

「事件のこと、何かわかったのかな？」

「なんでも、有斗に会わせたい人がいるそうだよ」

誰とは言わなかったが、そう悪い話じゃない。祖母の表情は、そんなふうに見えた。

やがて有斗も無事に帰ってきて、三人で夕食をとり、ピンポンが鳴ったのは八時三分だった。

「こちらは、相須里依《あいすりえ》さん。金森佳高氏に、融資の保証人を頼んだ方です」

真淵刑事は、若い女性をひとり伴っていた。

「相須さんというのは、めずらしい姓ですね」

お茶を出し、有斗のとなりに座ると、お蔦さんはそう切り出した。僕や祖母のことは、あらかじめ真淵さんからきいていたようだ。僕の同席も了解してくれた。

「はい。以前いたお店の源氏名も、アイスとしていました。実は本名だと明かしても、皆、名前の方だと思うようで。苗字だと気づいたのは、金森さんだけでした」

お店というのは六本木のキャバクラで、有斗のお父さんは、会社の接待で店に来たのだそうだ。女性の歳はわかり辛いけど、たぶん二十代の終わりくらい。少し赤味がかった栗色のロングヘアに、目のぱっちりしたきれいな人だ。女性にしては背が高く、百六十五センチはありそうだ。

「金森さんの話で、父の古い知り合いだとわかりました。アイスを苗字だと思ったのも、そのためだと……それから時々、店に来て下さるようになって」

「お父さまの……そうでしたか」と祖母が、ちょっと驚いた顔をする。

「父のよしみで、何でも相談に乗るからと言われて、甘えてしまったんだと思います……最初は保証人を頼むつもりなんて、ありませんでした」

唇を噛んでうつむいた。代わりに真淵刑事が、経緯を語る。

「今朝、相須さんから警察に電話があり、神楽坂署にご足労いただいて事情を伺いました」

「たしか、お店の開店資金でしたね？」

祖母が水を向け、相須さんがうなずいた。

「いつか自分の店を持つのが夢で、こつこつお金を貯めていましたが、派遣社員では限界があって……」

大学には進まず高卒で派遣社員として働きはじめたが、お金のために二十一のときに夜の仕事に鞍替《くらが》えしたそうだ。入ってみると、お酒好きなことも手伝って、意外と性に合っていたと語る。

「私は特に焼酎が好きで、焼酎専門のバーを出したいと考えていました」

そして三年前、不動産会社に勤める有斗のお父さんを通して、理想的な空き物件を見つけた。

「逃すのは惜しいと思える物件で、私の貯金では開店資金に足りませんでしたが、四百万ほど融資を受けるだけで済む。店が軌道に乗ればすぐに回収できる額だと、あのころはそう思ってました……当時の収入が多かったから、錯覚していたんです」

外見だけじゃなく物腰もきれいな人だから、人気があっても不思議じゃない。給料もそれだけ高かったんだろう。ホステスさんは指名が多ければ、月収百万も夢じゃないそうだ。

「ただ、融資の金利が高いのには閉口しました」

「それで第三者保証人を、立てることにしたんですね？」あたりまえのように祖母が応え、

「何、それ？」それまで我慢してたのに、うっかり口を出してしまった。

「第三者ってのは、いわば他人のことさ。他人を保証人にすると金利がぐっと下がるんだ」

融資の場合には、生計が同じか別かが他人のポイントになる。つまり家族でも、別居していて収入が別なら他人とみなされて、第三者保証人となり得る。相須さんの受けた融資では、一・五倍も金利が違ったそうだ。

「私はすでに両親がなく、兄弟もいません。親戚ともいまではほとんど行き来がなく、お金のこととなると友人も頼れませんし」

「失礼ですが、ご両親はいつごろ？」

「父は私が子供の頃、九歳のときに亡くなって、母も六年前に病気で他界しました」

以来、天涯孤独の身の上だと、あまり湿っぽくない調子で語った。

「会社役員の金森さんなら、他に金利の安い融資元を知っているかもしれない。最初はそのつ

もりで事情をお話ししました。お客さんとはいえ赤の他人です。期待していたわけでは決してありません。ですが金森さんは、物件を提示したこちらにも責任があるからと、その場で保証人を引き受けて下さったんです」

「その場で、ですか……」

お蔦さんの顔が、不審げに曇る。それを見て、真淵さんが口を開いた。

「たしかに我々がこれまできき込んだ、金森氏の人物像とは一致しません。署で話を伺った際も、その辺りを重ねてたずねましたが、見返りめいた要求は一切なかったそうです」

真淵さんの話を裏付けるように、相須さんが深くうなずいた。

「実は私自身、妙に思えました。何故そうまで親切にしてくれるのか、理由がわからなくて」

父親の知り合いだったとはいえ昔のことで、そう頻繁に行き来していたようすもない。あらためて、どういう関係だったのか確かめてみたという。

「うちは祖父の代から酒屋を営んでいて、店と商売上のつきあいがあったと、金森さんは仰ってました」

焼酎専門のバーという発想も、実家の稼業が頭にあったせいかもしれないと、ちょっと悲しそうに微笑んだ。

「父は商売に失敗して、私も結局、同じ轍《てつ》を踏んでしまいましたが」

相須さんの店は、開店からわずか一年半で駄目になり、四百万だった借入金は、利息と返済の遅れから七百万にふくらんでいた。その一切を、有斗のお父さんが肩代わりしたのだ。

「それでも金森さんは、怨むどころか、かえって私の心配をしてくれました。父のようになってはいけないと逆に励ましてくれて」

「どういう、ことですか？」と、祖母が身を乗り出した。

「私の父は、借金の心労で、自ら命を絶ちました」

有斗のからだが、かすかに揺れた。膝にあった両手を、きゅっと握りしめる。

「あのとき、お父さんを助けてあげられなかった。申し訳なかったと、金森さんはひどく辛そうにあやまってくれました」

「それで、娘のあなたに援助を申し入れたと、そういうことですか」

納得がいったと言わんばかりに、お蔦さんがこくりこくりと首をふる。

「でも、私の返済を肩代わりしたのが原因で、金森さんの家ではさらに借金を重ねることになったと、警察でききました。私、ちっとも知らなくて、申し訳なくてならなくて……」

「有斗君にはどうしても、ひと言お詫びをしたいというので」

家に連れてきたわけを、真淵刑事がそう説明した。

「テレビの報道で、金銭トラブルが疑われると盛んに言い立てられていて、初めて私のせいかもしれないと思いました。もっとひどいのが、ネットの中傷で……」

相須さんも、その場の誰も口にしなかったけど、だいたいのことはわかる。ワイドショーだとそれとなくにおわす程度だけど、週刊誌やネットの書き込みは、借金まみれで常時金銭トラブルが絶えなかっただの、夫婦そろって愛人がいるだの、読むのがばかばかしいくらいの加熱ぶりだ。

「ごめんなさい、有斗君、本当にごめんなさい」

相須さんが有斗に向かって、背中を小さく丸めるようにして頭を下げた。

「え、あ、いや……」

有斗がひどくうろたえて、助けを求めるように僕とお蔦さんを交互に見た。

「許してもらおうなんて、虫のいいことは言いません。ただ、これを受けとってほしくて」

相須さんが、白い封筒をさし出した。中身は、お金だった。有斗のお父さんが支払った七百万の他にも、店をまわす際に嵩んだ別の借金が、相須さんにはあった。この一年と三ヶ月は、そっちを払うので精一杯だったという。

「ようやくそちらの支払いがひと段落して、わずかな額ですが毎月少しずつ返していく目処が立ちました。金森さんにお知らせしようと思っていた矢先、事件の報道を知って……」

事件に関わっていると警察に疑われるのが怖くて、最初は静観を決め込んでいた。でも、金森一家が加害者だとする説まで出てきて、我慢ができなくなったと語る。

「せめて有斗君だけには、本当のことを伝えたくて」

「本当の、こと?」有斗の声が、少しかすれる。

「ご家族にも疑われていたようですけど、私とお父さんとのあいだには、保証人以外の関係は、一切ありません。それを有斗君にだけは信じてほしくて……お父さんは有斗君のこともご家族のことも、何より大事になさっていたから」

「父さん、おれの話なんてしてたんですか?」

「ええ、いつも」

　ずっと深刻そうだった相須さんが、初めて目許をゆるめた。思わずつられてしまいそうな、親しみのこもった笑顔だった。

「有斗君はサッカーが大好きで、お姉さんの菜月さんは学校の先生になるのが夢で、ふたりがすくすく育ったのは奥様のおかげだって」

「父さんが、そんなこと……」

　ぽっと灯りがともったような顔をした。まだ蛍のような小さな光かもしれない。それでも有斗の胸にともった火が、とても温かなものだということは、となりにいる僕にもわかった。

　ふいに腿《もも》の辺りがブーンと震えた。フリースパンツのポケットにある携帯が鳴ったのだ。彰彦からで、メールじゃなくて電話だった。いったん廊下に出て、通話ボタンを押す。

「有斗のようす、どう?　あの後、大丈夫だったか、気になってさ」

　あんな話をしていたくせに、有斗のことはやっぱり心配している。何だか彰彦らしい。

　僕が席を外したのをきっかけに、休憩タイムになったようだ。お盆を手にしたお蔦さんと有斗が、居間から出てきた。

「有斗、彰彦から。出るか?」

　トイレに行こうとしていた有斗は、Uターンして戻ってきた。携帯を渡すと、そのままトイレに直行する。

「持って入るなよな……防水仕様じゃないから、便器に落とすなよ！」

呑気な返事が、扉越しにきこえた。お茶は僕が引き受けて、お蔦さんがソファーに座りなおす。すっかり気を抜いていたが、大人同士の話は、まだ終わっていなかった。

「もうひとつ、伺いたいことがありましてね……かなり不躾《ぶしつけ》なことですが」

「何でしょう？」

「お父さまは借金を苦に亡くなられたそうですが、保険には入ってらっしゃいましたか？」

相須さんの横顔が、はっと緊張し、やがてひどく重そうに首が縦にふられた。

「借金のほとんどは、その保険金で返済しました」

きいたお蔦さんの目が、底光りした。

「お父さまがお金を借りていた相手、あるいはとり立てていた業者はわかりませんか？」

「警察でもきかれましたが、何分、子供のころの話で……」

お母さんの死後、書類の類はあらためてみたが、すべて処分されていたと困った顔をする。

「何とか、確かめる手立てはありませんか？」祖母にはめずらしく、食い下がる。

「相須さんのお父さんの借財が、今回の金森さん一家の件に絡んでいると、お蔦さんはそう考えているんですか？」

真淵さんが、ソファーの向かい側から身を乗り出した。

「かもしれないってだけだがね、どうも金森さんの態度が気になってね」

「たしかに、バシさんも引っかかっているようでした」

バシさんとは、うちにも来た年配の橋本刑事のようだ。

「あの、父の兄弟なら、ひょっとしたらわかるかもしれません」

祖母と真淵さんの真剣な表情に動かされたんだろう、相須さんがそう申し出た。お父さんの酒屋の借金が表沙汰になったとたん、行き来が途絶え、もう長いこと音信不通の有様だったと自嘲気味に語る。

「二十年以上経ちましたし、娘の私が行っても追い返すような真似はしないと思います。少なくとも私よりは事情に明るいはずです。何かわかるかもしれません」

有斗の家族を見つける手掛かりになるなら、どんなことも厭わないと相須さんは言ってくれた。

「田舎にあった私の家と同じ市内ですし、家は替わっていないはずです。明日にでも、行ってみます」

「田舎というと、どちらですか?」

「山梨県の甲府市です」

「甲府、ですか」

念を押すように、祖母が呟いた。

「甲府が、気になるの?」

やがて真淵さんと相須さんが帰ると、僕はお蔦さんにたずねた。

「金森家の周辺で、甲府が出てきたのが二度目だからね」

「二度目？　いつ出たっけ？」

僕が目で問うと、有斗も首をかしげる。

「信玄餅さ。あれは甲府土産なんだ」

ああ、と僕も思い出した。この前、三人で蕎麦屋に行ったときだ。おかみさんが気を利かせて僕らに出してくれて、有斗は大好物だと喜んでいた。山梨県の銘菓として有名だけど、本家本元は甲府市なのだと祖母は言った。

「信玄餅を土産にしてきたのは、金森家の債務整理をした人だったね？」

「そう、古谷さん」

「月に一度、来ていたんだろ？　毎回、手土産持参だったのかい？」

あれ、と有斗が首をかしげ、少し考えて答えた。

「そういえば、前はお土産なんてなかった……たぶん。おれは古谷さんと会ったことないけど、もらってたら晩ごはんの後に出てくると思うし」

「ここ最近だけ、二回続けて信玄餅を持ってきた。そういうことだね？」

お蔦さんに向かって、有斗がうなずく。

甲府に関わっているのは、このふたりだけではなかった。

やがて僕らにとってこの街は、忘れられない場所になる。

第六章　やさしい沈黙

人込みの中に、楓の姿を見つけた。

少し寒いけど、よく晴れている。お台場は、都心にくらべると空が広い。

「ごめん、待たせちゃったかな？」

「大丈夫、おれたちも来たばかりだから」

「こっちこそ、急に待ち合わせ場所変えてごめん。浅草で荷物が増えるから、最後にした方がいいと思って」

「あたしも浅草から帰る方が楽だから」

白のモコモコセーターに、ピンクの袖なしダウンがかわいい。いつもはちょっと大人っぽく見えるから、何だか新鮮でドキドキしてしまった。楓の家は江東区の北よりだから、たしかに浅草の方が近い。

「有斗くん、はじめましてだね」

「金森有斗です。今日はよろしくお願いします！」

まともな挨拶に、ひとまずホッとした。カノジョだとか、よけいなことは言わないようにと、固く釘をさしている。

「デートするのに、カノジョじゃないの？」

「なまじ親戚になっちゃったから、つきあい方が難しいんだよ」

告白なんかしてもし玉砕したら、目も当てられない。おまけに楓のお父さんの奉介おじさんは、うちに住んでいるからよけいにややこしい。その辺の事情を説明すると、有斗も納得してくれた。

「おれ、ジョイポリス初めて」

「あたしも。最初に、なに乗ろうか？」

ジョイポリスは、ゲーム会社が運営する屋内型のテーマパークだ。入場券とアトラクション乗り放題がセットになったパスポートを買った。この日のために、お蔦さんから軍資金はたっぷりもらっている。有斗はもちろん、楓の分もチケットを買った。

「あたしの分は、いいよ。お母さんにも、自分で出しなさいって言われてるし」

「お蔦さんは、楓のおばあちゃんみたいなものなんだから。たまには祖母らしいこともしたいって、本人も言ってたし」

楓が、すごく嬉しそうににっこりする。

「ありがと。じゃあ、お昼はあたしが出すね」

「いや、やめといた方がいいよ。こいつ三人分食うから」

「おれ、ハンバーガー食いたい。あ、やっぱりピザ！」

「昼ごはんより、なに乗るか考えろよ」

ここは怖い系のアトラクションも結構あるが、楓は苦手だというし、おれも有斗もリアルで血を見たばかりだから、とてもそんな気になれない。バーチャル系の乗り物や、ジェットコースターにした。

実をいうと、絶叫系はあんまり得意じゃない。屋内だからと油断していたけど、三百六十度回転する強烈なものもあって、結構ぐったりきた。楓と有斗の前だから、もちろん顔には出さない。

「有斗くん、ホントに食欲旺盛だね」

「はいっ！　食べ盛り伸び盛りだから」

有斗の前には、ライス付きのテリヤキハンバーグとホットドッグ、さらにはチョコレートパフェまである。楓はオムライス、僕はパスタにしたが、乗り物でせり上がった胃がもとに戻っていないようで、食欲は全然なかった。

食事の後は、腹ごなしにシューティングゲームをいくつかやって、二時過ぎにテーマパークを出た。水上バスの乗り場までは、思った以上に近かった。

「うわ、スゲー！　マジで宇宙船みたい」

ホタルナという名前の水上バスが、水面を滑るように近づいてくる。シルバーメタリックのボディーにグリーンのガラスが天井まではまっていて、名前のとおり蛍形のメカみたいだ。船の中も清潔でピカピカだったけど、やっぱり船の屋上にある甲板からのながめが最高だった。

「気持ちいいねー。お天気よくて、よかったね」

「おれ、水上バスも初めて。こんなに潮の香りがするんだ」

風に吹かれて、楓と有斗が目を細める。気持ちよさそうな横顔がならんでいて、見ているだけで幸せな気持ちになる。おかげで船を降りるころには、コースターの後遺症も収まってくれた。

「ジョイポリスとホタルナの後じゃ、ギャップが激しいと思うけど」

浅草の吾妻橋で船を降り、浅草寺のある雷門を過ぎる。目的地は、ひと駅先の田原町《たわらまち》に近いところだ。

「わ、あのビル、でっかい顔がついてる！」

ビルの屋上に、コック帽をかぶりヒゲを生やした、巨大な顔が鎮座している。

合羽橋《かっぱばし》道具街の、シンボルだ。浅草通りから言問《こととい》通りまで、全長八百メートルの道の両側に、百七十軒の店がならぶ。飲食関連専門の問屋街で、食器や鍋はもちろん、黒板タイプのメニューボードに居酒屋で見る大提灯、ナプキン立てや伝票といった小物から、二百万のピザ用石窯まで、料理関係なら何でもそろう。ひとめぐりすれば、今日から飲食店を開けるという、プロ御用達の街だった。

「あたしも前に一度、お母さんと来たことあるけど、望はよく来るの？」

「おじいちゃんやお父さんがいたころは、年に二回は来てたかな。去年のお正月に、お父さんが帰省して以来だから、一年ぶりだ」

「お蔦さんとは、来ないの？」

「もともと買物嫌いだし、何よりお蔦さんに調理器具なんて、猫に小判だよ」

「見て見て、給食室みたいな、ばかでっかい鍋がある！」

「ああ、寸胴《ずんどう》な。ラーメン屋とかにもあるだろ」

「変な名前ー。あ、あれ、バーガー屋にあるフライドポテト揚げるやつだ。こんなものまで売ってるんだ」

「この木型かわいい。葉っぱとか花とか、色々ある」

有斗は業務用のフライヤーをめずらしそうにながめ、楓はとなりの店で、和菓子用の木型に目をとめた。ふたりとも意外と楽しそうで、ちょっと安心した。

「焼き鏝《ごて》なんかも、いっぱい種類があって楽しいよ」

「わあ、ほんとだ。桜に小鳥、こっちは栗だね」

「ノゾさん、これ、何に使うの？」

「お饅頭とかに押すんだよ」

僕は目についた食器や調理器具をちょこちょこ調達して、楓はクッキーの抜き型やお弁当箱を、有斗は自分用のマグカップを買った。

だが、ふたりがいちばん熱心だったのは、食品サンプルだ。

「すげー、いっぱいあり過ぎて目移りする」

「あたしも、ここがいちばん楽しみだったんだ」

飲食店のガラスケースに並ぶリアルなカレーやラーメンだけでなく、ここには携帯ストラップとかキーホルダーとか、小さく作った色鮮やかな食品サンプルが大量にあるんだ。楓は本物そっくりのピンクのドーナツとチョコクレープで迷って、結局イチゴタルトになった。楓以上に熟考を重ねた有斗が、ようやく店から出てきた。

「え、それなんだ……」

手にしたストラップの先には、カニウインナーがついていた。

「おれ、サッカー以外でこんなに楽しかったの久しぶり」

「あたしも。受験終わったら、また三人で遊びに行こうね」

楓とは浅草で別れ、家に帰ると、僕はさっそく新しい調理器具を試してみた。

ガス台にかけた銅の小鍋の中身をゆっくりとかき回す。焦がさないように気をつけながら、適度に水分をとばして粘りを出す。

「よし、こんなもんかな」

小鍋を火から外し、とろりとなった中身を陶製の器に入れた。鮮やかな赤い器は、キャンドル台とセットになっている。

「何だい、このミニ七輪は？」

やがて店を閉め、祖母が台所に入ってきた。

「バーニャカウダ・ポットっていうんだ。お蔦さんは知らないだろうけど……」

「それくらい知ってるよ。野菜にソースをつけて食べるんだろ？」

歳のわりに祖母は、新しいものに躊躇しない。食べ物には殊にその傾向が強くて、テレビでめずらしい料理なんかを見かけると、すぐに食べたがる。

「ふにゃふにゃして変な名前。おれ、食べたことない」

バーニャカウダは、冷やした野菜を温かいディップにつけて食べる、女子に人気のイタリア料理だ。ニンニクとアンチョビ、オリーブオイル。ソースはこの三つが基本で、牛乳を加えるとコクが出る。ニンニクは水と牛乳でやわらかく煮てから潰し、アンチョビは、これも合羽橋で調達した、チューブ状のアンチョビペーストを使った。あとはとろ火でかき混ぜればでき上がりだ。ソースが冷めないよう、ポットの下にキャンドルを置いて、下から温めながら食べる。

「いいにおいじゃないか」

「たぶん、お蔦さんの好きな味だよ」

「セロリはないのかい？」

「有斗が嫌いだからさ。においかいだだけで、食欲なくすっていうから」

野菜はキュウリとニンジン、ブロッコリーとカブにした。鶏もも肉のワイン煮と、ニシンの揚げだしもテーブルにならべる。青ジソを芯に、ニシンをくるりと巻いて油で揚げて、八方出《はっぽうだ》汁《し》をかけたものだ。

「いっただきまーす！」

有斗がさっそく、キュウリでたっぷりとソースをすくい、口に運ぶ。

「これ、うまい。なんか大人な味」

「ソース、つけ過ぎじゃないか？　たくさん作ったからいいけどさ」

「ニンニクとアンチョビの組み合わせがいいね。これならいくらでも食べられるよ」

食事が済むと、お茶を飲みながらお蔦さんが言った。

「明日は朝から、お客がたくさん来る予定だから」

「お客って、明日は日曜だから店は休みだろ？」

「日曜だからこそ、人数が増えてしまってね」

僕は首をかしげたが、翌日はたしかに、朝から先客万来だった。


「邪魔するぜ、ノゾミちゃん。お、サッカー少年も元気そうだな」

「はい、これお土産。テオブロマのガトー・ショコラ」

「暇潰しに、色々持ってきたよ。将棋盤にトランプ、人生ゲームもあるよ」

朝から団体で押し寄せてきたのは、神楽坂商店街のご近所衆だった。

「さすがにちょっと、多過ぎない？」

夫婦に親子、中には三世代や一家総出という顔ぶれもあって、居間と祖母の和室はあっという間に満杯になってしまった。

「ノゾミちゃんは今日は座ってて。お茶くみは女性陣でやるから」

僕の定位置である台所からも、さっさと追い出されてしまった。

「望、人生ゲームやろうぜ。真淵写真館のお土産、なんと初代版のレア物だぞ」

「洋平、おまえは帰って勉強しろ」

「だってよ、家族全員来てるんだぜ。家でひとりじゃ、こっちが怖えって」

木下薬局の息子は、浮き浮きとボードゲームのセッティングにかかる。

「真淵写真館て、もしかしてヨシボン刑事の家？」

「そう。あれはヨシボンの兄ちゃん」

洋平と有斗の会話に耳を傾けながら、家の中を見渡した。十五、六人はいるだろう、満員電車には負けるが、ほぼすし詰めの状態だ。

「こうまで多いとは、あたしも予想外だよ。ちょうど日曜でどこも休みだから、思いのほか集まっちまってね」

神楽坂は、仕事帰りの人が集まる大人の街だ。だから日曜祝日を定休日としている店がほとんどで、土日休業の店もある。休みにかこつけて、ご近所衆が集合したのは、僕らの警護のためだった。

「筋者から喧嘩売られたって？　江戸っ子を舐めてもらっちゃ困るぜ。ヤクザが恐くて商売できるかってんだ」

一瞬、ここは魚河岸《うおがし》かと勘違いしそうになる。福平鮨のご主人だ。たしか御歳《おんとし》七十は超えてるはずだが、未だにバリバリの現役で、浅黒い顔に鉢巻き姿は、息子さんよりよほど威勢がいい。

「ああいう連中は、街ぐるみで対抗すれば、向こうは手も足も出ないからね。今日あたり鉄砲玉が飛んできそうだときけば、放ってはおけないよ」

洋平のお父さんも、鼻息が荒い。

「何か、話がでかくなってない？　今日あたりが危ないって、ホントかな」

僕らが得体の知れない三人組と遭遇し、翌日から多喜本履物店に集まる顔ぶれは、かなりごつくなった。前は七・三の割合で女性の方が多かったのに、最近は男ばかりで正直むさい。女性客が大半を占める、多喜本履物店の商売的にもどうかと思う。

ただ、連中がふたたび接触してくるとしたら、人通りの多い平日ではなく、シャッターが下りて通りががらんとする日曜日ではないかと、お蔦さんは予想した。

「おまえたちが、カドべってボスの名前を耳にしたろう？　めずらしい名字だから、もしやと思って警察に問い合わせてみたんだ」

「誰か、わかったの？」

「鹿渡部肇《かどべはじめ》という、前科のある男が引っかかってね。十年ほど前に、過失致死で三年食らってる」

「過失致死ってつまり……人を殺したってこと？」

祖母がうなずいて、人いきれが籠った部屋で、急に寒気を感じた。

仲のいいヨシボン刑事でさえ、捜査状況は必要最低限しか教えてくれない。ただ、気をつけるようにとの警告のつもりで、鹿渡部肇について知らせてくれた。

僕らが見たカドベと同一人物かは、まだ捜査中で確認がとれていない。それでも警察にうろうろされては、焦ったり腹を立てたりしてもおかしくない。

「ひょっとして、事件当日に有斗の家に来た客って、カドベじゃないかな？」

この前、カドベを見かけてから、ずっと引っかかっていた。黒い車も同じだし、明らかに怪しい。

「あたしも同じことを考えたんだがね、金森家からは前科者の指紋は出なかったそうなんだ」

「そっか、違うのか」と、ちょっとがっかりする。「その割に、警戒が厳重すぎない？」

「金森家に関わっているのは間違いないし、乗り込んでくるとしたら、今日あたりかと思ってね。井戸端会議の中で話したら、何やらみんな張り切っちまってさ」

「そんな奴が相手なら、どうして女性陣まで来てるのさ」

「男ばかりじゃ、むさ苦しいだろ？」

「一日くらい我慢しようよ。せめて央子《おうこ》さんは帰りなよ。若い女性なんて、いちばん危ないじゃん」

「あたしは悲鳴要員。ひと声叫べば、ご近所中から人が集まるでしょ」

鈴木フラワーの看板娘がにっこりする。

「でも、有斗くんが思ったより元気そうでよかったよ」

ゲームに興じる姿に目を細めたのは、伊万里のおじいちゃんだ。

「お蔦さんやノゾミちゃんがいるんだもの、大丈夫よ」

「それでもあんな小っこいからだで大きな事件に巻き込まれて、おまけにひとりぼっちだろう？　不憫でならなくてね」

つやのいい丸顔が、雲のかかった月のように翳《かげ》る。

「あたしらでも、お金のことばかりは、どうにもしてあげられない。商売がうまくいかないとか相続税が払えないとか、立ち退いた店も多いからね。神楽坂も、ずいぶんと顔ぶれが変わったよ」おじいちゃんは、肩を落とした。

名前は神楽坂商店街だけど、どちらかといえば歓楽街に近い。なまじ飲食店が多いと、景気の影響を受けやすい。寿命の短い店も多くて、この本多横丁界隈も僕が小さいころとはだいぶ雰囲気が変わった。ひとつ潰れては、またすぐに新しい店が立つ。なかなかに新陳代謝の激しい街だった。

「首がまわらなくなってからでは、助けようがないからね。そうなる前に、できるだけのことはしてやりたい。せめて相談くらいは乗ってやりたい。ここにいる皆は、互いにそう思っているはずだ」

「人に話すだけで、気持ちが楽になりますもんね。たったそれだけで、少なくとも最悪の事態は回避できる。そういうものだと、私も思います」

「同じ神楽坂なんだから、有斗くんの家族にも、そうしてあげたかったね」

伊万里のおじいちゃんと央子さんが、しんみりした調子でうなずき合った。

ここに出入りするご近所衆は、有斗の事情を知っている。有斗は部活があるから、そう頻繁に顔を合わせるわけじゃないけど、見かければ必ず声をかけ、あれこれと話をする。もちろん、事件以外の話題でだ。

ご近所の皆に正直に明かすという祖母に、僕は最初、反対していた。決して疑ったわけではないが、人の口に戸は立てられない。語る口が多ければ、それだけ有斗の所在が外に漏れる危険も大きくなる。

だけどお蔦さんは、この神楽坂の人たちだけは、頭から信用している。

半世紀近く前、当の自分を世間の目から、隠し通してくれたからだ。

佐原蔦代《さはらつたよ》として映画に出ていた祖母は、いきなり結婚を理由に引退した。おまけにできちゃった婚が報じられ、いまではめずらしくもないけれど、当時はセンセーショナルな芸能ネタとして大騒ぎされた。

相手は一般人だと報道されたが、それが僕の祖父だということも、お蔦さんの居所も、世間はわからずじまいだった。神楽坂のご近所衆が、示し合わせて口をつぐみ、一切外に漏らさなかったからだ。

お父さんをお腹に抱えたお蔦さんは、ずっとここに、多喜本履物店にいた。それを承知で、誰もが祖父母の暮らしを守ろうと、知らないふりを通してくれた。

口では言わないけれど、祖母はいまでも、あのときのことを心底有難がっている。絶対の信用を寄せるのも、それ故だ。

「有斗のためにも、これでよかったのかもしれないな」

いまは僕もそう思う。ゲームのひと勝負を終えて、有斗が僕らのところにやってきた。

「あの人生ゲーム、すげーおかしいの。『鯨を捕まえた』とか、『牧場の跡継ぎになる』とか、イベントがいちいちビッグでアメリカンなんだ」

「あれが発売されたのは、四十五年も前だからな。アメリカ版をそのまま翻訳してあるから、日本人には馴染みのないものが多いんだ」と、ヨシボンのお兄さんが解説してくれる。

「いちばん傑作なのが、『羊がとなりの家のランを食った』ってやつ。意味わかんねえ」

有斗がげらげら笑う。台所から、和服を着た女性が、僕と有斗に飲み物をはこんできてくれた。よくうちの店番をしてくれる、福平鮨のおかみさんだ。旦那さんとは対照的に、おっとりしている。

「はい、どうぞ。マンゴージュースだよ」

「ありがとう、おばあちゃん」

また台所に戻っていく着物の背中を見送って、有斗が、へへ、と笑う。

「おれ、おじいちゃん、おばあちゃんて、初めてだからちょっと嬉しい」

「そっか……」

「別にいなくてもいいやと思ってたけど、親戚がいっぱい集まってるみたいで、こういうのも楽しい」

マンゴージュースを、ごくごくと音を立てて飲んだ。

ご近所衆はいわば、有斗にとっては赤の他人だ。そんな人たちが何の損得勘定もなく、味方になってくれる。僕や彰彦や先生だけじゃなく、そういう存在がいるということは、いまの有斗には、僕が思うより大きな支えになっているのかもしれない。

一方のご近所衆も、お蔦さんらしい大ざっぱな説明だけで、有斗の味方になることを承知してくれた。その証拠に、家で有斗の話をすることはあっても、決して名前は出さないのだそうだ。

「あいつのことは、親父もばあちゃんも『サッカー小僧』で通してるよ」

洋平はそう言って、似たような気遣いはよく耳にする。そういう思いやりは、伝わるものだ。

ピンポン、と玄関の呼び鈴が鳴った。

「また、誰かきたのかしらね」と、花屋の央子さんが呑気に応じる。

時計を見ると、午後の一時を過ぎていた。ご近所の皆は、それぞれの都合に合わせて、出たり入ったりしている。おかげで朝とは若干顔ぶれが違うが、人数はあまり変わらない。

玄関から低いやりとりがきこえ、応対に出たらしい洋平のお父さんが、血相を変えて戻ってきた。

「やつら、ほんとに来やがった！」

お蔦さんの表情が締まり、親睦会のようだった空間が、たちまち殺気だった。

「やいやいやい、真昼間から素人にいちゃもんつけるたあ、どういう了見だい」

福平鮨のご主人は、短気で評判だ。床に横にしてあった得物をつかみ、真っ先に玄関に駆けつけた。

「素人だからって、舐めるんじゃねえぞ。そっから一歩でも入ってきてみろ。こいつで叩きのめしてやるからな」

手にしているのは木刀だった。竹刀《しない》じゃないから、当たると相当痛い。こう見えて剣道四段の腕前なのだ。

「あのふたりで、間違いないかい？」

僕らをふり返ったのは、伊万里のご主人だ。日頃は温和そうだけど、こちらは柔道四段。背は低いが、安定感は格別だ。その陰から、僕と有斗が顔を出した。

「この前はどうも、坊っちゃん」

飯田橋駅で会った、佐藤が気づいてにやりとした。背後には、鈴木も見える。

「子供に難癖つけるなんて、卑怯な真似しやがって。このまま警察に突き出してやるっ」

相手に凄んでみせた洋平のお父さんはといえば、武道はやってないけど、草野球の四番打者だ。案の定、手にしているのは金属バットで、マジで流血沙汰になったらどうしようと、正直いちばん怖い。

「こいつらには、おれたちがついてるからな。指一本ふれさせねえぞ」洋平が怒鳴り、

「すぐに出て行かないと、警察呼ぶわよ！」央子さんもすでに臨戦態勢に入っている。

狭い廊下は人でぎゅうぎゅう詰めの状態で、皆がいっせいに騒ぎ出す。剣呑な空気もさることながら、あまりの数の多さに、半ば呆れているようだ。

「参ったなあ」と、佐藤が苦笑いを浮かべた。

「ちょいとお待ち。警察より先に、あたしに話をさせとくれ」

いまにも雪崩《なだれ》をうってとびかかりそうだった一団が、お蔦さんのひと声で静かになった。

小さな煉瓦《れんが》模様の着物に、薄茶の帯。帯の真ん中を横切る、濃緑の帯締めが鮮やかだ。

「そこをどいとくれ。この人らにききたいことがある」

「なに言ってんだ、蔦ちゃん。拳銃でも出されたらどうするつもりだい」

お蔦さんファンクラブ会長を自称する、伊万里のおじいちゃんが勇《いさ》んで止める。それでも、腹を据えた祖母には、誰も太刀打ちできない。

「あたしがここの主人だが、あんたたちは？」

「私たちは、金森佳高氏の友人で……」

「ああ、建前はよしとくれ。こっちも暇じゃないんでね。たしか……田中と山田だったかね？」

「佐藤と鈴木だって」

僕のつっこみに、同姓の花屋のお姉さんが、迷惑そうなしかめ面をする。

「ま、何でもいいさ。用件を言っとくれ」

「金森佳高さんがいまどこにいるか、こちらにいる有斗くんに教えていただきたくて」

ならんで伊万里のご主人にへばりついている有斗が、僕を見る。首を横にふり、お蔦さんに任せるよう合図する。

「父親の行方なら、ききたいのはこっちの方さね。だいたい考えてもごらんよ。誰より父親に会いたいのはこの子なんだよ」

「それでも連絡するとしたら、やはり愛息子《まなむすこ》でしょう。犯罪を犯して逃げているとなればなおさら……」

「つまり、あんたたちは金森さんが生きていて、逃亡を続けていると確信しているんだね？」

佐藤が返事に詰まったように口をつぐむ。それまでのにやにや笑いが、顔から消えた。

「その結論に行きつくだけの、警察も摑んでいない何かを、あんたたちは握っている。そういうことだね？」

佐藤は何もこたえない。顔には警戒の色が濃くただよっていた。その表情だけで、祖母には十分だ。別の質問を投げた。

「こっちもききたいことがある。古谷ってのは、あんたらの仲間かい？」

祖母の背中越しに、僕はじっと相手の顔を注視した。佐藤の表情は動かなかったが、背後に立つ若い鈴木の頰が、かすかにぴくりとなった。祖母が見逃すはずがない。

「誰です、それは？」

「なるほど。古谷との関わりを、知られるとまずいんだね？」

いったんとぼけた佐藤が、揚げ足をとられ歯嚙みする。ぺらぺらの薄紙に張りつけていた紳士面が剝がれ、その形相がたちまち変わった。

「いい気になるなよ、ババア！　下手に出てりゃあ調子づきやがって……てめえの孫が、どうなってもいいのか！」

自分を脅しの種にされ、純粋にむっとなった。止めるのをふり切って、隠れていた伊万里のおじいさんの前に出た。

「おれをどうしようっていうんだよ！　誘拐か？　それともボコるのか？　そんなことしても無駄だからな。おれはおまえたちなんかに絶対負けない。暴力団の脅しになんか屈しない！」

知らないうちに拳を握っていて、後で思い返すとちょっと恥ずかしかった。だけど抵抗の意志を示すだけで、脅す側にとっては面倒な相手になる。脅迫やイジメには効果的だと、後になって祖母は褒めてくれた。だが、僕以上に息巻いたのは、警護団の面々だった。たちまち木刀とバットがふり上がり、怒号がとびかう。

お蔦さんが、ふたたび皆をなだめにかかった。

「この人たちはたぶん、筋者じゃないよ。たとえ繋がっていても本家じゃない……おそらくは、闇金だ。そうだろう？」

佐藤も鈴木も何もこたえず、お蔦さんの舌だけがまわる。

「金森さんの借金は、三光ローンという街金がとりまとめた。それがどうして闇金なんかに、関わっているのかねえ」

街金はいわば国や都道府県から営業の認可を受けた消費者金融会社で、登録のないモグリの業者が闇金だ。

「もしも古谷って債務整理人が、実は闇金業者に繋がっていたとしたら、わかりやすいがね。

言葉巧みに債務整理を持ちかけて、その実カード会社からの借入金を、すべて闇金でとりまとめるよう細工をしていたとしたら……」

「やめろ！」

怒鳴りつけたのは、佐藤ではなく、若い鈴木の方だった。

「知ったふうな口、きくんじゃねえ！　こっちだって、被害者なんだ！」

「おい、よせ」

佐藤にきつくにらまれて、鈴木が悔しそうに顔をゆがめ、唇を噛みしめる。

「被害者ってのは、どういうことだい？」

「たいした意味はねえ。ただの言葉のあやだ」

「あんたたちが話せないなら、上司に頼んでもらおうかね。鹿渡部肇、一緒に来ているんだろ？」

あまり表情を変えない佐藤が、明らかに動揺した。同一人物かどうかわからない、さっきはそう言っていたから、鎌をかけたんだろう。結果は見事にヒットした。

「あたしも挨拶くらいはさせてもらいたいからね。ここへ連れてきておくれ。何ならこのまま警察に行こうか？　鹿渡部肇の部下が、うちに脅しにきましたとね」

「ババア、いい加減にしねえと……」

いきり立った佐藤を、小さなノックが押しとどめた。コン、コン、コン、と三回。玄関のドアが外からたたかれて、扉が開いた。

「お言葉に甘えて、お邪魔します。鹿渡部と、申します」

背後から、有斗のかすかな悲鳴と、ごくりと唾を呑む音がいくつもきこえる。僕も思わず、一歩後ずさっていた。

大柄な筋肉質のからだ。面長な輪郭に、尖った鼻と頬骨。歳は四十代後半くらい。黒い車の運転席にいた男に間違いない。ただ、暗がりで見たときよりも、何倍も不気味だった。前科一犯ときいたためではない。何の感情も映さない、無機物のような目と抑揚に欠ける声が、恐ろしくてならなかった。


「部下が失礼をしたようで……この先は、私が承ります」

佐藤と鈴木を外に出し、あらためて祖母に向きなおる。相手があまりに物騒だと、判断されたようだ。僕と有斗はもちろん、ほとんどのご近所衆が居間や台所へと追いやられ、玄関に残ったのはお蔦さんと、福平鮨や伊万里をはじめとする五人の男性陣だけだった。

気になってならないから、全員が固唾《かたず》を呑んで、玄関のやりとりに耳をすませる。

僕と有斗は、台所の入口にならんで、廊下の向こうの玄関を覗き込んでいた。

「まずききたいんだが、あんたたちは闇金かい？」

祖母の背中はしゃっきりしていて、声もいつもと変わらない。昔は映画女優だから、演技も入っているんだろうけど、こういうところだけはたいしたものだと素直に感心する。

その質問に、相手は口の片方だけで笑った。

「無登録の金融業者だと、名乗る馬鹿はいない。それだけで罰せられてしまいますからね」

遠回しだが、そうだと言っているのだろう。納得するように祖母がうなずいた。

「もうひとつ、金森家に古谷という債務整理人が出入りするようになったのは、あんたがたの差し金かい？」

「それは違う」鹿渡部は即座に否定した。

「本当に？」

「本当だ」

「でも、古谷という人物は知っている。そうだろう？　どういう繋がりか教えてもらわないと、信用はできないね」

「古谷は、いわばフリーの行政書士だ。仕事の関係で、うちにも頻繁に出入りしていたが、専属というわけじゃない」

「だったらどうしてあんたたちは、金森さんの居場所を血眼《ちまなこ》になって探しているんだい？」

「もちろん、金を返してほしいからだ」

祖母は少し考えて、たずねた。

「それじゃあ、三光ローンがとりまとめた債務は……」

「ああ、うちが持った。というより、持たされた」

「どういうことだい？」

「平たく言えば、古谷に嵌《は》められた」

はっきりと明言はしなかったが、三光ローンは、数社の闇金が隠れ蓑《かくみの》などに利用していた会社のようだ。古谷はその書類上の手続きによく関わっていた。

「金森の債務整理については、うちはまったく知らされていなかった。古谷が勝手に三光ローンを通してうちに肩代わりさせ、カード会社に支払った。つまりはこっちも被害者だ」

鈴木が叫んだ被害者の意味を、鹿渡部はそう説明した。

「古谷は外部の人間なんだろ？　ボスのあんたが知らないうちに、そんな芸当が可能なのかい？」

「それは耳が痛い」と、鹿渡部は苦笑いした。「できないはずの芸当を、古谷がやってのけた。そういうことだ」

「古谷は、いまどこに？」

「知っていたら、こんなところにはいない」

考えをまとめるように、少し遅れて祖母は応じた。

「あんたたちは、金森さんの行方を追っている。つまりは古谷と金森さんが、共謀していると、そういうことかい？」

「おれたちは、そう思っている」

「じゃあ、金森家に残っていたあの血痕は……」

「大方、仲間割れだろう。金森のものじゃないと発表されたからな。古谷かもしれない」

「ずいぶんはっきりと、言うんだね」

「それで金森が家族を連れて逃げているなら、辻褄が合うだろうが」

感情を封じたような声に、かすかだが苛立ちが混じった。

「こっちの手の内はさらした。そろそろこちらも質問したいんだが」

「最後にもうひとつだけ、古谷の下の名前は？」

「保《たもつ》だ。古谷保」

そこから質疑の権限は、鹿渡部に移った。真っ先にたずねたのは、やはり有斗の家族の行方だった。

「金森さん一家の行方なら、本当にわからない。さっきドアの外で、きいていたんだろ？」

「それなら、古谷と金森の関係について確かめたい。あのふたりは、前々からの知り合いだったのか？」

祖母がこちらをふり返った。

「有斗、きこえたろ？　答えられるかい？」

「……わからないけど、違うと思います！」

有斗が大きな声で返事する。有斗は面識がないが、両親や姉のようすから、初めて債務整理に来た日が、初対面だったように思う。有斗はそう答えた。

「……てことは、債務整理でたまたま会ったということか？　いや、そんなはずはないな」

呟いた鹿渡部の声には、苛々がさらに増していた。

「そんなはずはないって、どういうことだい？」

「古谷はうちみたいな業者からの依頼で、書類作成をしていた。個人の客を相手にすることは、まずなかった」

背中を向けたお蔦さんの肩が、ぴくっとした。伊万里のおじいさんのからだ越しに、僕からもたしかに見えた。

「古谷と金森さんの、仲介役を務めた者がいるかもしれない。そういうことかい？」

「察しがいいな。金森が見つからない以上、その三人目の仲間を探すしかない。おい、誰か知らないか、坊主！」

野太い声でたずねられ、ひゃっと有斗が首を引っこめた。

「わかりません！　おれ、ホントに知りません！　ホントのホントです」

「ちっ、収穫なしか……とんだ無駄足だ」

どん、と大きな音が、下から突き上げるように響いた。玄関の一段高い側面を、鹿渡部が蹴ったのだ。最初のうちは、口調だけはていねいだった。だんだんと化けの皮が剝がれてきて、しだいにがらが悪くなる。猛獣が空腹をつのらせてくるようで、こんなに味方が大勢いるのに、いまにも食べられそうで怖くてならない。

「おい、坊主！　おまえの母ちゃんの実家は？」

「……たしか、島根とか鳥取とか、その辺……でも全然行き来がないし、わかりません！」

「それぱっかりか。役に立たねえな」

すみません、と小さな声で有斗があやまる。

「もういい。何も知らないのはわかった。もうここには来ねえよ」

「お父さんの実家は、たずねなくていいのかい？」

いったん背を向けた鹿渡部が、お蔦さんの声にふり返った。肩越しのその目が、嫌な光を帯びた。

「どうせ、役に立たないだろ」

ばたん、と音を立てて、ドアが閉まった。

その姿が消えたとたん、それまで呼吸を止めていたかのように、皆がいっせいに大きな息を吐いた。


「あんな物騒な気配の野郎は、ちょっといねえな」

「帰りぎわにふり返ったろ？　正直、生きた心地がしなかったよ」

福平鮨と伊万里のご主人が、やれやれと居間に座り込む。

「ご苦労さんだったね。今日ばかりは、皆のおかげで助かったよ。さすがにあの男だけは、あたしひとりじゃ相手にできなかった」

お蔦さんが、集まってくれた皆にお礼を述べる。

「それでも、さすがに蔦ちゃんだね。あんな強面《こわもて》相手に、堂々としたもんだ。『無双獅子』を思い出しちまったね」

昔の映画のタイトルを引っ張り出して、伊万里のおじいちゃんが手放しで褒める。

「でも、お蔦さんにしては、詰めが甘いように思えたけどな」

「洋平、そういうおまえは、台所の隅で震えあがっていたじゃないか」

「それを言うなよ、ばあちゃん」

洋平とおばあさんのやりとりに笑いが起きて、ようやく皆の緊張が解けた。

たしかに洋平の言うとおりかもしれない。歯に衣《きぬ》着せぬ物言いで、相手を怒らせて本音を引き出す。祖母が得意のやり方で、最初に来た佐藤も引っかかっていた。

「あの鹿渡部って男だけは、怒らせるとなにをするかわからない。そう思えてね」

この手の勘は、芸者時代に培ったそうだが、お蔦さんだけじゃなくその場にいた誰の頭にも、同じ警告ランプがついていたに違いない。

「あたしは、ノゾミちゃんにも感動しちゃった」と、花屋の央子さんが話題を変えた。「ノゾミちゃんがオレだなんて、成長したんだなあって」

「え、そこ?」

「うちの洋平なんて背丈と口ばかりだからな、ノゾミちゃんの方がよほど大人だよ」

「親父、ひでえ」

「あの啖呵《たんか》はやっぱり、お蔦ちゃん譲りだねえ。『喧嘩囃子《ばやし》』の一シーンを思い出したよ」

「どうだ、いっちょ剣道はじめてみねえか。おれがみっちり仕込んでやるからよ」

すでに闇金も有斗の事件もそっちのけで、ご近所というのはよくも悪くもこういうものだ。

「ノゾさん、今日の晩ごはんなに?」

ご近所衆が帰ると、急にどっと疲れが出て、夕方までうたた寝してしまった。有斗も眠っていたようだ。寝起きの顔でたずねる。

「簡単なもので済ませようかな。オムライスでどうだ?」

有斗がグリコの形で、万歳をする。

僕と有斗が好きなのは、とろとろふわふわの卵だけど、お蔦さんにはくどいようだ。もともと祖母は、卵料理をそれほど好まない。オムライスより、卵をどけたチキンライスでいいらしい。だから亡くなった祖父は、クレープみたいなうんと薄い卵焼きでくるむことにした。ライスもケチャップより、トマトピューレの量を多くして甘さを控え、隠し味に、ほんのぽっちり醬油とウスターソースを加える。このオムライスだけは、お蔦さんも大好きだ。

具は鶏肉と玉ネギとマッシュルーム。祖母のためにひとり分とりわけて、残ったライスにはケチャップを足した。ふわとろ卵には、淡泊な味だと負けてしまうからだ。つけ合わせは、簡単なサラダとスープだけにした。

香ばしいにおいと音が、食欲をそそったんだろう。コンロの前に立つ僕の背中で、有斗が幸せそうに、うふふうと笑った。

「有斗もデミグラスソースでいいか? ケチャップがいいなら……」

「デッミグッラス、デッミグッラス」

「歌うなよ」

少し前に電話が鳴って、祖母は廊下で応対している。

「そうですか……いえ、それだけわかれば十分です。ありがとうございました」

受話器を持ったまま、お蔦さんが頭を下げる。

「なんで見えないのに、頭下げちゃうんだろうね」と、有斗にはウケている。

とろりとした茶色のソースを卵の上にかけたとき、お蔦さんの電話が終わった。

いただきますを言うのもそこそこに、有斗がすごい勢いで、黄色い山を崩しにかかる。

「電話、誰から？」

「相須さんだよ。今日、甲府の親戚を訪ねてくれてね、おかげで当時の金融業者の名前だけはわかったよ」

相須さんのお父さんが融資を受けていたのは、甲大《こうだい》金融という会社だった。

嫌がらせのつもりか、親戚の家にも何度も電話をかけてきたから、会社名だけは記憶していたという。ただ、相須さんが確かめたところ、いま現在、甲府に同じ名前の金融会社は存在しないそうだ。

「せっかくの手掛かりが、切れちゃったね」ちょっとがっかりしたが、

「そのくらい先刻承知さ。闇金の寿命は短いからね。一、二年なんてのもざらにある」

法のラインを大きく踏み出しながら荒稼ぎして、摘発される前に会社を解体するのが、この手の業者の常道だという。

「じゃあ、今日来た連中は、そこととは関係ない？」

「どうだかね。なにせ、二十年も前の話だからね。ま、こっから先は警察の役目だ。ヨシボンに調べてもらうよ」

「あんまりこき使うと、かわいそうだよ」

「なに言ってんだい、闇金は生活安全課の領分なんだからね。せいぜい本業に精出してもらわないと」

「へえ、生活安全課って、そんなこともするんだ」

少年犯罪に拳銃と麻薬。そのイメージが強いけど、悪質商法や貸金業関係も担当なのだそうだ。

「おれ、古谷さんのことの方がショックだ。うちにとっては恩人だから、悪い人だなんて思ってなかった」

有斗のスプーンが止まった。

「お父さん、古谷さんと一緒に、お金を騙しとったりしたのかな……」

「あたしは、違うと思うよ」

「ホントに?」

「鹿渡部が危ない男だと、古谷保はよく承知していたはずだからね。あいつから金を騙しとるのは、命がけだ。たった九百万じゃ、割に合わない」

「たったとか、言わないでよ」僕が文句をつける。

「おまけにその金は、すべてカード会社に支払われた。古谷保の懐《ふところ》には一円も入っていない」

「もしかして、古谷保は有斗の家族の誰かに、恩があったとか……」

ふと思いついて口にしたが、無理があるとすぐに気づいた。


「前々からの顔見知りじゃないと、それもおかしいか。有斗の話じゃ、そんな素振りはなかったもんな」

だが意外にも、祖母は興味を引かれたようだ。

「恩、ねえ……その考えは、面白いね」

その後の会話は僕らに任せ、食事の後半は静かだった。

有斗とふたりで後片付けをして、交替でお風呂に入る。そのあいだ、祖母は居間との境の襖《ふすま》を閉めて、和室に籠っていた。僕が風呂からあがると、中から三味線の音がした。

有斗にはめずらしいようで、爪弾《つまび》くだけの静かな曲に、「何か、時代劇みたいだね」と笑う。

それからも音はやまず、寝る時間になっても流れていた。

「お蔦さん、おやすみなさーい」

有斗は声をかけたが、案の定、返事はない。

「……きこえないのかな？」

「むだむだ。あれやり出すと、弾いてる三味線の音さえきいてないから」

締まりのない弦の音は、手許に集中していない証拠だ。手慰《てなぐさ》みがないと、すぐに煮詰まるとかで、長いこと頭を使うときの祖母の癖だった。

「そういえば食事の途中から、お蔦さん、ちょっと変だったね」

「心ここにあらずって感じだろ？　たまにあるんだよ」

鹿渡部、古谷保、甲大金融、僕のひと言。

そういうものが無造作に放り込まれて、お蔦さんの頭の中のコンロに、火がついたんだ。

鍋の中には、あちこちから調達した切れ端が入っている。ニンジンのしっぽとか玉ネギの皮とか、捨ててしまうような材料ばかりだ。それでも今日の収穫で、まとまった料理になりそうな気配がして、自動的にスイッチが入ったんだ。

「音が邪魔で、眠れないか？」

「むしろ逆。こういう音きいてると、眠くなる」

階下から小さく響く弦の音は、僕にとっても昔から馴染んだ子守唄だ。

その晩は、亡くなった祖父の夢を見た。


「お蔦さん、もとに戻ってるね」

有斗がこっそりと耳打ちする。

翌朝、お蔦さんの鍋は火から下ろされて、すっかり冷めていた。

「材料が、足りなかったのかな」

口の中で呟いて、有斗と一緒に外に出る。

週明けの月曜日、今日もオージンの赤い車が待っていた。

「オージン、今日は部活できる？」挨拶もそこそこに、有斗がたずねた。

「昨日、理事長先生にきいてみたけど、今日一日はようすを見るって」

「ダメかあ」

「今日、取材攻勢が落ち着いていたら、職員会議で検討するって。うまくいけば、明日から練習再開できるぞ」

やったー、と有斗がとび上がる。

「毎朝、すみませんね、小野先生」

お蔦さんが家から出てきて、オージンに挨拶した。

「いえ、これも仕事のうちですから」

「急な話で恐縮ですが、今晩は、何かご予定はありますか?」

「今日はサッカー部の練習もありませんし、これといっては何も」

「でしたら、夕食をうちで召し上がりませんか?」

え、と先生だけじゃなく、僕と有斗もびっくりする。

「実は、初ちゃんが来ることになっていましてね。マスコミも落ち着くころですし、今後のことを相談するつもりでいます。担任の小野先生にもご同席いただきたくて」

「そういうことでしたら、担任として参加しないわけにいきませんね。では、お言葉に甘えて」

「ノゾさんの料理、すげー旨いんだ。オージン、ラッキーだね」と、有斗がはしゃぐ。

「では、今晩六時に、お待ちしています」

赤い車を見送ってから、じろりと祖母をにらむ。

「初おばさんが来るって、きいてないけど」

「だからいま、話したじゃないか。初ちゃんにいましがた電話をしてね、決めたんだ」

「話が急過ぎるよ。そういうことは、せめて前日に言ってよね……メニューどうしよう。オージンは何でもいいとして」

「いいのかい？」

「独身の三十男だよ。家庭料理に飢えてるから、カレーライスでも感動するって。問題は、初おばさんの方だよ。あの人グルメだろ？　なのにお蔦さんとは、好みが真逆なんだ……うーん、困ったな」

その日は授業のあいだ中、メニュー作りに没頭した。


「すき焼きとは、豪勢だなあ」

理事長先生がいるから、台所のテーブルだとちょっと狭い。居間に座卓を据えることにした。その上のすき焼きセットに、オージンが目をきらきらさせる。

結局、手間のかからない鍋物にしたが、すき焼きは、焼き方・煮方で味が変わる。

「先生、その椎茸まだ生だから。有斗は肉ばっか食うな。こっちが追いつかないだろ」

卓上コンロの前で、最初は鍋奉行に徹していたが、途中からは諦めた。質より量の人間がふたりもいては、太刀打ちできない。

「望くん、また腕を上げたわね。このカボチャも卵焼きも、すごく美味しい」

羽生初音理事長が、とろけそうな顔で舌鼓《したつづみ》を打つ。一方の祖母は、カボチャの鶏そぼろ餡かけや、卵を一パック使った出汁巻き卵には見向きもしない。ネギの焼きみそ和えや、蓮根《れんこん》の酢漬けをつまみに、ビールグラスを傾けていた。

「いやあ、こんな旨い飯は久しぶりだ。やっぱり外食とは、全然違うな」

「オージンも、ちょくちょく食べにきたら？　どうせ彼女もいないんだし」

僕や彰彦は控えているのに、有斗は本人の前でもオージン呼ばわりする。大きなお世話だとオージンは、となりにいる有斗の頭を小突いた。

「それに、特定の生徒の家で、頻繁にごちそうになるわけにはいかないからな。うちは私立だからまだいいけど、公立だと下手すりゃＰＴＡから吊るし上げを食らう」

「ああ、有斗からきいてるよ。たしか、ボンボンだったか？」

「真淵さんも、同じこと言ってた。神楽坂署の刑事さん」

「ヨシボン刑事だよ」有斗が注釈する。

「いまはうちも事件関係者だからって、ごはん誘っても断られるんだ。警察も公務員だからさ」

「あの刑事さん、いまはやりの草食系だよね。オージンはいまも昔もはやらない、ボサボサ系」

他愛ない会話を混ぜながら、大人三人のあいだでは、今後の対策も抜かりなく相談された。

「今日はひとりも、マスコミ関係者の姿はありませんでした」

「昨日、工場の大きな爆発事故があったから、そっちに行っちまったのかもしれないね。マスコミは飽きるのも早いから」

「まだ油断はできませんが、ひとまずは収まったと考えていいと思います」

「サッカー部の練習も、職員会議で明日から再開することが決まったの」

羽生理事長が報告し、有斗は何より嬉しそうだ。

「小野先生の送り迎えも今日までにして、明日からは、有斗くんもふつうに登校させましょう。望くんが一緒なら、安心だし」

「朝練は？」有斗が口を尖らせて、

「とりあえず練習は放課後だけ。二、三日ようす見て朝練も再開する」オージンがこたえる。

何のことはない、明日からふだん通りの生活に戻るというだけの話だ。わざわざ三人が集まる理由はどこにもなくて、単なる呑み会の口実じゃないかと疑いたくなった。

実は初おばさんは、お蔦さん以上の酒豪なのだ。甘いものも酒もイケるという、いわゆる両刀で、ころりとした体型はその賜物だろう。持参した高級ウイスキーは、すでに半分に減っている。ちなみにお酒の好みも嚙み合わず、祖母は悪酔いするとかで、ウイスキーやブランデーには一切手をつけない。酔いが顔に出ないところだけは、ふたりはよく似ていた。

「オージン、大丈夫か。ひとりだけ顔赤いぞ」

「おれはすぐに顔に出るからなあ。だから生徒の前では、呑みたくなかったんだ」

口調は案外しっかりしている。車だからと、オージンはいったん断ったが、明日とりにくればいいと理事長にしきりに勧められて根負けした。ただしあまり強くはないからと、最初からビールに徹している。

お蔦さんはといえば、途中から日本酒の冷やに切り替えて、手酌でちびちびやっていた。

「そういえば小野先生も、サッカーをされていたんでしたね。顧問を引き受けたのも、そのためだとか」

「はい。といっても、子供のころの話ですが」

「それまで顧問をしていた先生が、おうちの事情で課外活動が難しくなって。それでもサッカーの経験者って、案外多いのね。若い男の先生が何人か立候補してくれたけれど、中でも小野先生がいちばん熱心でね」

初おばさんが、まるで理事長らしくない感じで、お蔦さんに向かって話しだす。

「五月半ばの中途半端な時期だったから、ちょっと心配してたのよ。でも小野先生が一生懸命やってくれて。おかげで全国大会に行けて良かったわ」

「いや、僕はたいしたことは……実際に指導しているのは、監督ですから。昔、実業団のサッカーチームにいた方で、厳しいけれど的確で熱意があります」

「でも、オージンが来る前は、練習量増やすと顧問からクレームが来たって。オージンの方がやりやすいって、監督も喜んでたよ」

「僕らの副担だったころは、サッカーのサの字も出さなかったくせに」

オージンは桜寺に来て四年目だ。物理の教師で白衣を着ているからよけいに、サッカーはおろか、ランニングさえしなさそうに見えた。

「あ、ひょっとして、オージン、おれのプレーに惚れ込んだわけ？」

「調子に乗るな。サッカーはチームプレーだ」

釘をさしながらもオージンは、懐かしそうに目を細めた。

「まあ、正直おまえたちを見て、昔の自分を思い出したってのもあるけどな」

「昭和カイコ主義ってヤツ？　映画みたいな」

「そこまで古くないぞ」

「昔って、どのくらい？　いつまでやってたの？」有斗がせっかちにたずねた。

「ちょうどおまえと同じ、中学一年までだ。それまでは暇さえあればサッカーしてた」

「なんで中一で、やめちゃったの？」

くりんとした有斗の目が、不思議そうにオージンに注がれた。一瞬、その瞳にたじろいだ顔になり、それでも答えた声は落ち着いていた。

「親の都合で転校してな、だけど新しい中学にはサッカー部がなかったんだ」

Jリーグが開幕したばかりのころだ。いまとくらべると人気もまだまだ下火で、サッカー部を持たない学校も多かったという。

「なにせ、二十年も前の話だからね」お蔦さんが、さらりと言う。

あれ、と箸が止まった。同じ台詞を、つい昨日もきいた。

何の話だっけ——。すぐに思い出せず、座卓の向かいにいる祖母の顔をながめた。

「中一でやめたってことは、ジュニアチームにいたってことだろ？　ジュニアユースに入ればよかったじゃん」

地元やプロチームが主宰するチームは、小学生をジュニア、中学生をジュニアユースと呼ぶ。だがオージンは、ちょっと複雑な表情を有斗に向けた。

「有斗と同じだよ。うちもちょうどそのころ、家計が厳しくてさ」

有斗の目が、びっくりしたように大きく広がった。

わざわざ羽生理事長に頼み込み、奨学金をとらせて有斗を学校に残した。オージンがそこまでした理由が、僕にも呑み込めたように思えた。

生徒ふたりに見詰められ、余計なことを語ったと、オージンは後悔したみたいだ。

「どのみち転校した先には、その手のチームもなかったんだ。田舎だったからな」

とり繕うようにつけ足した。

「田舎というのは、どちらですか?」

口調はさりげなかった。たぶんその場の誰も、含みがあるなんてまず気づかない。だけど毎日祖母と接している僕だけは、微妙な違いに気がついた。こたえるまでに、ほんの少し間があいたように感じたのも、そのせいだったかもしれない。

「山梨です」

「そうですか、いいところですよね」

山梨のどこかまでは、祖母は追求しなかった。代わりに有斗が、にぎやかに割って入る。

「なんだ、オージンも信玄餅か。奇遇だなあ」

「おれは餅じゃないぞ」

「今度山梨行ったら、絶対、信玄餅ね。おれ、あれなら十個食える」

「行かねえよ。もともと東京出身で、あっちには五年いただけだ。高校卒業して以来、一度も行ってない」

「ケチー。あーあ、なんか急に信玄餅が食べたくなってきた」

「今日はイチゴで我慢してくれ」

「あ、そうだ。オージンからイチゴもらったんだった」

「甘いものが苦手だと理事長から伺ったので、果物にしてみたんですが」

「すみませんね、かえって気を使わせて」

「蔦ちゃんたらね、イチゴの銘柄にまでうるさいのよ。気に入らないと食べないんだから」

「え、そうなんですか。すみません、種類なんてまったく見なかったんですが」

「あまおう以外なら大丈夫だよ。あまおうも名前が甘そうってだけで、ただの食わず嫌いだし」

「……あまおうかも、しれない」

「おれ、あまおう好きー」

「そろそろ出してもいいかな。有斗も手伝え」

「イッチゴッ、イッチゴッ」

「だから歌うなって」

幸い土産のイチゴは、お蔦さんがいちばん好きな、さがほのかだった。僕がヘタをとり、水をはねちらかしながら有斗が水洗いする。何もしなくて悪いと思ったのか、年配のふたりと話が続かなくなったのか、オージンがあいた食器を居間からさげてくれた。

イチゴを食べ終わると、酔い覚ましのつもりか、お蔦さんはコーヒーを淹れた。初おばさんとオージンの前に、客用のカップが置かれる。僕らは昨日の残りの、マンゴージュースのグラスをはこんだ。

「小野先生に、折り入って伺いたいことがありましてね」

滅多に見せない、真剣な表情だった。祖母だけでなく、いつのまにか初おばさんも真顔になっている。

それまでの楽しかった雰囲気が、まるで芝居だったように、空気は一変していた。先生もそれを感じたんだろう。居住まいを正した。

「何でしょうか？」

「先生は、古谷保を知っていますね？」

小野先生の顔が、急に平べったくなった。そんなふうに見えた。表情をそっくり置き忘れてきたような、そんな先生は初めてだった。

「金森さんに、古谷保を紹介したのは、小野先生ですね？」

長い長い沈黙の後、オージンが乾いた声でたずねた。

「何故、そんなことを？」

「有斗の家族を、見つけるためです」

祖母の声と目には、強い決意がみなぎっていた。

「金森さん一家は、何らかの理由で逃げている。誰もがそう考え、警察ですらそちらに傾いている。ですが、私は違うと思っています。金森さんは、自らの意志で行方をくらませているのではなく、どこかに閉じ込められていて、脱出できない状況におかれている」

「それはつまり、監禁ということですか?」

「人為的な故意によるものか、あるいは何かの事故か、そこまではわかりません。ただ自分たちでは外部に連絡もつけられず、状況も変えられない。そういう事態に陥っているということです」

小野先生の問いに、祖母はそうこたえた。

「そう思われた、根拠は?」

「有斗に、連絡がないからです」

僕のパーカーの肘が、ぎゅっとつかまれた。不安にかられたときの、有斗の癖だ。

「事件の起きた晩、有斗がうちにいることを、ご両親は知っていました。あれからちょうど、二週間が経ちます。どんな最悪の事態になろうと、たったひとり残してきた子供を、心配しないはずがありません。一度くらいは、連絡があって然るべきです」

たとえ自ら命を絶っているとしても、死ぬ前に必ず、有斗の声をききたいはずだ。祖母の言う最悪の事態とは、そういうことだ。息子が夕食をごちそうになるからと、有斗のお母さんからは、前の夜に電話をもらっていた。番号は知っているはずだし、うちは商売をしているからネットでも一〇四でも調べられる。

電話の一本もない理由は、他には考えられないと、祖母は説いた。

「最初は、闇金業者なぞも疑いました。返済させるために、債務者を監禁や軟禁する話も耳にしますから。ただ、今回金森家が関わっている闇金は、違うようです。彼らは古谷保という人物に、騙されたと言っています」

「どうして、その人物と私が、繋がっていると？」

「やはり古谷を、ご存知なんですね？」

「……いいえ」

オージンは短くこたえた。祖母はがっかりしたようすも見せず、すぐさま矛先を変える。

「では、質問を変えます。先生は事件のあったあの日、金森家に行きましたね？」

今度はさっきよりはっきりと、表情が動いた。

「お願いします、小野先生。もう時間がないんです。知っていることを話してください」

「……時間？」

「どこかに閉じ込められていて、万一水や食料もなければ、体力は限界に来ているはずです。いま見つけてあげないと、とり返しのつかないことになる。先生は有斗の家族を、見殺しにするつもりですか」

「そんなはず、ないでしょう！」

身じろぎした拍子に座卓にぶつかって、カップの中のコーヒーが波打って皿にこぼれた。

「僕だって、有斗を悲しませたくなんかない……好きなだけサッカーをさせてやりたい、もとの幸せな暮らしに戻してやりたい、そう願っています」

声がかすかに震えていた。こんな小野先生も初めてだ。先生じゃなく、小野仁という人物を、垣間見たような気がした。

「その気持ちがあるなら、小野先生、話してもらえないかしら?」羽生理事長が、穏やかに促す。

「先生、お願い。おれも、お父さんとお母さんと姉ちゃんに、会いたい」

有斗の丸い目が、懸命に訴える。揺れるような大きなためらいが、先生の顔にいくつも現れては消えた。迷いを断ち切るように、最後にぎゅっとまぶたを閉じた。

「有斗の家族の行方は、私も探しました。思いつく限り、あたってみましたが、見つけられなかった」

「小野先生……」

「有斗が家族と会えるなら、何だって話します。でも私にも、居場所に繋がりそうな材料は、ひとつもないんです」

「それでも小野先生、何が手がかりになるか、わからないんですよ」

「たしかに私は、警察やあなた方が知らない情報を、いくつか持っています。ですが、私の口からは言えません」

先生の視線が、有斗に注がれた。その目がどうにも切なくて、ふいに悟った。

小野先生が黙秘を通すのは、有斗のためだ。古谷保も、事件の夜のことも、ひとつほどければ、あることにたどり着く。その事実は、有斗を何よりも傷つける。だから先生は、何も言えないんだ。

けれどいったん覚悟を決めた祖母は、決して立ち止まることをしない。

「わかりました。仕方ありませんね、あとは警察の手にゆだねましょう」

「お蔦さん！」

「いまの話を、すべて警察に伝えます。おそらく任意同行を求められて、場合によっては何日も留め置かれるかもしれません」

「……構いません。任意同行にも従います。でも、話すつもりはありません」

ただの脅しじゃない。お蔦さんは本当に警察に電話して、小野先生が事件に関与していると告げた。僕と有斗がどんなに頼んでも、きき入れてはくれなかった。

やがて神楽坂署の捜査本部から、四人の警官が先生を迎えに来た。真淵さんと平田刑事はいなかったが、年配の橋本刑事の顔があった。

「小野仁さんですね。金森家の失踪事件について、伺いたいことがあります。ご同行いただけますか」

橋本刑事にうなずいて、先生が立ち上がる。

「理事長、後のことを、お願いします」

羽生理事長は、短いことばで承知した。

何がどうなっているのか、僕らにはまるでわからない。ただ、このまま小野先生と会えなくなってしまいそうで、それがたまらなく怖かった。

「オージン……」

行くなというように、有斗が先生の茶色いダウンの裾を引っ張った。

「隠しごとして、悪かったな。おれはおれのやり方で、おまえを守りたかったんだ」

有斗の頭を撫でて、捜査員と一緒に出ていった。

やさしくて哀しい声は、余韻となって、残された僕らに落ちてきた。

第七章　ハイドンの爪跡

「有斗、何がいい？」

テーブルに広げたちらしを前に、有斗が困った顔をする。ピザ、ラーメン、寿司といった定番から、釜めしやパエリヤまでよりどりみどりだ。最近のデリバリーは、充実している。

それでも有斗は、あまり気が進まないようだ。そろっと僕の顔を窺った。

「ノゾさん、今日もやるの？」

「あたりまえだろ」

すかさず返すと、下唇を出して情けない顔をする。

「おれ、ノゾさんのご飯がいいのにな」

「文句言うな。これだけバリエーションがあるんだから、日替わりでふた月はいけるだろ」

「そうなんだけどさ、何でだか飽きちゃって」

はあっと、でっかい息を吐く。内心で、僕も同じため息をついた。うちのごはんはいくら食べても飽きないのに、出前や外食は、続くとテンションが落ちてくる。

僕がストライキを決行して、二日目だ。子供のストライキといえばハンストが相場だけど、うちの場合は逆になる。

「明日から、ご飯つくるのやめるから。お蔦さんは勝手に食べてよね」

そう宣言したのは、月曜の晩だった。

有斗の担任の小野先生が、警察に連れていかれた直後のことだ。

「何も話してくれないからって、警察に引き渡すなんて、ひど過ぎるだろ！」

「蔦ちゃんも小野先生も、どちらも有斗君を助けたいって気持ちは同じなのよ。ただ、やり方が違ってて、うまくかみ合わなかった。それだけなのよ」

初おばさんこと羽生理事長がとりなしてくれたけど、僕の怒りは収まらなかった。

「だけどお蔦さんは、最初からオージンを疑ってたろ。オージンの前では、一度も気を抜かなかった。話し方にも変な含みがあった」

何か気に入らないことがあるときの、祖母の癖だった。顔には出さないけど、僕にはわかる。

「どうしてさ。オージンの何が、お蔦さんの気にさわったんだよ」

祖母に向かって、こんなに怒ったのは初めてだ。僕と祖母のあいだで、有斗がおろおろする。

ソファーに座った祖母は、煙草に火をつけて煙を吐いた。

「小野先生が、妙なことを言ったからさ」

「妙って、なに？」

「最初に学校に集まったことがあったろう？　あのときだよ」

事件が起きて、有斗の今後を決めるために、学校の応接室に総勢八人が顔を揃えた。

「有斗をうちで預かることが、半ば決まったときに、小野先生だけは反対した」

「そんなこと、あったっけ？」と、有斗が首をかしげる。

「小野先生は、望くんの負担が重すぎると、それを心配していたわ」

初おばさんの言葉で、僕もそのときのやりとりを思い出した。祖母がその後を続けた。

「小野先生は、こう言ったんだ。これが何ヶ月も続いたら……ってね」

有斗がしょんぼりして、心ないことを口にしてしまったと、オージンは慌ててあやまっていた。

「事件からわずか三日目だ。警察すら何もわかっていなかった。なのに小野先生は、まるで有斗の家族がもう戻ってこないような、そんな言い方をした」

「オージンは、僕と有斗の両方のことを考えていただけで……」

「あのときに長期戦を予測していたのは、小野先生だけなんだよ」

断言されて、何も返せなかった。それがまた、悔しくてならない。

「小野先生は、あたしらが知らない何かを知っている。そんな気がしたんだ」

ただの勘に過ぎなかったその疑いが、祖母の中では日を追うごとに増していった。決して確信ではない。ぼんやりとした形はそのままで、次第に色が濃くなるような、お蔦さんはそんな表現をした。

「オージンの、どこがおかしいんだよ。あんなに有斗のために、頑張ってくれたじゃないか」

「そこなんだよ。あたしが妙に感じたのは……小野先生は、有斗に入れ込み過ぎる」

「緊急事態なんだ、あたりまえだろ」

それなら僕の方が、よっぽど入れ込んでいると、違う文句をつけたくなった。

「小野先生が、有斗に一生懸命なのは、事件が起きる前からだ。サッカー部の顧問を引き受けたのも、有斗のためじゃないのかい？」

一瞬きょとんとして、有斗と顔を見合わせた。

「最初にね、その申し出を受けたとき、小野先生からこういうことを言い出すなんて、めずらしいなって思ったの」

初おばさんが、おっとりと口をはさんだ。

「そうだとしても、逸材を見つけたから伸ばしてやりたかった。それだけだろ？」

「でもね、小野先生は、そういうタイプではないでしょ？」

穏やかに反論されて、ついうなずきそうになった。

「生徒との距離をきちんと測ることができて、熱過ぎも冷た過ぎもしない、適度な温かさがある。だからこそ、贔屓《ひいき》も放置もない。私は小野先生のそういうところを、高く評価していたの」

オージンはたしかに、そういう教師だ。気取りがなくて話しやすいけど、飄々《ひょうひょう》としていて摑みどころがない。白衣と一緒にまとっている、ぼんやりとした空気は、生徒との緩衝剤なのかもしれない。

「接する態度は、おまえや彰彦に対してとそう変わりない。けれど有斗にだけは、気持ちの強さが漏れちまってる……言っておくが、おかしな意味じゃないからね」

僕と有斗の表情を見て、祖母が急いで注釈する。

「じゃあ、気持ちの強さって、何さ」

「執着といった方が、いいかもしれない。ただ小野先生が執着しているのは、有斗ではなく、家族の方なんじゃないかって思いついたんだ」

祖母は羽生理事長を通して、先生の経歴を確かめた。中にひとつだけ目を引くものがあり、その考えが浮かんだという。相須さんと古谷保、それに小野先生は、ともに山梨の甲府に縁があった。

「小野先生は、甲府市の中学と高校を卒業しているの。履歴書に書かれていたわ」と、初おばさんが補足する。

「甲府に繋がる人間は、もうひとりいる。相須さんに関わる人物だよ」

あ、と閃いた。

「……もうひとりは、有斗のお父さんだ」

「お父さん？」

「有斗のお父さんは、相須里依さんのお父さんと知り合いだったろ。里依さんはそのころ甲府にいた。だったら有斗のお父さんも、甲府にいたかもしれない」

そのとおり、と祖母はうなずいた。

「小野先生を除いた三人には、もうひとつ共通項がある。三人ともに、闇金に関わっているんだ。さっきの話をきく限り、小野先生にもその疑いがある」

有斗くらいの歳で、家の事情でサッカーをあきらめた。

――うちもちょうどそのころ、家計が厳しくてさ。

瞳が寂しそうに翳っていた。僕の中でこんがらがって寸断されていた配線が、ふいに繋がってピコンと電気がついた。

「オージンが執着していたのは、有斗のお父さんてこと？」

「そうだとすると、これまでの小野先生の態度にも、納得がいくんだよ」

「でも、お父さんとオージンは、五月の家庭訪問が初対面のはずだよ。おれもちょこっと同席したけど、知り合いって感じは全然なかった」

「お父さんが忘れていて、小野先生は隠していた。そういうことじゃないのかね。実際、隠していたことはあったろう？」

祖母のわけ知り顔が、このときはひどく癇《かん》にさわった。

「他にも色々と、引っかかってね。古谷保の最初の訪問は、小野先生が有斗の奨学金を勧めるために、金森家に行った半月後だろ」

「もしかして、先生が古谷を紹介した根拠って、それだけ？」

「そうだよ。そして事件当日には、小野先生から彰彦に間違い電話がかかってきた。どちらもタイミングが良すぎるように思えてね」

「あの晩、先生が有斗の家に行ったっていう理由も、それだけ？」

「あれはきっと、有斗がうちにいるかどうか、確認したかったんじゃないかねえ」

いかにも全部わかっていますという顔をして、ほとんどがはったりだった。演技力なら、昔とった杵柄《きねづか》だ。それを駆使して、オージンに鎌をかけたんだ。

「そんなの、全部憶測じゃないか！」

「でも、外れてはいなかった。小野先生の態度を見れば、一目瞭然だよ」

先生を騙しておいて、罪の意識なんてまったくない。

大量の冷却剤を、頭にどすんと落とされた感じがして、勢いでストライキを宣言した。

平日の昼は購買か学食だから、火曜の朝晩と、今日の朝。それだけで有斗はすでに、降参しかかっている。結局デリバリーはやめて、カレー屋に行くことにした。

カツカレーをひと口食べて、有斗が言った。

「お蔦さんは、なに食べるのかな」

さあね、と素っ気なく返す。昨日から、お蔦さんは食事時になると外へ出かけてゆく。ちっとも応えてないみたいな涼しい顔で、それがまた可愛くない。

「店を閉めてから、またどっかに食べにいくんだろ。この辺は知り合いばっかだから、メニューにも話し相手にも困んないよ」

そうかなあ、と有斗が呟く。

「ホントは結構、へこんでるんじゃないかな、お蔦さん」

きこえないふりをして、ビーフカレーを口の中に突っ込んだ。

いまのこの状態は、半ば八つ当たりだと僕にもわかっていた。たぶん、怒りの持って行き場がなくて、矛先を祖母に向けたのだ。秘密を抱えたまま、何食わぬ顔で僕らと接していたオージンに対してじゃない。有斗を囲むすべてのことに、僕は腹を立てていた。

大人のジジョーに、子供を巻き込むな！　頭にきたのは、そのことだ。

だけど頬張っていたロースカツを喉の奥に押し込んで、有斗は言った。

「ノゾさん、お蔦さんのこと大好きだよね？」

「嫌味かよ」

違うと、有斗は言った。

「おれもそうだから。お父さんもお母さんも姉ちゃんも、大好きだ」

ビーフカレーを載せたスプーンが、口の前で止まった。

「オージンのことも、やっぱり好きだ」

「……うん、おれも」

互いに目を合わせて、にっと笑った。

大人だって、子供のころがあったんだ。オージンは、どんな子供時代を過ごしたんだろう。

牛肉を噛みながら、ふとそんなことを考えた。

「お帰り」

カレー屋から戻ると、居間から声がかかった。

「お蔦さんは、店の後片付けをしていてね。待たせてもらってるんだ」

神楽坂署の、真淵刑事だった。本当はこの人とも口をききたくない気分だが、有斗はお構いなしだ。

「ヨシボン刑事、オージンはどうしてる？　まだ釈放されないの？」

「その呼び方は、広めないでくれよ」

真淵さんが、苦笑いする。

「小野先生は元気だよ。事件当日のことは、少し話してくれたけど、まだわからないことが多くてね……それを話してくれたら、帰してあげられるのにね」

「黙秘してるってこと？」と、僕がたずねる。

「というより誰かをかばっているような、そんな印象があると、事情聴取の担当官は言っていた」

「任意同行ってぐらいだから、任意なんでしょ？　オージンが帰るって言えば、いつでも帰ることができるんだよね？」

「そうだよ。仕事もあるだろうから、考慮するつもりもあったんだけど、署に留まっているのは小野先生の意志でね」

学校で有斗と顔を合わせるのが辛いのか、あるいは自分で自分を罰しているようにも思えた。

「オージンは何て？　どうしてうちに来たの？　きかせてよ、おれ当事者なんだから」

「まあ、そうだけどね」

この刑事さんがよくする、困ったような気弱な笑みを浮かべた。有斗にしつこくせがまれて、たぶんさしさわりがないと警察も判断しているんだろう、教えてくれた。

「あの日、小野先生は、十八時十二分に金森家に電話をかけている。有斗くんがサッカーの練習中に怪我をしたから、ご両親に、ひと言お詫びを言いたかったそうだ」

時間が正確なのは、先生の携帯履歴を調べたからだ。そういえば、と有斗も思い出す。

「ころんですり剝《む》いただけで、あんなの怪我に入らないのに」

うちにいたあいだも話題に上らなかったから、たいした怪我ではなかったのだろう。電話に出たのは、有斗のお母さんだった。有斗の不在を告げ、そして、あることをオージンに頼んだ。

「君をひと晩あずかってほしいと、言われたそうだ」

「おれを？」と、有斗がびっくりする。

知人に急な不幸があって、長女を連れてすぐに出なければならない。お母さんは理由をそう語ったそうだが、それはおかしい。うちと有斗の家は、同じ神楽坂だ。行きがけに有斗を拾っていくなり、うちに来てわけを伝えるなりできるはずだ。

とにかく一刻も早く神楽坂を離れ、同時に有斗が自宅に近づくことも防ぎたかったんじゃないだろうか。あんな大量の血を目にしたら、混乱していてもおかしくない。そんな最中のオージンからの電話は、神の助けに思えたのかもしれない。有斗は僕の家にいるから、迎えに行ってほしいとお母さんは依頼した。

僕の家が本多横丁だということも、オージンは知っている。そのときは快く承知して、だが、その四十五分後、神楽坂に着いたオージンは、多喜本履物店ではなく、有斗の家に行った。

「電話の向こうのお母さんのようすが気になったと、小野先生は言っている」

理由については、鵜呑みにしていないニュアンスが感じられた。

その後のオージンの行動が、おかしかったからだ。

「金森家から徒歩五分の場所にある駐車場の防犯カメラに、小野先生の姿が映っていてね。あの日、有斗くんが帰る、一時間半くらい前のことだ」

何度もチャイムを鳴らしたが反応はなく、玄関は鍵がかかっていた。あきらめて帰ったと、先生は証言し、駐車記録やカメラの映像とも符合する。

ここまではいい。だが、オージンはその後、有斗を迎えに来ることなく、別の場所へ向かった。

「どこへ行ったのか、どうしても話してくれないんだ。もうひとつ、気になることがあってね、小野先生は金森さん宅へ行く前後に、何度も同じ番号に電話しているんだ」

「相手は誰？」と、僕がきいた。

「わからない。調べてみたが、いわゆる名義貸しの携帯のようだ。本人は契約だけして、第三者に携帯を譲渡して報酬をもらう。立派な犯罪だけど、取り締まりが追いつかなくてね」

結局、小野先生が何度かけても、相手には一度も繋がらなかった。

「もしかして、その電話の相手って、古谷さんかな？」

有斗は未だに、古谷保をさん付けで呼んでいた。

「まだ確認はとれてないけど、そうかもしれない。ただ、小野先生はその電話の相手をかばっている。そんな印象を受けたそうだ」

聴取にあたっている取調官の印象だった。オージンがかばっているのは、有斗だけじゃないのかもしれない。

やがて後片付けを終えた祖母が、居間に入ってきた。

「待たせたね、ヨシボン」

真淵さんは祖母に向かって、もう一度同じ話をくり返した。

「ひと晩だけと、金森久仁枝さんはそう言ったんだね？」

「はい……小野先生に引き受けてもらうための、方便だったのかもしれませんが」

「だが、もし本当にそのつもりでいたなら、未だに戻っていないのは、やっぱり不測の事態ということになる。少なくとも、自分たちで望んで姿を隠しているわけじゃない」

「可能性はあります。ただ、いまの状況では何とも……」

「金森さんからそれ以降、小野先生に連絡は？」

ありません、と真淵さんは答えた。先生の携帯にも自宅にも、それらしい形跡はないという。

「もうひとつ、確認したいんだがね。あの日、金森家には、小野先生を入れて三人の来客があった。違うかい？」

心臓のどきりが、顔に出た。真淵刑事はそんな表情をした。

「やっぱり、そうかい」

「僕は何も言ってません」

「あたしに隠し事をしようなんて、百年早いと言っただろ」

ＫＯのゴングが、派手に鳴ったみたいだ。真淵さんが、がっくりと首を折る。

「お蔦さん、三人て、どういうこと？」

「ほら、望にも話したろ。ご近所の目撃証言が、やけにばらついていると」

そういえば、と僕も思い出した。男だということ以外、まるで整合性に欠けていた。

「あたしなりに整理してみたんだがね、そうしたら面白いことが見えてきた。時間も体型も状況も、ほぼ三種類に分けられるんだ。これをひとりにまとめようとすると無理がある。でも三人なら、ほとんどぴたりと嵌まるんだ」

ひとり目は、午後三時半、小柄で痩せ型、眼鏡をかけた銀行員風の男。

ふたり目は午後六時前。背が高く、がっちり型。黒っぽい車が止まっていた。

三人目は、七時前後。ひょろりとした中背の男で、チャイムを何度も鳴らしていた。

「三人目は、オージンで間違いないとして」僕が言って、

「ひとり目は、古谷さんかも……銀行員ぽいって姉ちゃんが言ってたし」有斗が続く。

「じゃあ、ふたり目は……」

「この前の日曜日、よく似た人物が、うちに来たじゃないか」

あ！　と、僕と有斗が同時に叫んだ。

「鹿渡部だ！　そうだよね？」

正解だというように、祖母は有斗にうなずいた。

「でもさ、鹿渡部には前科があるだろ？　なのに家の中に指紋はなかった」

少なくともオージンと同様、中に入らなかったとしたら、居間での犯行も不可能だ。僕の意見に、祖母がにんまりする。

「そうとも限らないさ。だって、あの男は……」

「お蔦さん、それ以上は勘弁してください。小野先生より他は、こちらでも確認がとれていないんですから」

真淵さんが、とうとう悲鳴をあげた。むっとしながらも、祖母はひとまずその件はおいて、別の質問をした。

「甲大金融については、何かわかったのかい？」

相須里依さんのお父さんに、金を貸していたという甲府の金融業者だ。こっちの方が、ましだと判断したんだろう。真淵さんは、ごまかさずに答えてくれた。

「いま、刑事課の者が現地に行って調べていますが、今回の事件との関わりについては、まだ何も……ただ、非常にたちの悪い闇金だったようです」

甲大金融が存在していたのは、一九九一年から九四年までの、わずか三年二ヶ月のあいだだけだった。

「ちょうどバブルがはじけたころですから、客には事欠かなかったのでしょうが、容赦のないとり立てばかりでなく、甲大金融には当時から嫌な噂がありました」

「嫌な噂？」

「債務者を自殺に追い込んで、保険金で支払わせる。はじめからその目的で、とり立てをしていた節があると、甲府の所轄にも目をつけられていました」

闇金ではよくきく話だが、やり方が露骨だった。そして警察の動きを察したように、甲大金融は解散したと、真淵刑事は語った。

「相須さんのお父さんも、その被害者ということだね」

お蔦さんは納得したが、何か気になったのか少しのあいだ考え込んで、唐突に顔を上げた。

「で、ヨシボン、今日は何の用件でここへ来たんだい？」

ふいを突かれた真淵さんが、え、ととまどった顔をする。

「ご親切に、あたしらに捜査状況を教えに来てくれた、ってわけでもないんだろ？」

参ったなあと、刑事さんが頭をかく。

「有斗くんのようすを、見にきたんです……小野先生に頼まれてね」

「オージンに？」と、有斗が目をぱちぱちさせる。

「うん。君のことを、ひどく気にかけていた。自分が隠し事をしていたことで、また負担をかけてしまったんじゃないかって」

有斗の口許がほころんで、顔いっぱいの笑顔になった。

「おれは平気。オージンに、そう伝えて」

知らないうちに、有斗はひとまわり逞しくなっていた。

真淵さんが帰ると、祖母は食事に出かけ、遅くまで戻らなかった。

有斗の後に、僕も風呂にはいり、ゆっくりと湯船に浸かっていたときだった。外から猫の声がした。

「あれって、ハイドンかな」

ひとり言が、風呂場の壁に響く。あまり可愛くない低めの声に、きき覚えがあった。

むくむくの灰色の毛が、昔の音楽家の鬘《かつら》みたいで、野良だけど、この近所の飼いネコみたいなものだ。愛想がなくて滅多に鳴いたりしないのに、アーウアーウという声が、いつまでもやまないから気になった。

からだをざっとふいて、パジャマ代わりのスエットの上下に、祖母の手製の半纏《はんてん》を引っかけて外に出た。

店とは反対側の玄関を出ると、濡れたままの髪から先に体温が奪われて、ぶるっと震えがくる。今夜はこの冬いちばんの冷えこみになると、天気予報では言っていた。

玄関の前で耳をすませ、声のした方へ向かう。店が面した本多横丁ではなく、南側の路地の方角だった。水曜の夜で、十一時を過ぎたいまも、遠くからは喧騒がきこえる。ただこの辺りの路地はわりと静かだから、猫というより犬の唸り声に近い鳴き声はちゃんと届く。玄関前の狭い庭から南の路地までは、南どなり二軒の裏にあたり、高い板塀にはさまれた狭い通路で繋がっている。その通路が、大きな荷物で塞がれていた。

「ハイドン、こんなところで何してんだよ」

アーウアーウと声がいっそう大きくなり、太ったグレーの猫がじたばたする。人ひとりがやっと通れる狭い通路を何かが塞いでいる。荷物ではなく、コートを着た長身の男だった。長い手足を折り曲げて、板壁を背に座り込んでいる姿はバッタみたいだ。近づくと、強い酒のにおいがした。どうやら酔い潰れてしまったようだが、その両腕に、むくむくの猫をしっかりと抱えていた。

「湯たんぽにされちゃったのか。おまえも災難だな」

猫に話しかけ、酔っぱらいにかがみ込んだ。ハイドンをこのままにしておけないし、こんなところで凍死でもされたら寝覚めが悪い。

「あのう、起きてください。風邪ひきますよ」

場所柄、こういう手合いは見慣れている。声をかけながら顔を覗き込んだが、あれ、と気がついた。バッタに似た姿を、どこかで見たことがある。

長身、スーツ、黒いコート。わっ、と叫んで、思わず二、三歩後ろに下がっていた。

飯田橋駅で有斗に声をかけ、うちにも乗り込んできた。鹿渡部の部下の、片割れだった。上司と見える佐藤ではなく、若い鈴木の方だ。

僕の声で目が覚めたのか、うーんと寝ぼけた声をあげ、この隙にとハイドンが腕の中でもがく。長い毛が鼻に入ったのか、男が大きなくしゃみをした。半目をあいた眠そうな顔が、ゆっくりと僕に向けられた。

さらに五歩分後退し、いつでも家に駆け込める体勢をとってから、文句をつけた。

「嫌がってるだろ、放してやれよ。そいつ、抱っこされるの嫌いなんだ」

「ああ、草履屋のガキか」

相手が僕だと気づいたようだが、鈴木は興味なさげに顔を戻した。

「この猫、おまえのか？」

「違うけど……猫、好きなの？」

抱っこしたままのハイドンの頭をなでながら、ああ、とこたえる。何か拍子抜けしてしまって、警戒心が薄れそうになるのを、あわてて引きしめる。

「いくらうちのまわりをうろついても、無駄だからな。言ったろ、家族の行方を、有斗は何も知らないんだ」

「だろうな。オヤジやアニキも、そう言っていた」

オヤジが鹿渡部で、アニキというのは佐藤のことらしい。

「おれが探しているのは、恩人だ」

「恩人？」

「古谷保」

頭の中に、信玄餅と、そしてオージンが浮かんだ。

「古谷保が恩人って、どういうこと？」

僕に呼応するように、ハイドンがひときわ大きく鳴いた。

「その話、詳しくきかせてもらいたいね」

僕と向かい合う形で、南の路地の方角に、お蔦さんが立っていた。

有斗が目を丸くして、鈴木を見上げる。

立ち上がった拍子に、ハイドンは逃げてしまったが、黒いコートの前は毛だらけで、顔にはひっかき傷までついている。まだ半分酔っているらしく、祖母に促されると、おとなしく居間のソファーにかけた。

ふたりの前に熱いお茶を出し、僕はまる二日ぶりに台所に立った。

「ノゾさん、何か作るの？　ストは中止？」

「それが交換条件だからな、仕方ないよ」

ひとり用の土鍋に出汁を張って味付けし、うどん玉と鶏肉に、椎茸とかまぼこと長ネギを載せ、卵を落としてふたをする。

「鍋焼きかあ。おれもおれも」

「おまえの分は後。コンロが足りないからな」

「いいよ。おれ、卵半熟ね」

祖母の姿を見ると、鈴木はそのまま帰ろうとしたが、せっかくの手掛かりを逃したくないのは僕も同じだ。鈴木がまたくしゃみをして、とっさに思いついた。

「鍋焼きうどん、食べない？　熱々の」

酔って戸外で寝ていたから、ハイドンの湯たんぽだけじゃ足りなかったんだろう。効果はてきめんだった。

「ソファーだと食べ辛いからさ、床に座った方がいいよ」

ぐつぐつ煮立った鍋を、居間のテーブルにはこび、ふたをとった。白い湯気とともに、出汁のにおいが部屋いっぱいに広がる。ごくり、と鈴木が生唾を呑んだ。卵を固めにした、祖母の分も向かい側におく。

「どうぞ、召し上がれ」

お蔦さんが勧めると、いただきますも言わずに箸を割った。土鍋に顔を映すようにして、はふはふ言いながら、勢いよくうどんをすする。猫好きだけど、猫舌ではないようだ。はふはふずるずるが一度も止まることなく、鈴木はうどんを完食した。

「はああ、旨かった」

満足気なため息は、心からのものだとわかった。二日ぶりにきいた台詞は、自分でもびっくりするほど嬉しかった。

やがて祖母がうどんを食べ終えたころ、僕と有斗の分ができあがった。台所のテーブルに並んで食べながら、耳だけはパラボラアンテナにする。

「さて、何からきこうかね」

「あんたらに、話す義理なんてない」

「食い逃げは、よくないぞ」

往生際の悪い鈴木に、台所から有斗がやじをとばした。縦に長いからだが、具合悪そうにソファーの上でゆらゆらする。

「田中さん、だったかね」

「鈴木だって」

今度は僕がクレームを出す。食べ物のメニューなら、未だにすごい記憶力を発揮するのに、人の名前は、いったんインプットされると修正が難しい。

「じゃあ、鈴木さん。あんたと古谷さんは、仕事以外でつきあいがあったのかい？」

古谷保は、会社に出入りしていたフリーの行政書士だと、鹿渡部は言っていた。鈴木もそれは認めたが、その先は言おうとしない。お蔦さんは、責め方を変えた。

「こっちだって被害者だ——。この前うちに来たとき、そう言ったろ？」

返事はないが、鈴木も覚えているようだ。ソファーの上で、また長い胴体が身じろぎした。

「こちらも古谷に騙された被害者だと、あんたの上司はそう言っていた。だけどおまえさんは、古谷を悪く思っていない。ここに食い違いがある」

理詰めで迫られて、鈴木が困った顔をした。よく見ると、けっこう若い。神楽坂署の真淵刑事よりもっと下、二十歳を過ぎたくらいだろうか。

「あんたが言った被害者とは、古谷さんのことだ。違うかい？」

少し間があいて、鈴木はうなずいた。だが、その先はだんまりだ。

「古谷さんを、探したいんだろ？　だからひとりで、この辺りをうろついていた。有斗より他に、古谷さんを見つける手掛かりがないからだ」

迷いを断ち切るように、お蔦さんはたたみかけた。

「だが、鹿渡部は面倒を避けて、ここには近づくなと言った。つまりは古谷を見限ったということだ」

鈴木の目が、険しくなった。だが怒りの矛先は、祖母ではない。

「オヤジもアニキも、古谷さんのことは諦めろと言った！　もう死んじまったんだから、いまさら探しても仕方ないって……そんなのあるかよ！」

唾をとばしながら、怒鳴った。祖母は平然としたままだ。

「金森邸に残っていた血は、古谷保のものだ……鹿渡部は本当に、そう考えているんだね？」

鈴木がぎゅっと、目を瞑《つむ》った。

「ただの想像じゃない！　金森が、古谷さんを殺したんだ！」

僕のとなりで、箸を持つ手が止まった。

「有斗……」

「大丈夫……おれ、大丈夫だから」

目を逸らすまいとするように、ハイドンの爪跡の残った横顔を、有斗は見詰めた。

「古谷保はあの日、金森家を訪ねていた。間違いないんだね？」

鈴木は少しためらってから、上司の鹿渡部や佐藤が知らないことを口にした。

「金森佳高のことを、古谷さんは前から知っているみたいだった……ずっと探してたって、このためにフリーの書士になって、スマイルの仕事にも関わっているって、おれにだけそう言った」

「スマイル？」

「スマイルローン。うちの会社」

闇金としてはありきたりな名前だった。鹿渡部が社長で、佐藤と鈴木の他に、あと三人社員がいる。想像はついたけど、鹿渡部は暴力団とも多少の繋がりがあり、佐藤と鈴木を含む五人の社員は、二年半前に会社を立ち上げる際に雇われたと語った。

「古谷さんは、一年ほど前に、オヤジの知り合いの伝手《つて》でスマイルに来た。インテリくさくて、最初は気に入らなかった」

古谷はいわゆる闇金専門の行政書士で、法律にも詳しい。社長の鹿渡部には重宝されていたという。

「だが、あんたと古谷さんは親しくなった。何か、わけがあるんだろ？」

「あの人には、借りがある。おれの彼女が背負わされた借金を、会社には内緒で、うまく処理してくれたんだ」

彼女の亡くなった親の借金で、そのままにしておくと、財産と同じで自動的に相続させられてしまう。三ヶ月以内なら、相続放棄が可能だと古谷は教え、知り合いの弁護士を通して、裁判所に申し立てをしてくれたという。鈴木はそのことに、ひどく恩義を感じていた。

「オヤジは阿漕《あこぎ》だからな、ばれたら逆に食い物にされかねない。古谷さんはオヤジと違って、そういう感覚が堅気に近かった。外見だけじゃなしにな」

「古谷保の歳は？」

「ゾロ目になったと言ってたから、三十三だ」

彼女のことがあってから、時々一緒に呑みにいくようになったと、少し寂しそうな顔をした。

お蔦さんは、ちょっと考えてから、別の質問をした。

「古谷さんが金森家の債務相談に乗ってたことは、あんた以外は知らなかったんだね？」

「ああ……だが、あの日、オヤジにばれた。三光ローンを使って、古谷さんが何か小細工しているると気づいたんだ。少し前から、アニキに古谷さんを探らせていたらしい」

社長の鹿渡部の知らない債務が、スマイルローンに押しつけられていた。古谷はいまもその債務者の家にいると、佐藤は社長の前で報告した。とたんに、みるみる社長の顔色が変わった。

「そりゃものすごい剣幕で、机やら椅子やらを蹴りまくっていた」

短気はいつものことだが、常軌を逸するほどの怒りようだったと、鈴木は恐ろしげに告げた。

「それで？」

「あの野郎、ぶっ殺してやると息巻いて、事務所を出ていった……それきり古谷さんとは音信不通になっちまって」

最初は本当に、社長に殺されたんじゃないかと疑っていた。そう白状した。

「だけど、我慢できなくてオヤジにたずねたら、オヤジはあの日、金森の家に乗り込んだって」

さっき祖母からきいた話が頭をかすめ、あ、と声が出た。

ふたり目の来訪者は、やっぱり鹿渡部だったんだ。

「古谷は金森に殺されたと、そう言った。はっきり見たって」

有斗のからだが、かたまった。大きな丸い目が、まばたきを忘れて鈴木に注がれる。

「見たって……どういうことだい」

「オヤジが行ったときには、古谷さんが金森に刺されていて、もう息がなかったって……金森が自首すると言ったから、そのまま出てきたのに、一家そろって逃げやがったって」

「そんなはずない！」

思わず椅子から、立ち上がっていた。

「犯行現場のリビングは、二階にあるんだ。玄関からじゃ絶対に見えない。なのにどうして、はっきり見たなんて言えるんだよ！」

「それは……」

「鹿渡部はそのとき居間にいた。あたしはそう思うよ」

とまどう鈴木の代わりに、祖母がこたえた。

「じゃあ、指紋は？　鹿渡部は前科があるんだろ？　居間に上がって、何にもさわらなかったってこと？」

鈴木が、何か気づいたように祖母と視線を合わせた。わかっているという顔で、祖母はうなずいた。

「鹿渡部は、いつも手袋をしている。そうなんだろ？」

「手袋？」

「うちに来たときも、あの男は皮の黒い手袋をしていた。覚えてないかい？」

あのとき鹿渡部は、ずっと両手をコートのポケットに突っ込んでいた。でも、ドアを開け閉めするときだけは右手を出し、たしかに手袋をはめていたと祖母は言った。

「そういえば……仲通りであいつを初めて見たとき、たしかに手袋をしてた」

鹿渡部が煙草に火をつけたときだ。強面の顔ばかりに目が行ったけど、ライターの炎に照らされた指は黒かった。思い出して、ふたりに告げる。

「前科者になっちまったから、どこから足がつくかわからないって。仕事のときは必ず、オヤジは手袋をはめるんだ」

秋冬はもちろん、春や夏でさえ布の手袋を欠かさないというから、念が入っている。それだけ犯罪まがいの仕事が、多いという証しなんだろう。

「たぶん警察でも、手袋をはめた指紋は採取しているはずだよ。ただ、それが誰のものかは、さすがに特定が難しいからね」

たしかにそう考えると、さっきの真淵さんの慌てぶりにも納得がいく。

「金森の家で、古谷さんの死体をたしかに見たと、オヤジはそう言った」

「それであんたたちは、消えた三人の行方を探していたんだね？」

鈴木が、小さくうなずいた。警察に届けなかったのは、自分たちも闇金業者として法に触れる行為をしていたからだ。藪蛇《やぶへび》になるのを恐れ、固く口止めされていたと語った。

「その話には、ひとつ嘘があるね」

鈴木が話を終えると、お蔦さんが即座に言った。

「居間にあった血が、古谷保のものだとしてもだ、遺体はどうやって運び出したんだい？」

「それは……車か何かで……」

「金森さんは、借金の返済のために、去年の秋に自家用車を売却した。そうだったね、有斗？」

有斗が、夢から覚めたように、ぱちぱちっとまばたきした。こちらを向いたお蔦さんに、有斗が小さく首を縦にふる。

「殺された古谷保は、車を所持していたかい？」

「いや、免許は持っているけど、車はなかった」

「あんたのとこの社長は、持っているだろ？　この子たちが、黒い車を見てるんだ」

「会社名義の車が二台あって、たしかに一台は、オヤジの私物になっているが……」

「金森さん一家は家を出る際、大型のスーツケースを持ち出している。衣類や身のまわりのものはなくなっていないから、そこに遺体を入れて運び出した可能性が高いと警察は見ている。だが、そんなものを抱えていたら、電車はもちろんタクシーだって使えない」

長口舌の途中で、鈴木がはっと目を見開いた。

「まさか……オヤジが……？」

「そう考えれば、辻褄《つじつま》が合う。少なくとも、スーツケースを運んだのは、その社長の車だ」

お蔦さんが確認すると、あの晩、社長の鹿渡部は事務所に戻ることはなかったと、鈴木はこたえた。

「でも、どうして……そりゃ、古谷さんのことは怒ってたけど、それだけで……」

「古谷保は、金森さんを以前から知っているようだと、そう言ったね？　もしかしたら、社長も同じなんじゃないのかい？」

古谷保の勝手な行為に、いくら腹を立てたからといって、すぐさま金森家に乗り込むのはあまりにも短絡的だ。まずは古谷に確かめるのが筋だろうと、祖母は言った。

「この前、社長と会ったとき、有斗の母親の出身地はきいたのに、肝心の父親の方は確かめなかった」

あ、と僕と有斗も思い出す。鹿渡部が出ていく間際のことだ。祖母に念を押され、すごい形相でふり返った。

——どうせ、役に立たないだろ。鹿渡部はそう言った。有斗への皮肉にきこえたけれど、実の親とは行き来がないから、お父さんの出身地をきいても役に立たない。そういう意味かもしれない。

「鹿渡部もまた、金森さんを知っていた。古谷に騙されただけでなく、当の債務者の名前に心当たりがあった。度を越した憤《いきどお》りようも、そう考えれば説明がつく」

そんな素振りはなかったかとたずねると、鈴木は思い出したように告げた。

「そういえば、オヤジが怒り出したのは、アニキから古谷さんの報告を受けたときじゃなく……債務者の書類を見せられたときだ。野郎、舐めやがって。おれに楯突くなんざ十年早いって……古谷さんのことだと、思ってたけど」

鈴木が片手で口を押さえた。しきりにまばたきしているのは、懸命に考えているのだろう。

お蔦さんが、それまでとは声の調子を変えた。

「あんたはまだ、この商売を続けるつもりなのかい？」

「この不況じゃ、ろくな仕事がないから……けど、古谷さんにも言われてたんだ。こんな業界からは、早く足洗えって……いまならまだ間に合うからって」

「あたしも、それには賛成だね」

祖母には何もこたえなかったけれど、鈴木は帰りがけに、僕と有斗をふり向いた。

「ごちそうさま……旨かった」

ひょろ長い姿が玄関を出ていくとき、遠くから見送るような猫の声がした。


翌日の木曜日は、一月の最後の日だった。

天気予報は快晴で、お蔦さんは朝食前に洗濯にとりかかった。

「あ、二階にあるジャージ、あれも洗うんだった」

「今日から朝練はじまるんだろ。とってきてやるから、先に飯、食っちゃえよ」

二階の有斗の部屋から体操着をとってきて、階段の途中で気がついた。

「有斗の奴、また入れっぱなしだよ」

紺のジャージのポケットから、丸めたガムが出てきた。有斗はポケットに色んなものを放り込む癖があって、何度注意しても、小銭やら使ったティッシュやらがよくまぎれている。だが、ガムをくるんだ紙を見て、あれ、と気がついた。

ガムの包装紙の銀紙じゃない。薄っぺらな白い紙は、何かのレシートだ。けれど、そこに書かれている日付と時刻に、僕の目が釘付けになった。

「有斗！　これ、このレシート、どこで手に入れた！」

台所に駆け込んで、丸めたガムを見せる。洗濯の手を止めて、祖母も洗面所から出てきた。朝食を食べていた有斗が、不思議そうに首をかしげた。

「どこだっけ……コンビニで何か買って、そのときかな」

「違うって、日付、見てみろよ。一月十四日って書いてあるだろ」

三連休の最終日、有斗の家族がいなくなった日だ。

「しかも時間は、二十一時二分。彰彦と三人で、有斗の家からうちに戻ったころだ。コンビニなんて行ってないし、それに、ここ見ろよ」

丸めてしわしわになっているから、日付と時刻の下は、ふた文字しかわからない。

「えっと、ＩＣ……って何だっけ？」

「インターチェンジ、高速の出入口だよ。もしかして、料金所のレシートじゃないのかい？」

お蔦さんが言い当てて、たぶん、と僕はうなずいた。両親が東京にいたころは、レンタカーを借りて遠出したことがある。だから料金所のレシートに見覚えがあった。いまは渋滞緩和のために、カードで後払いするETCシステムを載せた車も多いが、高速を使う頻度が少なければ、従来どおり料金所でレシートを受けとるはずだ。

「あっ、思い出した！　きっとオージンの車の中だ」

嚙んでいたガムを出そうとして、包装紙が椅子の下に落ちてしまった。手を伸ばして摑んだ紙が、それだったという。

「いらなそうだから、まあいいかって」

ガムの紙の代わりに、そのレシートを拝借したという。

「有斗、その紙を破らないように開いてごらん」

自分が嚙んだガムに触りたくないと、有斗は顔をしかめたが、お蔦さんに命じられ、仕方なく手にとった。細かい手作業は苦手らしく、二ヶ所ほど破けてしまったが、どうにかレシートは原型に近い状態に復元できた。

「長坂インターチェンジ……小野先生は、あの晩、山梨に行ってたんだ」

有斗の家に行って、まっすぐにそこに向かった。レシートに印字された時刻は、それを証明している。

「なんでオージンは、山梨なんて行ったのかな」

「それをいまから、ききにいかないとならないね」

お蔦さんが有斗にこたえ、祖母の思惑に僕はすぐに気づいた。

「もしかして、神楽坂署に行くの？　だったら僕も！」

「おれも！　おれも行く！」すかさず有斗も手を上げたが、

「おまえたちは学校があるだろ」

「今日と明日は個別の進路相談があるから、午前中で終わりなんだ。だから、待ってて」

「おれも、放課後の練習やめて、速攻で帰ってくるから！」

「それに子供の前だと、小野先生は、かえって話し辛いじゃないか」

にべもなく断られ、有斗が大げさにがっかりする。お蔦さんが、表情をゆるめた。

テーブルをまわって有斗の前にかがみ、日に焼けたほっぺたを両手ではさむ。

「有斗は昨日の話、どう思った？　お父さんが本当に、古谷保を死なせたと思うかい？」

祖母の両手のあいだで、窮屈そうに首を横にふった。

「お父さんは、人を殺したりしない」

大きな丸い目を正面から受けとめて、お蔦さんが口許にしわを刻んだ。

「あたしも、そう思うよ」

「ホント？」

祖母が大きくうなずいた。

「あたしの見当が当たっていれば、おまえの父さんには、古谷保を殺せないわけがある」

それをオージンに、確かめにいくと祖母は言った。

「お蔦さん、お願いお願い、おれも連れてって。学校とサッカー休んでも行きたい」

有斗のお願い攻撃に、お蔦さんもやれやれとあきらめた。

「仕方がない、面会に行くのは午後にしよう。おまえたちも連れていくよ」

四時限目が終わると、有斗と校舎の玄関で待ち合わせして、超特急で神楽坂に着いた。家に帰ると、出かける仕度をしながら祖母が言った。

「望、二十分で弁当を拵えられるかい？」

「それって、さし入れ？　できるよ、任せて！」

張り切って台所に向かうと、有斗も手伝いを買って出る。お弁当の中身に、祖母はひとつ注文をつけた。

「洗いざらい話してもらうには、手段を選んではいられないからね」

気が急いているのは、一刻も早く、有斗の家族を見つけるためだった。


「これを、僕に……？」

お蔦さんが通されたのは、広い会議室のような部屋だった。

長テーブルをふたつならべた向こう側に、小野先生と、刑事さんがふたり。以前、有斗に事情聴取した、神楽坂署刑事課の橋本刑事と、生活安全課の真淵刑事だ。

「カツ丼だけじゃ飽きるからって、子供たちが心配しましてね」

「あれは刑事ドラマの中だけですよ」と、真淵さんが苦笑する。

唐揚げと、冷凍してあったツナコロッケ。時間がないから揚げものばかりになったけど、厚焼き卵とブロッコリーを添えた。

「これは有斗が握ったんですよ」

不格好なふたつのおむすびには、海苔で目鼻がつけられている。オージンと有斗の顔だ。

祖母の注文で、あざとい手段だと内心で呆れたが、カツ丼よりは確実に効果があったようだ。

祖母は十分ほど席をはずし、先生はそのあいだにお弁当を平らげたが、食べながら何度か鼻をすすっていた。

「旨かったです、本当に……こんな旨い弁当は、子供のときに食べたきりです」

やがてお蔦さんが戻ると、小野先生はしみじみと言った。

祖母と一緒に、がたいのいい男の人が入ってきて、無言のまま場に加わった。刑事課の平田刑事だった。

「サッカーの試合のたびに、母が弁当持参で応援に来てくれた。あの弁当を、思い出しました」

「甲府にいたころですか?」

「いえ、東京です。小学四年からジュニアチームに入って、サッカーばかりしてました」

「有斗と、同じですね」

「彼ほどの才能はありませんが」と、苦笑する。

それでもチームでは攻撃の要となって、毎日張り切っていたと懐かしそうに語った。

「あのころは良かった……何も考えず、サッカーだけに熱中していられた」

「中学は、山梨でしたね。いつ、移られたんですか?」

「……中学一年の冬です」

それまでと一転した、暗い声だった。

「やっぱりいまの有斗と、同じころですね」

ええ、と硬い声が返った。それ以上話したくないと、雰囲気が伝えている。それでも祖母は、穏やかな調子で続けた。

「古谷保と会ったのは、そのころですか？」

オージンはこたえず、祖母の声だけが会話を紡《つむ》ぐ。

「事件が起きたあの日、先生が電話をかけていた相手は、古谷保ですね？」

何度電話しても繋がらなかったのは、あの夜以来、相手が消えてしまったからだ。あの日から行方不明になったのは、有斗の家族を除けば古谷保だけだった。

「古谷保が、先生と同じ歳だときいて、引っかかりましてね……警察はすでに、その辺りも調べていたようですが」

「同じ中学の卒業名簿に、あなたと古谷を見つけました」

低い声は、平田刑事だ。甲府へ行って、調べてきたと語る。

「クラスは別ですが、学年は同じ。それともうひとつ、共通点があった。親御さんが、甲大金融から融資を受けていて、結果、自殺に追い込まれていた」

小野先生は、やはり黙したままだった。祖母の口調が、わずかに変わった。

「今回の事件の発端は、小野先生、あなたと古谷保が共謀して起こしたものですね」

「違う！　おれは……！」

激高した声は、力なく途切れた。その沈黙を埋めるように、お蔦さんは自分の推論を語った。昨晩、鈴木から話をきいて、それまであちこち寸断していた糸が、祖母の中で一本に繋がったのだ。

「当時、甲大金融でとり立てをしていたのが、スマイルローンの社長、鹿渡部だった。古谷さんがスマイルローンに近づいたのも、そのためだ。そしてあなた方はもうひとり、甲大金融のとり立て屋を見つけた……金森佳高さんです」

古谷保は、最初からその目的で鹿渡部に辿りついた。けれど、有斗のお父さんを見つけたのは、いわば偶然の産物だった。

「去年の五月の家庭訪問で、先生はその父親が、かつて甲大金融にいた男だと気づいた。だから債務整理人として、古谷保を金森さんに紹介した。違いますか？」

少しの間の後に、そうです、と低いこたえが返った。

「顔と、金森という苗字で、すぐにわかりました……向こうは気づいていませんでしたが」

小野も古谷も母方の姓で、甲大金融が出入りしていたときは苗字が違った。子供のころに会ったきりで、顔も変わっている。有斗のお父さんも、そしてスマイルローンの鹿渡部も、思い出すようすはまったくなかった。

「親父が死んだのは、ちょうど二十年前の十二月でした」

小野先生の父親は、五百人の社員を抱える、製紙会社の社長だった。けれどバブルがはじけて、銀行の貸し渋りに遭い、経営が行き詰まった。窮余《きゅうよ》の策で闇金に手を出して、甲大金融のカモにされたのだ。

もともとは甲府で起業し、工場も甲府にあったが、本社は東京に移されていた。小野先生も当時は都内の私立中に通っていたが、会社の倒産と父親の自殺で、両親の故郷である甲府に移った。サッカーを諦めたのは、そういう理由からだった。

「転校してしばらくは、ただ腐ってました。好きなサッカーもできず、同級生には遠巻きにされた。親父のことは、噂になってましたから」

そのころ唯一、声をかけてくれたのが、古谷保だったという。

「頭がよくて、感情を表に出さない。一家心中の生き残りだと、さらっと言われたときは、びっくりした」

だが、つきあうにつれ、だんだんと古谷保がわかってきた。クールなのは外見だけで、腹の中にはマグマを内包している。その理由は、先生にも理解できた。

「あいつには、ひとりだけ残された負い目があった。甲大金融を潰して、家族の仇《かたき》をとる。それが自分の責任だと、そう考えていた」

だが、オージンが転校して一年ほどで、甲大金融は甲府を引き払った。警察に目をつけられたのを察知して、踏み込まれる前に逃げ出したのだと、平田刑事がつけ加えた。甲府の所轄署に行って、当時の担当刑事からきき込んできたという。

「それでも古谷は諦めなかった。高校に入ると、行政書士になると進路を決めた。同じ業界にいれば、必ず鹿渡部や金森を見つけられる。古谷はおれにだけ、そう明かしました」

同じ金融会社の、同じふたり組にとり立てを受けていた。そのことが、先生と古谷をいっそう強く結びつけた。大学進学以降は、年に一、二度会うだけだったが、つきあいは続いていた。

ただ、闇金業界に足を踏み入れた古谷とは違い、時間が経つごとに、小野先生の中の昔の記憶は徐々に薄れていった。

「古谷も別に、それを責めたりはしなかった……あのとき出会わなければ、こんなことにはならなかったのに」

だが、小野先生は、出会ってしまった。有斗のお父さんに――。

「絵に描いたような、幸せな家族。おれからそいつを奪った男が、あたりまえのようにそれを享受している。腸《はらわた》が煮えくりかえって、仕方がなかった!」

だん! と大きな音がして、布張りのソファーの上で、有斗がびくんとした。両の拳で、テーブルをたたいた音だと、見なくてもわかった。

「あの日は家族で、山梨の別荘に行った。父は仕事の客が来るからと先に出て……おれと母さんが着いたときには、親父は梁《はり》からぶら下がっていた」

台詞を棒読みしているみたいな、そこだけは暗い声で語った。祖母とふたりの刑事は、沈黙で重い過去を受けとめる。

その悲しい現場に居合わせた人間が、もうふたりいる。取り立てのために別荘に来た、鹿渡部と有斗のお父さんだった。

「あのときの金森の顔を、おれは忘れられない……あいつは、金森は、笑ったんだ！『死にやがった』って、うすら笑いを浮かべたんだぞ！」

同じ会議室の隅に、パーテーションで仕切られて、ソファーセットが置いてある。僕と有斗は、先生が来る前からそこにいた。

「子供には、きかせない方が……」

真淵さんはもちろん、ベテランの橋本刑事も止めたが、祖母は僕らをそこに座らせた。時間がないからと、それが理由だった。小野先生にすべて白状させるには、有斗が必要だと祖母は考えたのだ。

「すぐに古谷に伝えると、天啓《てんけい》だとあいつは言った。古谷も鹿渡部を見つけ、半年前に奴の会社に潜り込んでいたからだ。金森が借金を抱えているのも因果応報だ、条件はすべてそろったと、そう言った」

「条件とは、何だ？　古谷と、何を企んでいた？」

橋本刑事の、語調が厳しくなった。

「……金森佳高を、おれの親父と同じ目に遭わせ、その罪を鹿渡部に負わせる」

小野先生のものとは思えない、底の見えない暗い声だった。

有斗はまばたきもせず、その闇を茫然と見詰めていた。

「だが、先生は途中で考えを変えた。そうなんだろう？」

祖母の声が、沈みかけていた有斗を引き戻した。先生が、うなずいた気配があった。

「有斗と接するうちに、迷いが生じた……復讐を遂げれば、有斗はおれと同じ立場になる。有斗が昔の自分と重なって、どうしようもなかった」

「先生は、有斗が可愛くて仕方なかった。あの子を傷つけたくなかった。ただ、それだけじゃありませんか?」

「そうかも、しれません」

慈《いつく》しむような、まあるい声がした。

ひっく、ひっくと、僕のとなりで声がした。有斗が顔をくしゃくしゃにして泣いていた。

その気配に、気づいたんだろう。仕切りの向こうの話し声がやんで、草履の足音が近づいてきた。祖母が仕切りの陰から顔を出す。

「有斗、言いたいことがあるなら、ちゃんと小野先生にお言い」

祖母が有斗を、小野先生の前に連れていき、僕もその後に従った。

「有斗……いまの話……」

告白をとり消そうとでもするように、先生は口に手を当てた。

「ごめ……ごめんなさい、おれが代わりに謝るから、お父さんを許して……」

「違う、有斗、おまえは何も……」

「おれ、何でもするから……お金、いるなら、サッカーで、稼ぐから……有名な選手になって、いっぱい稼いで、全部オージンにあげる。だから……」

「そんなことのために、サッカーするな！」

小野先生が膝をつき、有斗を抱きしめた。

本当は、有斗を同席させた理由が、もうひとつある。小野先生を救うため——。それができるのは、有斗しかいなかったからだ。

「ごめん、有斗……ごめんな。おれが、悪かったんだ……」

有斗の肩の上で、ぼさぼさの髪が揺れた。その頭にそっと手をおくように、祖母が話しかけた。

「小野先生、金森佳高さんを、許してもらえませんか？　古谷さんを傷つけたのは、金森さんじゃありません」

え、とオージンが、有斗の肩から顔を上げた。涙でまだらになった情けない顔が、お蔦さんに向けられた。居間に残っていた血痕が、古谷保のものだとすると、もう生きてはいないかもしれない。だが、殺したのは別の人間だと、自信のある口ぶりで告げた。

「金森さん一家を探し出せば、はっきりするはずです。手伝ってもらえませんか？」

「手伝うと言っても、それだけは僕にも……前にもお話ししましたが、心当たりはすべて探しました」

「あの日、先生がどこへ行ったのか、教えてほしいんです。きっとそこに、手掛かりがあるはずです」

と、小さな紙きれをさし出した。くっついていたガムを、有斗がいやいやとり去ったレシートだ。

「長坂インターチェンジで高速を降りて、それからどこへ……」

ふいに部屋の隅で、電話が鳴った。コール音からすると内線のようだ。真淵刑事が応対し、ふた言三言交わして受話器をおいた。

「スマイルローンの鹿渡部を確保しました。ですが……」と、眉を下げる。

「相手は玄人《くろうと》だからな。そう簡単に、口を割らないだろう」

橋本刑事が、渋い顔をした。お蔦さんが、急ぐように少し早口になった。

「小野先生、金森さん一家は、どこかに閉じ込められている。先生が向かった場所と、それほど離れてはいないはずです」

小野先生の車が、あの晩、長坂インターチェンジで降りたことは、警察もすでに摑んでいた。自動車ナンバー自動読取装置、通称Nシステムがあるからだ。

「金森さん一家が乗っていたと思われる鹿渡部の車も、調べたところ、まったく同じルートを辿っていました」

ただ、どちらも県道の途中から先はわからなかったと、橋本刑事が告げる。

「教えてください、小野先生。先生はどこに向かったんですか」

「ですが、僕が行ったときは、誰もいなくて……」

先生が、途方に暮れた顔をする。それでも祖母は食い下がった。

「今日で十七日が経っています。時間がないんです！」

「清里《きよさと》高原の外れにある、別荘です。もとは僕の家の別荘で……親父は、そこで死にました」

抵当にとられ、何年か放置されていたが、後に貸し別荘になったと告げる。

「玄関の鍵が開いていて、室内はひどく荒らされていました。何かあったのだと思い、とにかく古谷を探しましたが、誰もいませんでした」

「すぐに現地の所轄に連絡します」

詳しい場所を確かめて、平田刑事は部屋を出ていった。

大きな後ろ姿を、有斗が不安そうに見送る。

壁にかかった時計を見ると、もうすぐ午後三時になろうとしていた。

祖母はまた、小野先生に話しかけた。

「先生は最初、古谷保をかばうために、事件について何も語らなかった。でも、途中からは逆に、金森さんをかばっていたんじゃありませんか？　有斗が悲しまないように」

え、と有斗が、先生を見詰めた。

そのとおりです、と先生は有斗に微笑んだ。

「計画は中止されたと、あの日まで、そう思っていました」

借入額を何倍にもふくらませ、生命保険で支払わせる。甲大金融とまったく同じ手口で、金森家を追い詰めて、先生の父親が死んだ同じ場所で、有斗のお父さんに自殺を強いる。そして鹿渡部にその罪を負わせ、これまでの悪事も、すべて公にする。

それが小野先生と古谷保が立てた計画だった。

だが先生は、そんなことはできないと、すぐに気づいた。

「『有斗だけは、悲しませたくない』そう頼むと、古谷は『わかった』と言いました……諦めてくれたのだと、そのときはホッとしました」

夏休みの終わり、半年ほど前のことだ。ただ、古谷保は「有斗のために」、金森家の債務整理は引き続き行うと言い、オージンもそれには異存はなかった。

「古谷さんは、金森さんのようすを、窺っていたんじゃないかねえ」

お蔦さんは、そんな推測を口にした。理由は、有斗が食べたという信玄餅だ。

昔の闇金での罪を、悔い改めているとわかればやめるつもりだった。そのためにわざわざ、過去を思い出させるような土産を持参した。けれど有斗の話では、お父さんに変化はなかった。大人の男は、内面の動揺を見せるような真似はしない。会社の役員ともなればなおさらだと、祖母は言った。

「金森さんが、忘れていたはずはないよ。でなければ、七百万もの赤の他人の借金を、肩代わりするはずがないからね……あれは、贖罪《しょくざい》だったんだ」

相須里依さんについて、お蔦さんは手短に語った。相須さんもいわば、先生と古谷保とまったく同じ境遇だった。

「そんな、ことが……まったく知りませんでした……僕も、古谷も」

知っていたら、こんなことにはならなかった。相須さんのことで夫婦仲がぎくしゃくして、結果お母さんがカードローンに嵌《はま》ってしまった。古谷保が相談を受けていたのは、その借金だ。だからわからなかったんだ。

「金森佳高さんは、過去の行いを深く後悔している。そんな人が、たとえ正当防衛だとしても、人を殺したり、ましてや逃げたりするはずがない」

もし古谷保の正体を、明かされたならなおさらだと、お蔦さんは主張した。

「おれたちは……何てことを……」

茫然とした表情に、深い後悔だけが、インクをにじませたように広がる。

「古谷さんと最後に会ったのは、いつですか？」祖母がたずねた。

「年末の、三十日です。仕事納めに呑もうと、古谷から連絡があって……半年ぶりでした」

あの計画を、実行に移そうとしているなんて、先生は夢にも思っていなかった。相手もおくびにも出さず、闇金仕事での珍事などを笑い話として語り、オージンは学校やサッカー部で起きた出来事を語った。

「後でわかりましたが、年が明けてすぐに、古谷は準備をはじめていました。そして一月十四日のあの日、決行した。あの朝、古谷から電話があったんです」

その日の予定をきかれ、夕方の五時半まで部活動だと告げると、わかったと電話はすぐに切れた。そんなことは初めてで、先生はだんだんと気になりだした。

「それで練習が終わってから、古谷さんの携帯に電話をかけ続けていたんですね？」

「はい。でも、繋がらなくて……仕事柄もあってか、電話の応対は早い奴です。どうにも不安が募って、有斗の家に電話したんです」

「そういうことでしたか」

「あいつはおれとの約束を、守ろうとしたんだと思います……有斗だけは巻き込まないために、有斗のいない日を選んだ」

「それなら、学校のある平日の方が良さそうに思うけど」と、僕がつい口を出した。登校日ならその後で部活だから、有斗の帰りは夜の九時過ぎになる。わざわざ妻や娘が在宅している祝日に訪ねたことも、考えてみればおかしい。本当にお父さんに自殺をほのめかすつもりなら、家族がいない場所を選びそうなものだ。

「それはたぶん、鹿渡部のせいだよ」と、祖母はこたえた。「鹿渡部が古谷さんの妙な動きに感づきはじめた。それを古谷さんも察知して、事を急いだんだ」

「そうかも、しれません」

オージンが力なくうなずくと、理由はもうひとつあると祖母は続けた。

「古谷さんもやっぱり、迷っていたんじゃないのかね」

「あいつが、ですか?」

「年が明けてすぐに、古谷保は準備をはじめたと仰ってましたよね? なのに一月半ばまで動こうとしなかった。鹿渡部に尻を押された格好で、仕方なく実行に移した。そんなふうにも見えますね」

「本当は、有斗の家族の誰かに、止めてほしかった。そういうこと?」

たずねた僕に、お蔦さんはうなずいた。

「……だったら、おれに言えばいいものを……馬鹿だな、古谷」

目の前にいない友人に向かって、小野先生は呟いた。

「先生は、古谷さんを止めようとしたんですね？」

「はい……間に合いませんでしたが」

お母さんに有斗のことを頼まれて、先生はすぐに何かあったと察した。だから有斗を迎えにくるより前に金森家へ行き、さらに山梨に向かったのだ。

有斗が彰彦と一緒にうちに来ることは、オージンも知っていた。間違い電話はやはり、その確認のためだった。僕らがいれば大丈夫だろうと、自分は事件を未然に防ぐために、有斗の家族を追ったのだ。

「ですが、別荘には、誰もいませんでした……中は真っ暗で、古谷の名前を呼びながら別荘の中を探してもみましたが、誰も……」

「鍵は？」

「あいていました」

そのときは焦っていたから気がまわらなかったが、後になって先生も気がついて、別荘の管理会社に問い合わせてみたという。

「一月いっぱいの予定で借りていた者がいて、名前は偽名でしたが、たぶん古谷だと思います」

管理会社に行って、鍵を渡した相手の歳格好を確かめたという。

自殺を強いるという、いわば消極的な殺人だから、都合どおりに運ぶとは限らない。一ヶ月という長い期間を設けていたのはそのためかもしれないと、これはお蔦さんの推論だった。

また、古谷は事件当日、レンタカーを借りていた。その車は、有斗の家から十分ほどの大久保通りのパーキングで見つかった。たぶん当初の予定では、その車で有斗のお父さんと山梨に向かうつもりでいたんだ。

小野先生は心配で、その晩は朝方まで別荘の前から動けなかった。

「翌日になって事件を知ったとき、古谷が無茶をしたのだと、そう思いました」

DNA鑑定の結果、加害者と被害者が入れ替わっても、やっぱりオージンは有斗のために口をつぐむしかなかった。世間の憶測同様、有斗の家族が逃げているのだと思ったし、その潜伏先にも心当たりがなかったからだ。

「あたしには、やっぱりその別荘しか考えられないんだがね」

お蔦さんの推測は当たった。

二時間後、清里高原外れの別荘で、有斗の両親とお姉さんが発見された。

第八章　いつもの幸福《しあわせ》

あのときの一秒くらい、長く感じたことはない。

神楽坂署を出て家に戻ったのが、午後四時半。

そろそろ夕飯の仕度をする時間だが、誰もごはんなんて喉を通りそうにない。試しにきいてみたが、食いしん坊の有斗でさえ、いらないと断った。

祖母と僕と有斗は、居間に集まって、ただじっと待っていた。

廊下の電話が鳴ったのは、午後の五時を十分過ぎたときだった。ソファーからとび上がった僕らを止めて、祖母は自分で受話器をとった。

予想どおり、神楽坂署の橋本刑事からだった。短い挨拶が交わされて、うつむき加減で応じていた祖母が、はっと顔を上げた。

「見つかりましたか」

とたんにからだが、がちがちにこわばった。僕ですらそのありさまだから、隣の有斗は、心臓がいったん止まってしまったかもしれない。

祖母が次の台詞を口にするまでの一秒が、途方もなく長かった。

見つかったのは有斗の家族だ。それはいい。だけどどんな状態なのか、それがわからない。僕らが固唾を呑んでいたのは、三人の生死がかかっていたからだ。

まるで時が止まって、次の一秒は永遠に来ないんじゃないか——。そのくらい待たされてから、祖母の声がした。

「そうですか、三人とも無事でしたか」

安堵のあまりに膝がくずれるって、本当にあったんだ。思わずカーペットに座り込みそうになるのを、どうにかこらえたのは隣に有斗がいたからだ。

「有斗、良かったな。有斗の家族、帰ってくるぞ」

怖すぎるお化け屋敷からようやく脱出できたみたいに、魂が抜けたような格好で、有斗はぼんやり立っていた。有斗、ともう一度声をかけると、目を真ん丸に開いた顔が、ゆっくりとこちらを向く。

「……父さんと母さんと姉ちゃん……帰ってくる？」

「そうだよ、有斗。また家族四人で暮らせるんだ」

包装紙を丸めたみたいに、くしゃっと有斗の顔がゆがみ、おっきな涙がはじけるようにこぼれた。まるで中国のどらみたいだ。うわわわん、と部屋中に、有斗の泣き声が響きわたる。まだ祖母は電話中だったが、叱ることもなく、ただ顔中に笑いじわを広げた。

一秒がうんと間延びしたのは、お蔦さんも同じだったようだ。

「あのときばかりは、確実に寿命が縮んだね。ただでさえ残り少ないんだから、金輪際ごめんだよ」

出かける仕度をしながら、そんな文句をこぼした。

有斗の家族は、甲府市内の大きな病院に搬送された。

「怪我、したの？」

心配そうな有斗に、怪我ではないと祖母は言った。

「この十七日間、ほとんど飲まず食わずでいたそうなんだ。かなり衰弱していてね」

それでも三人とも意識はあって、受け答えもできるという。病院で手当てすれば、命に別状はないだろう、との医者の見立てだった。

報道陣が詰めかける前に、有斗を病院に到着させた方がいいと警察は判断したようだ。刑事課の橋本刑事と、生活安全課の真淵刑事も、山梨の現場に向かうことになったから、同じ車に同乗させると申し出た。

祖母もつきそうことになり、泊まりになるからと、電話を切るとすぐに仕度にかかった。僕も行きたかったけど、明日は学校だから、ひとりだけ留守番になった。

「準備万端！　合宿とか遠征とかあるから、慣れてんだ」

二階へ駆け上がり、わずか五分で用意を済ませてきた有斗が胸を張る。嫌な予感がして、ばかでかいスポーツバッグをあけてみると、ボールやらユニフォームやらが詰まっていた。

「なんで見舞いにサッカーボールがいるんだよ。病院で使えないぞ」

「ボールは友達だもん」

「いくらなんでも、スパイクは置いてけよ。歯ブラシは持ったのか？」

「あ、忘れてた！　歯磨きセットにカビ生えてたから、この前捨てたんだ」

「洗面台の引き出しに、新しいのあるから……」

話の途中で、ぴゅうっと洗面所へ走っていく。

有斗がいない隙に、祖母にきいてみた。

「やっぱり、閉じ込められてたの？」

「そのようだね。ただ、誰かが意図的にやったんじゃなく、いわば事故だったたって話だがね」

「事故って？」

「詳しいことは、三人の回復を待って、事情をきくまでわからないってさ。ただ、閉じ込められていたのは、別荘の地下にある食料庫だそうだよ」

やがて警察の車が到着し、祖母と有斗を見送った。

いきなり暇になったけど、僕にはやることがある。すぐに楓に電話をかけた。

「本当？　有斗君の家族、見つかったの？　怪我とかしてない？　大丈夫？」

何度も確かめて、携帯の向こうから、良かったあ、と大きなため息が返る。

本当に良かったね、と楓に言われると、あらためて心の底から安堵がこみ上げて、ちょっとジンとしてしまった。

有斗は車の窓越しに、いつまでも手をふっていた。よく笑う奴だけど、一点の曇《くも》りもない本当の笑顔は、思えば十七日ぶりかもしれない。その顔を思い出した。

「友達には、もう知らせたの？」電話の向こうで楓が言った。「サッカー部のキャプテンしてる人。有斗君のこと、やっぱり心配してたんでしょ？」

「そうだ、彰彦にも電話しないと」

ついさっきまで頭にあったのに、楓を思い出したとたん、隅に押しやられてしまった。

ごめん、と心の中であやまりながら、結局もう三十分、彰彦には待ってもらうことになった。

「お父さん、来週帰ってくるそうだから、有斗君とはすれ違いになっちゃうね」

「え、奉介おじさんから連絡あったの？」

「うん、一昨日《おととい》だったかな、そっちには来てない？」

「まったく」

一応うちの住人なんだから、電話の一本くらいしてほしい。

奉介おじさんはもともと放浪癖があって、正月明けから旅に出てしまった。悪気はないけど、どっか抜けている。こっちに連絡がないのも、単に忘れているんだろう。

「奉介おじさんが覚えてるのは、楓のことだけだよ」呆れ加減にため息をつくと、

「たぶん、お父さん、あたしの志望校のことで電話くれたんだと思う」

「志望校って……たしか、楓んちの近くの公立だよね？」

「実は第一志望、変えたんだ。お父さんがスケッチ旅行に行く前に、その話をしたから、気にしてたみたい」

「どこにしたの？」

楓が告げたのは、私立の共学高校の名前だった。僕もそこはよく知っている。神楽坂から、ひと駅の距離だからだ。

「お金の心配はしなくていいから、行きたいところへ行きなさいって、お父さんが言ってくれて」

楓の話は続いていたが、ちゃんときこえてこない。

「もし受かったら、学校の帰りに、ちょこちょこ神楽坂にも行けるし」

だめだ。顔が笑う。鏡を見たら、かなり不気味な表情に違いない。

「今度、神楽坂毘沙門天《びしゃもんてん》のお守り渡すよ。学業専門じゃないけど、効き目はあるから」

それで楓の受験がうまくいくなら、東京中の神社仏閣に祈願したいくらいだ。

幸せ気分が、声にだだ漏れしてたんだろう。楓との電話を切って、彰彦にかけると、

「望がそんなに浮かれてるなんて、めずらしいな。よっぽどいい知らせか？」

何も言わないうちに、電話の向こうで彰彦が笑った。

「有斗の家族、見つかったって！」

洋平が騒々しく訪ねてきたのは、その日の夜、九時過ぎになってからだ。

「何で、知ってるのさ」

「九時のニュースでやってた。その前に速報も流れてさ、びっくりしたよ」

「へえ、そうだったんだ」

テレビをつけてみたが、すでに終わってしまったようで、十時のニュースまで待たされた。

「そっか、お蔦さんも一緒に行ったのか。だったら望、うち泊まれよ。急にひとりにされたら、寂しいだろ」

「子供じゃないんだから、大丈夫だよ」

と言いながら、有斗がいたせいか、妙に家の中が静かに思える。つきあいの長い洋平は、察したのかもしれない。顔がにんまりと笑う。

「おまえ、あいつのこと気に入ってたもんな。小《ち》っこい弟ができて、嬉しかったんだろ」

「たしかに、洋平みたいなデカいのに、家ん中うろうろされるよりはましだけどさ」

「ひでえ、お蔦さんと同じこと言うなよ」

ひとりでいるのは、決して嫌いじゃない。ただ、ひとりでいたくないときもある。今夜はたぶん、そうなんだろう。洋平の家ならお泊りセットも要らない。一緒に出ようとすると、玄関のチャイムが鳴った。

「ノゾミちゃん、テレビで見たよ。いやあ、本当によかったな」

菓子舗伊万里の、ご主人だった。それからも訪問客はあとを絶たず、

「おい、祝杯あげようぜ。誰か、ビール買ってこいや。今日はおれのおごりだ」

「え、これから?」

福平鮨のご主人が言い出して、結局、宴会と化してしまった。

この家では、孤独にひたれる機会にはあまり恵まれない。

「そう、もうちょっと遅くなる。望は飯まだだから、夕飯の残りあっためといて……え、マジ？　父さんもこっち来るのかよ」

携帯を切った洋平が、やれやれとため息をついた。

「あれ、もう帰ってきたの？」

翌日、学校から帰ると、お蔦さんは戻っていた。有斗を甲府の病院に残し、ひと足早く帰ってきたという。昼前には戻り、午後から店もあけていた。

「有斗のお父さんやお母さんには会った？」

「まだ、からだを起こすこともできないからね、挨拶だけにしてきたよ」

体力が戻るまでには、まだまだかかる。よけいな気を使わせないようにと、早々に切り上げてきたようだ。

「有斗はお母さんにべったりでね。片時も離れようとしない」

「甘ったれだなあ」

呆れたものの、よく考えると、僕も神楽坂へ来る前は、けっこうお母さんにべたべたしていた。ちょうど有斗と同じ、中一のころだ。思い出すと、ちょっと恥ずかしい。

「家族はいても、病人だろ？　有斗ひとりで大丈夫かな」

「ひとりじゃないよ。今朝になってあたしら以外にも、駆けつけてくれた人がいてね」

祖母が口にしたのは、意外な人物だった。

「有斗の伯母さん？　あの船橋の喫茶店で会った？」

そうだよ、と祖母がこたえる。

「あたしらには素っ気ない態度をとっていたけれど、本当は妹一家のことを心配していたんだろうね。警察が連絡したら、すぐに甲府の病院まで駆けつけたそうだよ」

お金のトラブルで、金森家とは仲違《たが》いしていた人だ。有斗の面倒を見るつもりはないと、言われたときには頭にきた。だけどこの十七日間、やっぱり心を痛めていたんだろう。

神楽坂署には、お父さんの会社の人とか、お母さんやお姉さんの友人とかから、安否を確かめる電話がたくさんかかってきた。今朝から本格的に報道されたからだ。中には甲府の病院まで直行し、詰めかける報道陣をかき分けて、病室まで辿り着いた人もいたそうだ。

「ニュースで見たけど、本当に地下に二週間以上も閉じ込められていたんだね」

「ああ、よく辛抱できたと思うよ」

何年か前、似たような報道があった。南米チリの鉱山で起きた、落盤事故だ。三十三人が閉じ込められて、救出までに七十日近くもかかった。

日数は四分の一だけど、状況はより過酷だったろうとお蔦さんは語った。

三人が、外部との接触を断たれてしまったからだ。

「自分たちがここにいることを、誰も知らない。何よりもそれが恐ろしかっただろうね。助かる希望が見いだせない、これほど精神的に辛いことはないよ」

三人の命を繋いだのは、わずかなお菓子と、そしてワインだった。

どのチャンネルでもくり返されていたが、お蔦さんは詳しい中身まで知っていた。

「たしか、『どんぐり山』だったかね、チョコレート菓子がひと箱と、ガムがひと瓶」

「……『きのこの山』か『たけのこの里』だよね？」

お菓子に縁がないから、この方面は祖母も疎《うと》い。ひと瓶といったのは、ボトルタイプのガムのようだ。食べ物は、お姉さんがバッグに入れていた、それだけだった。

「ワインの方は？　どっから出てきたの？」

「別荘の前の客が、食料庫に忘れていったそうなんだ。安物のワインを、ひとケース丸ごとね」

古谷保が別荘を借りていたのは、一月二日から月末までのほぼ一ヶ月だ。前日の元旦まで、別荘には別の客がいた。大学のサークル仲間が十人ほど、年末から元旦にかけて借りていた。たぶんカウントダウン・パーティーでもしていたんだろう、アルコールと食料をたっぷりと持ち込んで、帰るときに赤ワインを一ケース、地下食料庫に忘れていった。梯子《はしご》の陰に隠れていたために、掃除に来た管理人は気づかなかった。いわば両者のうっかりが、三人の命を救ってくれた。

「その六本のワインが、命綱になったんだね」

「赤ワインは、からだを温めてくれるからね。寒さ凌ぎにもなったんだろう」

真冬の清里高原は、最低気温がマイナス十五度になる日もあるという。寒い土地では、地下の方がかえって暖かい。凍死を免れたのは、それも幸いしたのだそうだ。

「六本のワイン」のフレーズは、何日ものあいだ、くり返しテレビに流れた。

だけど本当に三人の支えになったのは、別のものだ。

僕らが知ったのは、それから一週間後の週末だった。


「だいぶ回復されたようですね。安心しました」

祖母に向かって、おかげさまでと挨拶する。笑顔はまだ、少し弱々しい。

初めて会った有斗のお父さんは、イメージとは全然違った。会社役員ときいてたから、何となく押し出しのいいスーツ姿を想像していた。でも、パイプベッドに半身を起こした姿は小さくて、丸みを帯びた輪郭は有斗に似ていた。

「警察の方々からききました。有斗がお世話になったばかりか、私たちが発見される手がかりをくださったとか。いまも有斗がご厄介になっているそうで、本当にありがとうございました」

有斗は週末にいったんうちに戻り、月曜からまた学校へ通っている。

ベッドの上で、深々と頭を下げられて、かえってお蔦さんはすまなそうな顔をした。

「もう少し早く気づいていればと、いまになって思えば悔やまれます。十七日間ものあいだ、よく辛抱されましたね」

三人が舐めるようにワインを分け合っていたあいだ、僕らは存分に飽食していた。何だかすごく申し訳ない気持ちになったが、お父さんは僕を見て微笑んだ。

「自分だけが美味しいご飯を、おなかいっぱい食べていたと、有斗もすまながっていました。

お孫さんは、料理上手だそうですね」

「有斗が喜んでくれるから、この子も張り合いになったみたいです」

どうもありがとう、とあらためてお礼を言われると、ちょっと照れくさい。

「何よりもそれが私たちの望みで、唯一の希望でした」

「希望?」

つい、ききかえしていた。お父さんが、ゆっくりとうなずいた。

「有斗だけはこの危難を免れて、外で元気でいてくれる、それだけが私たちの救いでした。真っ暗な地下室の中で、ただひとつの灯りになってくれました」

いまごろどうしているだろう、ひとりぼっちで残されてメソメソしているかもしれない、案外、単純な性格だから、いまごろは腹を出して寝ているかもしれない。

日に何度も有斗の名前は口にのぼり、それはやがて、三人の支えになった。

「ここを出て、ひと目だけでも有斗に会いたい。いつのまにか、それが私たちの合言葉になっていました。病院で、はちきれそうに元気な有斗の顔を見たとき……生きていてよかったと、心の底から思いました」

お父さんは、途中で声を詰まらせた。

「十七日間のあいだ、有斗の面倒を見てくれたのが滝本さんだったときいたとき、正直、信じられない気持ちでした」

赤の他人に等しい僕らが、有斗を預かっていたことを、お父さんは何より驚いていた。たしかにいまどきはめずらしいけど、ご両親が驚いたのには、それなりの理由があった。

「私も妻も、親兄弟との縁が薄くて、いまは音信不通の状態です。唯一、行き来のあった船橋の義姉《あね》とも、私の短慮のためにつきあいが途絶えてしまいました」

有斗の両親は、どちらも親との折り合いが悪かった。お父さんは高校の途中で家出して、あちこち転々としてから甲府に行き着いた。お母さんの親は離婚して、それぞれ別の家庭を持ち、東京に来てからは連絡をとらなくなった。

頼れる親や兄弟がいなかったからこそ、より深刻な事態になってしまったのかもしれないと、後になってお蔦さんは言った。

良い友人関係さえ築いていれば、ふだんの生活に支障はない。けれど、お金の話だけは別だ。どんなに親しくても、お金の貸し借りとなると難しい。これまでの良い関係を、すべて壊してしまいかねないからだ。

品物を買ったり投資をしたり、互いの利が等しい場合に限って、お金のやりとりは成立する。だが、片方に利が偏っていれば、必ずトラブルの原因になる。

カードローンや闇金が繁盛するのもそのためだ。困ったときに誰にも相談できないから、よけいに深みにはまってしまう。

金森家に限ったことではなく、現代《いま》はそういう時代なのかもしれない。

「昔はみんな貧しかったから、お金の貸し借りも居候《いそうろう》も、茶飯事《さはんじ》だったんですがねえ」

お蔦さんは、しみじみとした口調になった。うちに集まってくれた、ご近所衆を思い出す。

ビールを片手に、面識のない三人の無事を、みんな心から喜んでいた。

「滝本さんのような方がいてくださって、私たちも有斗も運がよかった……有斗をかわいがってくださって、ありがとうございます」

こんなに真心のこもったお礼は、僕にとっては初めてだった。


正式な事情聴取は退院後になるが、事件当日のことは、すでに警察の方でほぼ把握《はあく》していた。一昨日、あらためて警察発表があって、ニュースでも大きくとり上げられた。

祖母がその話題にふれても、金森佳高さんは嫌そうな顔をしなかった。

「滝本さんには、私からお話ししなければと思っていました」

「何度もお辛いでしょうけど、お願いします。さしつかえるようなら、この子には席を外させますから」

「一緒にいてくれて構いません。娘や息子にも、すべて話しましたから」

有斗のお父さんは、僕の同席を許してくれた。

お母さんとお姉さんは、同じ階の違う病室にいて、お姉さんの菜月さんは昨日退院した。若いこともあるけど、わずかな食料を、両親は自分たちより多く娘に与えていたからだ。菜月さんは退院後も病院に残り、両親につきそっている。

有斗は今日、僕らと一緒に病院に来た。いまはふたりともお母さんの病室にいて、僕と祖母は先に見舞いをすませていた。

この病室はふたり部屋だけど、廊下側のベッドはあいていた。僕と祖母は、ならんで丸椅子に座り、ベッドの向こうの窓には、曇りと晴れの混じったような空が広がっていた。すっきりしない天気だが、それでも雲の隙間から見える青は、東京よりも濃い色に見えた。

「あの日、古谷さんは、約束どおり午後三時半に訪ねてきました」

朝、電話があり、来訪は告げられていた。いつもの債務整理だと思っていたら、まったく予想外の話を切り出された。

「半年かけて、三分の二まで減らしたはずの債務が、逆に倍近くにまでふくらんでいたんです」

「たしか三百万が、利息込みで九百万になっていたとききましたが」

「その倍ってことは、一千八百万？」と、僕がびっくりする。

金森さんも、最初のうちは書類を細かくチェックしていた。けれど途中から、古谷保を全面的に信頼し、任せるようになった。古谷はそれを利用して、金森家の借金をとんでもない額にまで引き上げていた。

「私も、迂闊《うかつ》でした。相手を頭から信用して……」

「それは、小野先生から紹介されたから。そうではありませんか？」

「それもありますが……古谷さんが信頼できる人物だったから……結局はそこのところかもしれません」

こんなひどい目に遭ったのに、それでも金森さんは、古谷保をさん付けで呼んだ。

余計なおしゃべりをあまりせず、同情めいたセリフも口にしない。ただ淡々と債務の整理だけをこなし、仕事は迅速で無駄がない。古谷保はそういう人物だった。

「金融業界は、とかく口のうまい者が多い世界です。だからよけいに、信用がおけると思い込んでしまった」

決して相手を嵌めるための演技ではなく、小野先生やスマイルローンの鈴木の話からすると、もともとの人柄なんだろう。

祖母の想像どおり、当時、甲大金融にいたことも、金森さんは認めた。

「なまじ自分が闇金業界にいたために、その世界を知り尽くしていると錯覚していた。そこを彼に、突かれたんでしょう。下っ端にいた私には、本当の仕組みなど何もわかっていなかったのかもしれません」

「でも、借金の恐ろしさは、誰よりもよく知っていた。金森さんがカードを持たなかったのも、わずかな金銭の貸し借りもしなかったのも、そのためですね」

「はい……だからこそカードで借金を作った妻を、許すことができませんでした。もとはといえば、私が蒔《ま》いた種なのに」

「相須里依さんの七百万を、肩代わりしたことですね?」

お金に細かく、義姉にさえお金を貸そうとしなかった。そんな夫が、ぽんと相須さんには大金を差し出した。それが我慢できなくて、有斗のお母さんは当てつけのようにカードを使い続けた。

だけどお父さんが悔いていたのは、相須さんにお金を貸したことじゃなかった。

「すべては二十年前の報いです。あのとき私が犯した罪が、めぐりめぐって家族に禍《わざわい》した」

相須里依さん、小野先生、古谷保。三人の両親を追い込んだのは、当時、甲大金融で取り立て屋をしていた自分だと、金森さんは背中を丸めた。他にもたくさんの債務者が、甲大金融に自殺を強いられ命を落とした。

「相須さんの債務を肩代わりして、自分の罪が少しはすすがれたような、そんな気持ちになっていました。甘い考えだったと知ったのは、古谷さんに、あの鍵を見せられたときです」

「鍵、というと？」

「あの別荘の鍵です」

三人が閉じ込められていた別荘は、昔は小野先生のお父さんのものだった。築年はすごく古くて、大正時代に建てられたものを、軽井沢《かるいざわ》から移築したものだそうだ。先生のお父さんが自殺した場所でもあるから、言ってしまえば事故物件だ。それでも何年か後に貸し別荘として買いとられたのは、古い洋館風の建物に風情《ふぜい》があったからだ。

テレビに何度も映されたから、僕も知っている。白い板張りに深い緑色の屋根、扉はどっしりと厚い一枚板だった。その扉に似合いの、真鍮《しんちゅう》製の金色の鍵を、金森さんは覚えていた。

「製紙会社の社長が自殺した、別荘の鍵だと、すぐに思い出しました」

「鍵を、覚えていたんですか？」祖母が、意外そうな顔をする。

「社長が亡くなって、すでに抵当に入っていた別荘の、家財を処分する際に立ち会いました。一日、鍵を預かりましたから」

重い真鍮の鍵は、クラシックな形をしていて、柄には凝った模様が刻まれていた。その形や模様を、金森さんははっきりと覚えていた。

古谷保は、その鍵をテーブルに置いた。

「元利合わせて一千八百万。その上に家のローンもある。給与をすべて充てても、返済には何十年もかかり、そのあいだに利息はどんどん増えてゆく」

死亡保険金で支払うより他に方法はないと、古谷保は初めて自殺をほのめかした。嵌められたと気づき、もちろん金森さんは拒否した。

すると古谷は、ポケットから金色の鍵を出した。

「そのとき、一切が呑み込めたような気がしました」重いため息をついた。

ただ金森さんは、ひとつだけ勘違いをしていた。製紙会社の社長の息子は、小野先生ではなく、いま目の前にいる行政書士だと思い込んだ。一方の古谷保も、訂正することをしなかった。たぶん小野先生を、巻き込みたくなかったんだろう。

「二十年前のあの日のことは、いまでもはっきりと覚えています」

金の都合がついたとの連絡を受け、鹿渡部とふたりで別荘までとりに行った。玄関扉があいていて、中で債務者の妻と息子が、棒立ちになっていた。

昔の洋館だから玄関ホールは暗く、目が慣れるのに少し時間がかかった。

天井から、藁の束がぶら下がっている。最初は、そう思えた。

「それが人間だと気づいたとたん、頭が真っ白になりました」

甲大金融が関わって、自殺した債務者は他にもたくさんいる。けれど死体を直《じか》に見たのは、それが初めてだったという。

怖くてならないのに膝が抜けたように動けない。梁からこちらを見詰める、恨めしそうな顔から、どうしても目が離れない。動顚し、混乱し、気づくと笑っていた。

――『死にやがった』と、うすら笑いを浮かべていた。

小野先生は悔やしそうにそう語った。鹿渡部はともかく、金森さんが笑っていたのは、ただ怖かったからだ。

「本当の恐怖に直面すると、神経がおかしくなっちまう。だから泣いたり叫んだりする代わりに、笑ってしまうんだ」

後になって、祖母はそう解説してくれた。

先生のお父さんが、わざわざ玄関ホールで首を吊ったのも、甲大金融への精一杯の抵抗だったのかもしれない。そうも言った。

その日、先生とお母さんは、ひと足遅れて別荘に着いた。大事な商談があるから、昼間は来ないよう、言い含められていたのだそうだ。だけどお母さんは、夜を待たずに別荘に車を走らせた。きっと、嫌な予感がしたんだろう。昼過ぎに到着したが、間に合わなかった。

「会社のやり口には疑問を感じていましたが、見て見ぬふりをしてました。高校を中退した私には、どうせろくな職もない。そう言い訳しながら、鹿渡部や上の指示に従っていた。ですが、あのときはっきりとわかりました。自分のやっていることは、紛れもなく人殺しだと」

別荘の処理をすませると、金森さんは逃げるように甲府を出た。もちろん甲大金融にも鹿渡部にも、何も言わないままだ。

東京に来てからは、過去をふっ切るように、ただがむしゃらに働いた。貯金がまとまった金額になった頃、バイトしていた不動産会社の社員から、声をかけられたそうだ。同僚や友人と新しい会社を立ち上げるから、一緒にやらないかと誘われたのだ。昔の経験から、経理や財務には明るい。金森さんのその能力を見込んでのことだった。

「人に認められたことなど初めてで、何よりもそれが嬉しかった。だから有金も全部、会社の資金に注ぎ込みました」

結婚して長女も生まれ、仕事も順風満帆だった。それでも悪夢にはくり返し悩まされた。夜中に叫びながら目覚め、奥さんをびっくりさせたことも少なくない。夢に出るのはいつも、藁のように梁からぶら下がる、その姿だった。

「夢を見なくなったのは、有斗が生まれたころだったように思います。忘れようと努め、本当に忘れかけていたころ、相須さんのお嬢さんに会い、古谷さんが現れた。まさに因果応報だと、骨身にしみて思いました」

「古谷保は、金森さんに自殺を迫った。それをあなたは、受け入れたのではないですか?」

祖母の推論に、お父さんはうなずいた。

あの日、テーブルに真鍮の鍵を置き、古谷保は淡々と告げた。

「あなたが人生を締めくくる場所も、こちらで用意させていただきました」

金色の鍵をじっとながめ、金森さんはひとつだけたずねた。

「これは、復讐ですか？」

古谷保がうなずいて、このとき金森さんは観念した。二十年かけて、復讐を遂げようとする。遺族にそこまで恨まれていたのかと、あらためて戦慄《せんりつ》し、何よりも人生を狂わされた古谷が、哀れに思えてならなかった。でも家族は、そんな事情など何も知らない。

「復讐って、何の話ですか」

「自殺を強要するなんて、絶対おかしい。どうして拒否しないのよ、お父さん」

キッチンには夕食の仕度をしていた有斗のお母さんがいて、三階の自室から菜月さんも降りてきていた。借金の水増しや死亡保険金すら、寝耳に水だ。なおも問い詰めるそぶりを見せたとき、玄関のチャイムが鳴った。

ドンドンと、ドアが何度も蹴られ、しびれを切らしたように乱暴にあけられた。家に人がいても、鍵はかけていることが多い。このときは古谷という来客があったから、あいたままだったようだ。

「古谷、出てこい！　ここにいるのはわかってるんだぞ！」

一階の玄関から怒鳴り声がして、舌打ちするように古谷保が呟いた。

「鹿渡部だ」

そこから先は、まるで悪夢だったと、金森さんは語った。祖母が静かに念を押した。

「古谷保を殺したのは、鹿渡部肇だったんですね」

二度と見たくない光景なんだろう。金森さんは、目を閉じてうなずいた。


先に包丁を持ち出したのは、古谷保だった。

計画は鹿渡部にばれてしまった。復讐のチャンスはいましかないと、たぶん思い詰めたんだ。甲大金融に追い込まれた、一家心中の生き残りだと、古谷は初めて自分の正体を明かした。おまえたちふたりだけは、どうあっても許さない。口調は変わらず静かだったが、目つきが違っていた。

――クールなのは外見だけで、腹の中にはマグマを内包している。

小野先生は、古谷保をそんなふうに言っていた。

金森家の三人は、なすすべもなく居間の隅にかたまっていた。台所のまな板の上には、お母さんがおきっ放しにした包丁があった。古谷はそれを手にした。

けれどキレやすいことにかけては、鹿渡部の方が数倍上だった。

鹿渡部は一度、過失致死で実刑を受けている。過失とされたのは、相手も鹿渡部も酔っていたからだ。出資法違反とか色々なおまけはついたが、結局酔っ払い同士の喧嘩とみなされて、五年の実刑となり、三年で釈放された。

「あの男の性分なら、古谷保を許せるはずがない。ただでさえかっかときていたところに、刃物まで向けられて逆上したんだろう。あの図体で喧嘩慣れもしている。古谷保が、敵う相手じやない」

「そのとおりです。本当に、あっという間の出来事でした」

鹿渡部がとびかかり、包丁をとりあげた。

次の瞬間、居間の白い壁紙に、真っ赤な模様が散った。

警察の調べでは、遺体には三ヶ所、深い傷があった。腹と胸、さらに首の横の頸動脈《けいどうみゃく》で、壁に派手にとび散り、そして致命傷にもなったのは、頸動脈からの出血だった。

そのときのことは、はっきりとは思い出せない。金森さんは、顔をこわばらせながら、そう語った。気づくと古谷保が仰向けに倒れ、返り血を浴びた鹿渡部が、包丁を握りしめたまま、仁王立ちになっていた。


いっとき、病室に沈黙が落ちた。

話をききながら、知らないうちに力んでいたようだ。僕は大きく息を吐き、からだの力を抜いた。休憩のつもりか、お蔦さんがお茶を淹れてくれた。ティーバッグの緑茶は、見舞客のためのようで、まだ胃袋がすっかり戻っていない金森さんは、白湯《さゆ》を受けとった。

「鹿渡部は、恐ろしい男です……せめて妻と娘だけは、どうしても守りたかった」

紙コップに目を落とし、有斗のお父さんはぽつりと言った。

「だから遺体の処理を、手伝ったんですね？」

うなずいた横顔は、深く沈んでいた。

共謀していたわけでなく、金森さんもまた古谷に騙されていた。それを知った鹿渡部は、三人に死体の始末と、この殺人を警察に黙っていることを強要した。代わりに一千八百万の借金は——実質はもっとずっと少ないのだが——チャラにするとの交換条件も出してきた。

けれどお金など、金森さんにとっては二の次だった。逆らえば、ここで一家三人が皆殺しにされるかもしれない。そのときは前科については知らなかったが、鹿渡部がどういう男かは、誰よりもよくわかっている。

作業はすべて、鹿渡部が指示した。鹿渡部が死体をスーツケースに詰めているあいだ、お父さんは家の前に止めてあった鹿渡部の車を、ガレージに入《なか》れた。

お父さんがガレージから戻ったとき、それまで半ばぼんやりしていたお母さんが、ふいにびくりとなった。居間の電話が、鳴ったからだ。寝ていたところを目覚まし時計で起こされたような、きっとそんな感覚だったんだろう。反射的に傍にあった受話器をとりあげた。

相手は、小野先生だった。

先生の声が、非現実的な惨状から現実に引き戻した。何よりも有斗を話題に出されたことで、母親の役目を思い出したのかもしれない。慌てながらも、有斗を先生に託し、電話を切ると鹿渡部に言った。

今日はどうにか凌いでも、明日になれば息子が帰ってくる。その前に壁や家具についた血を、落とさなければならない。部屋の掃除のために、娘はここに残したいと申し出た。

「菜月さんだけは、犯罪に手を染めてほしくない、この危ない男から遠ざけなければいけないと、久仁枝さんは考えたんでしょう。お気持ちはお察しします」

だが、相手の方が一枚上手《うわて》だった。三人のうち誰かを残せば、時間が経って冷静になったとき、警察に駆け込まれる恐れがある。狡猾《こうかつ》な鹿渡部は、いわば一家三人を人質にして、互いが互いの足かせになるようにした。

明日の朝いちばんで、スマイルローンの息のかかった専門の清掃業者を呼ぶ。昼までには、部屋はもとどおりになると言い、その場で携帯から業者に依頼した。

「本当に鹿渡部は、業者へ連絡したんだろうかと、山梨へ向かうあいだじゅう考えました」

「鹿渡部に、別の目論見があると？」

「人気《ひとけ》のない山中なら、誰にも知られず私たちを始末できます」

土地勘のある清里高原に車を走らせたが、どんな場所か知っているだけに、その恐怖がどうしても拭えなかった。死体は車のトランクに入れたが、凶器を残しておくわけにはいかないと、鹿渡部は血を拭った包丁を車内にもち込んでいた。いつそれが自分たちに向けられるかと、気が気ではなかった。

「あの男は裁判でも決して認めないでしょうが、その恐れは、十分にあったと思いますよ」

「私も、そう思います。たとえ殺されなくても、ただでは済まないこともわかっていました」

死体遺棄《いき》を楯《たて》に、おそらく一生、食い物にされる。鹿渡部はそういう男だった。

「コートのポケットにあった、鍵に気がついたのはそのときでした」

古谷と鹿渡部の乱闘で、床に落ちた鍵を、考えなしにポケットに入れていた。

「どうしてだかその鍵が、私たちの最後の命綱のように思えました」

だからこそ、清里高原のはずれ、洋館風の別荘からほど近い場所を自ら提案した。

しかし鹿渡部もまた、三人が逃げ出すことを警戒していた。車を道端に止めると、エンジンを切り、車のキーを内ポケットにしまった。その辺りには、駆け込める別荘もほとんどない。万が一、逃げられたとしても、女性の足なら簡単に追いつける。

穴掘りは、鹿渡部とお父さんが交替で行い、お母さんが懐中電灯で照らした。懐中電灯は鹿渡部の車にあったもので、穴掘り用のシャベルは、途中、都内のディスカウントショップで調達した。

穴を掘りながら、金森さんは懸命に逃げるチャンスを窺っていた。だが、もう少しで穴が完成するころになって、不測の事態が生じた。

「……こんなの、おかしい……やっぱり間違ってる」

お母さんの横で、ふいに声をあげたのは、菜月さんだった。

「これって、立派な犯罪じゃない。こんなことしたら、あたしたち犯罪者になるんだよ」

「菜月……」

「そうでしょ、お母さん。お父さんも、もうやめてよ。警察行こうよ。あたしたち、何も悪いことしてない。殺したのはこの人だもの。話せば警察だってわかってくれるよ」

血まみれの死体を前にすれば、誰だって動顚する。正気を失う。だけど時間が経って落ち着いてくると、いまの状況が見えてくる。

鹿渡部が舌打ちをして、菜月さんをふり返った。

「二千万近い借金を、棒引きにしてやると言ってるんだぞ」

「お金なんて、どうにかなる。でも犯罪を犯したら、その傷は一生ついてまわるんだよ」

「そうね……やっぱり菜月にだけは、そんな思いはさせられないわ」

「あたし、警察に電話する」

携帯を出そうと、菜月さんがバッグの中に手を入れた。

本当は、無駄だったかもしれない。その辺りは、携帯の電波が弱いからだ。地下に入るとまったく届かず、だからこそ救援も呼べなかった。けれどそのときは、誰も気づいていない。

「やめろと言ってるだろうが！」

すぐさま鹿渡部は、菜月さんの手をつかもうとした。

迷っている暇はなかった。膝くらいまで掘った穴からとび出して、自分に背を向けた鹿渡部に向かい、金森さんはシャベルをふり下ろした。

そんな状況でも、殺してはいけないという、最低限の理性は働いていた。シャベルの角ではなく、裏側の面を向けたからだ。後頭部を殴ったつもりが、二十センチの身長差もあって、当たったのは頭じゃなく首の後ろだった。それでも鈍い呻《うめ》き声とともに、鹿渡部は雑草の生い茂る、地面に膝をついた。

「逃げるんだ、早く！」

シャベルをその場に放り出し、妻と娘を急がせる。

「でも、警察に……」

「そんな暇はない、走れ！」

ふたりを先に行かせ、ちらりと後ろをふり返ると、首筋を押さえながら、鹿渡部がゆっくりと立ち上がるのが見えた。まるでゾンビが起き上がってくるような、いっそうの恐怖に駆り立てられて、あとは後ろも見ずにひたすら走った。

有斗の血縁だけあって、三人とも足は速い。

目指したのは、深い緑の屋根と白い壁の、あの別荘だった。


「僕、ひとつだけ疑問があって。どうしてあの別荘に行ったのかなって、不思議だったんです。鹿渡部もやっぱり、別荘のことは知っていたんでしょう？」

僕の疑問には、お蔦さんがこたえた。

「あの別荘には、鹿渡部の知らない隠し部屋があった。違いますか？」

「そのとおりです。昔、別荘の家財処理に立ち会ったときも、うっかり見逃しそうになった。運搬業者の作業員が気がついて入ってみると、埃をかぶった缶詰と、ワインが数本残っていました」

「そうか、それが地下の食料庫だったんだ」

僕の推測に、金森さんがうなずいた。

地下食料庫への入口は、台所の隅にある。床の一ヶ所を指で押すと、くるりと回転して取っ手が出てくる仕掛けだから、上から見た限りでは真っ平な床にしか見えない。

貸別荘になってからは、食料庫のことも客にあらかじめ説明されるようになったが、鹿渡部は気づいていないはずだと考えた。

だから金森さんは玄関の鍵をあけ、中に入ると、まっすぐに台所に向かった。

取っ手を引き上げて食料庫の口をあけ、お母さんと菜月さんを先に中に入れた。そのあいだに、台所の勝手口を開きっ放しにしておいたのは、玄関から入ってそこから抜けたと思わせるためだ。そうして急いで自分も中に入り、入口のふたを閉めた。

短い梯子の陰で、三人でかたまっていると、やがて鹿渡部が入ってきた気配がした。

本当は、気配なんて生やさしいものじゃなかったみたいだ。

「出て来い、金森！　隠れているのは、わかってるんだぞ！」

大声で喚《わめ》き立てながら、別荘中を家探ししているのが、地下にいてもわかった。声の合間に、家具の倒れる音や、何かが壊れる音が、ひっきりなしに響いてきたからだ。完全に頭に血がのぼっていたんだろう。

——そりゃものすごい剣幕で、机やら椅子やらを蹴りまくっていた。

スマイルローンの鈴木の言葉だ。たぶん、キレると蹴とばす癖があるんだろう。そのために一家三人は、十七日間ものあいだ、地下生活を余儀なくされた。

鹿渡部が台所のテーブルを蹴りとばし、すべるように部屋の隅まで大きくずれた。テーブルの脚の一本が、地下へのふたの上に載り、出口をふさいでしまったんだ。建物の雰囲気に合わせたアンティーク調のテーブルは、どっしりとしたひときわ重い代物だった。

それでも、あと五センチずれていたら、穴の内からもち上げることができたかもしれない。テーブルの端が壁に当たっていたために、下から押してもつっかえて、まるで巨大な岩のような重石《おもし》と化した。

「閉じ込められたと気づいたのは、翌朝でした。明るくなるまでは、出ない方がいいと判断したんです」

「あの晩、小野先生も、あの別荘に行ったはずですが」

「はい、警察からききました。あのとき助けを呼んでいれば、良かったのでしょうが……」

小野先生が別荘に着いたのは、鹿渡部が去って、三十分ほどしてからだった。

「そのときはまだ、出口がふさがれていたことを知りませんでした……てっきり闇金の仲間かと思っていたので」

先生が叫んでいたのは、古谷保の名前だった。古谷を紹介したのは、小野先生だ。それでもふたりが結びつかなかったという。

「地下にいると、上からの声はくぐもってきこえます。別人にきこえても、おかしくはありません。何よりも、有斗のために親身になってくれた人物と闇金とが、頭の中で重ならなかったんじゃありませんか？」

「たしかに、そうかもしれません」

音を立てず、じっと身をすくませて、先生をやり過ごした。その結果、十七日間ものあいだ、飢えと寒さに苦しむことになったと、残念そうに語った。

「終わりよければ、すべて良しですよ」

お蔦さんが、そうなぐさめたとき、病室のドアがノックされた。

病院のスタッフならすぐに外から声がかかるし、有斗ならノックなんてしない。見舞客かもしれないが、入って来ようとしない。お蔦さんに促され、僕が扉をあけた。

「オージン！　じゃない、小野先生」

扉の向こうに、先生は所在なげに突っ立っていた。


ふたりだけにした方がいい。祖母は迷いながらも、そう決めたようだ。僕を促し、帰るそぶりを見せたが、僕がダウンに袖を通さないうちに、金森さんの声がした。

「お父さんのことは、本当に申し訳ありませんでした」

金森さんは、ベッドの上に正座して、布団に額をくっつけていた。点滴のチューブが引っ張られ、いまにも抜けそうだ。ベッドの脇に立つオージンは、ひどくびっくりした顔でかたまっていた。

「いまさら許してもらえるとは、思っていません。先生や古谷さんが、どんな思いをしてきたか……同じ年頃の子供をもついまになって改めてわかります。本当に、ひどいことをしました」

「いいえ、あなたはただ、自分の仕事をしただけです」

と、オージンは金森さんの頭を上げさせた。

「闇金に手を出したのは、父の弱さです……同じ弱さが、私の中にもあった。だからこんな事件の、引き金を引いてしまいました」

謝らなければならないのは自分の方だと、今度はオージンが、腰を九十度に折った。

「あなたとご家族を命の危険にさらし、有斗君を私と同じ、ひとりぼっちにするところでした。それこそ、謝ってすむことではありません」

オージンのお母さんは、先生が大学生のときに亡くなった。お父さんの自殺から立ち直ることができなくて、ずっと具合が悪かったそうだ。

「せめて、事件を知ってすぐに、警察に洗いざらい話すべきでした。そうすれば、すぐに救出されて、有斗くんを悲しませることもなかった。なのに私は、ここにいる滝本さんから乞われたときも、だんまりを通してしまった」

一切が明るみに出れば、お父さんの過去も有斗の耳に入る。親の真実を、子供が知るのは、もっとも残酷なことかもしれない。小野先生は、それだけは避けたかったんだ。

金森さんはすまなそうにうつむいた。

「もとを正せば、やはり私に責任があります。古谷さんのご家族を、一家心中の憂《う》き目に遭わせたのも、間違いなく私の……」

「もう、いいんです」

止まらない繰り言を、オージンは静かに止めた。

「あなた方家族が、生きていてくれた……それだけで十分、僕は救われました」

金森さんが、こぼれる涙を抑えるように、ぎゅっとまぶたを閉じた。

その顔は、びっくりするほど有斗に似ていた。


結局、三人で一緒に病室を出て、廊下の途中でお蔦さんが言った。

「桜寺学園を、辞められるそうですね」

僕には寝耳に水だ。え、と小野先生をふり向いた。

「月曜日にね、初ちゃんに退職願を出したそうだよ」

「罪を犯した僕が、生徒を教えるわけにはいきません」

僕から目を逸らすように、オージンはお蔦さんに向かって静かに告げた。

「罪って……だって無罪放免で釈放されたんだよね？」

心の中の悪意は、法では裁かれない。古谷保を金森家に紹介した。オージンがやったのは、それだけだ。任意の事情聴取をすませ、僕らがお弁当を届けた日の晩、警察からも解放されていた。ただ、それからも学校に来ないから気にはしていたけど、いなくなるなんて思ってもみなかった。

大人はどうして、何かあるとすぐに辞めたがるんだろう。

議員だの社長だのが、似たような会見をするたびに、同じ納得のいかなさを感じていた。辞めるより、自分でちゃんと後始末をするべきだ。家に帰ってからそう主張すると、

「あたしも同じ考えだがね、世の中の多くは違う意見なんだろうさ」

当の本人じゃなく、世間がもっとも納得する方法が、辞職なのだそうだ。

何よりも小野先生は、桜寺学園に迷惑がかかることを恐れた。

担任の教師が、事件に関わっていた。もしもその事実が広まれば、学園に傷がつく。結果的には、先生のことは後々まで一切、世間に伝わることはなかったけれど、教職を辞めたのには、もうひとつ理由があった。

オージンは自分の罪を、許すことができなかったんだ。

「金森さん一家が事なきを得て、僕は救われました。ですが、死んだ古谷は救われません」

先生が金森さんの所在を告げたことで、大事な友達は死んでしまった。復讐を口にして、だが危険はすべて古谷保に押しつけて、結局は死に追いやった。

オージンや金森さんが関わらなくても、結果は同じだったかもしれない。古谷保が、鹿渡部に復讐するつもりだったことには変わりがないからだ。

それでも小野先生は、ただこの現実を後悔していた。だからこそ自分を過去から救ってくれた、教師という大切な職を、自分からとりあげることにした。

「学校じゃなくても、塾の講師とかは？」

寂しそうに首を横にふる。オージンの決心は固かった。

「たとえ坊主に転職して、一生菩提《ぼだい》を弔《とむら》ったところで、古谷さんは帰ってきやしないよ」

「お蔦さん！」

「むしろ罪を犯したからこそ、教えられることも、あるんじゃないのかい？」

最初から、そう言えばいいのに。祖母の物言いには、毎度ひやひやさせられる。

「すぐにとは言わないけどね、先生と古谷さんを救うには、悪い方法じゃない。きっと、他の誰かのためにもね」

オージンがこれから出会う、たくさんの人のことだろう。でも先生は、僕と同じ顔を思い出したようだ。

「有斗には、会った？」

「いや」

エレベーターホールをはさんだ向こう側に、お母さんの病室があり、お姉さんと有斗もいる。僕らは帰りがけに、もう一度寄るつもりでいたが、オージンはこのまま帰るという。

「有斗に会わないで、いなくなるつもり？」

「顔見たら、この前みたいに泣いちゃいそうだからな」

冗談みたいに言ったけど、本心なのかもしれない。こっちの方が泣いちゃいそうだ。

「じゃあな、滝本。いろいろ、ありがとうな」

ぽん、と頭に手を乗せられた。

先生の姿を呑み込んで、エレベーターの扉がゆっくりとスライドする。

「オージンは、いい先生だったよ！　ホントだよ！」

にこりと少し笑った顔は、半分しか見えなくて、重い扉は僕の前で閉じられた。

翌日、有斗はお姉さんとふたりで、東京に戻ってきた。

「ふたり一緒に、うちにいればいいのに」

そう提案したが、両親もまもなく退院するし、当面の落ち着き先は決めてきたと、お姉さんは神楽坂からもそう遠くない、ウイークリーマンションの名を告げた。

ご両親が退院したのは、その三日後だった。

事件が起きた場所に戻るのは、まだ辛いだろうし、PTSDとか起こしかねない。でも理由はそれだけじゃなく、知らされたのはその金曜日だった。

その週は試験期間で、部活は休みだ。試験が終わった解放感もあり、彰彦と有斗を誘って、ファミレスに寄ることにした。

「ええっ、有斗、福岡に行っちゃうの！」

「父さんが転勤になったんだ。福岡の支店がでかくなって、そこの支店長になるんだって」

本当は、有斗のお父さんもまた、騒ぎを起こした責任をとって会社を辞めるつもりでいたそうだ。だけど昔はともかく、今回金森家は被害者だ。会社から引き止められて、結局、役員から部長に降格することに落ち着いて、会社には留まることになった。

家のローンもまだ残っているし、カードの借金もある。古谷保が故意に増やした分は訂正されて、だいぶ縮小されたそうだが、決して小さい金額ではない。地方の方が物価は安く、東京本社と同じ給与なら生活に余裕ができる。九州への転勤は、その辺も考えた会社からの温情もあるようだ。

だけど僕らにとってはショックがでかい。いきなり九州なんて反則だ。

「オージンに次いで、有斗までいなくなるなんて」

つい口から出てしまい、しまったと思ったが遅かった。たちまち有斗がしょんぼりする。

「オージン、いまごろ何してるのかな……」

「……坊主頭で、いまごろ木魚たたいてるかも」

「なんだよ、それ。想像しちゃうだろ」ぷっと彰彦が吹き出して、

「どうしよう、イメージ映像できちゃった。しかも白衣着てる」と、有斗も頭を抱えた。

有斗の中の寂しそうな先生の姿は、白衣の坊主に駆逐されてしまったみたいだ。内心でお蔦さんに感謝しながら、話の続きを促した。

「姉ちゃんだけはこっちに残って、奨学金とバイトで、大学を卒業することになったんだ」

「だったら有斗も、こっちにいればいいだろ。桜寺も奨学金はあるんだし」

「姉ちゃんは、いちばん大変だったときに、父さんと母さんについててくれた。今度はおれが、傍にいるって決めたんだ」

らしくないことを口にしたと、自分で気づいたんだろう。へへ、と有斗が照れ笑いした。

「ほら、子はなんとかって、お蔦さんも言ってたし……赤貝じゃなくてミル貝でもなくて」

「鎹な。言っとくけど、鮨ネタじゃないぞ」

久々の有斗のボケにも、笑う気すらおきない。からだから力が抜けるようで、広いテーブルの上に、両手を広げてつっ伏した。

「有斗は携帯持ってないから、メールもできないしな」

「じゃあ、あっちの学校で、きっとまた全中大会に出場するから見にきてよ」

無邪気な自信は、すでにどこか突き抜けている。こいつの才能は技ではなく、こっちの方かもしれない。

「アキさんとは、インターハイで会えますよね」

「うん、そうだな」

間髪いれず彰彦がこたえ、僕はそうっとテーブルから顔を上げた。

彰彦は有斗に会って、プロ選手になる夢をあきらめた。サッカーは高校の途中でやめるつもりだと、そんな話もしていた。

続けるの？　と目だけでたずねると、彰彦は口に出してこたえてくれた。

「兄貴に言ったらさ、アスリートはせっかち過ぎるってどやされたんだ」

「せっかちって？」

「スポーツやってる奴は、すぐプロになりたがるだろ。だったらオタクはどうする、プロになるためにアニオタしてる奴なんていないぞって」

彰彦のお兄さんは、顔は弟に負けないくらいのイケメンなのに、中身は超のつく二次元オタクだ。

「おまえみたいなサッカー馬鹿が、やめてどうするって説教された。好きだから続ける、それで十分だ。先のことは、先に行ってから決めればいいだろうって」

たとえはともかく、妙に説得力はある。

「アキさん、サッカーやめるんスか？　なんでなんで？　まさか、故障とか」

何も知らない有斗が、大きく軌道をそれた勘違いをはじめる。慌てて立ち上がった拍子に、クリームソーダのグラスに当たり、間一髪で支えた彰彦が大きく息をつく。

「やめないよ。やめたら有斗と、インターハイで会えないだろ」

「アキさん、絶対絶対、約束っスよ！」

「ああ、約束だ」

女子には一撃必殺とうわさの高い、とびきりの笑顔を彰彦は向けた。


「せめて三学期が終わるまでは、こっちにいたっていいのにさ」

ローストビーフを薄く切り、ドレッシングで和えた玉ネギを載せる。軽く焼いたパンには、マスタード入りのマヨネーズを塗る。

「こんな中途半端な時期に転校したら、友達だって作り辛いだろ。新学期からの方が、絶対いいに決まってるのに」

「ぶちぶちといつまでも、往生際の悪い子だねえ」

居間から出てきたお蔦さんが、あきれた顔で台所を覗く。

「美味しそうじゃないか。いくつ作るんだい？」

「三種類。あとはチキンにベーコンと、定番の卵サンド」

「どれもどっしり系だねえ」と、お蔦さんはちょっと不満そうだ。

「有斗が食うから、これくらいじゃないと」

二月になって最後の日曜日、今日は有斗が福岡へ出立する。

飛行機は夕方の便だというから、うちでお昼を食べるよう提案し、メニューは特製サンドイッチにした。ローストビーフを終えて、卵にとりかかる。

「往生際が悪いといえば、あの鹿渡部って男は、いまだに白状していないそうだね」

昨日、僕が出かけている間に真淵さんが来て、その話をしていったそうだ。

生存が確認されたときには、派手に報道されたけど、世間の関心はすでに別の事件に移っていた。当事者となった金森家の三人の証言には齟齬《そご》がなく、死体遺棄を途中まで手伝っただけで、起訴されることはなかった。

逆にのらくらと警察の追及をかわしている鹿渡部は、日が経つごとに辻褄の合わない証言が目立ってきた。あと一歩のところだと、真淵さんは拳を握っていたそうだ。

「あんな奴、一生、刑務所に入れとけばいいんだ。うろうろされたら社会の迷惑だ」

ゆで卵をマグカップに入れ、果物ナイフを突っ込んで刻むと早くできる。つい卵に八つあたりしたために、予定より細かくなってしまった。

「まあ、百遍殺しても飽き足りないような男だけど、結果的には金森さんの命を救ったのかもしれないからねえ」

「それ、どういうこと？」

「鹿渡部が乱入してこなけりゃ、金森さんは古谷保の言いなりになっていたかもしれない」

「そんなこと、お母さんやお姉さん、有斗だって許すはずがないだろ。何よりオージンが、止めてくれたよ」

そうだったねと、お蔦さんも認めた。

オージンもまだ元気は出ないだろうけど、やっぱり前と同じに、呑気そうにぼうっとしているような気がして、そうだったらいいなと思った。

「卵だけだと、もたれるからね。野菜もはさんでほしいんだがね」

「仕方ないなあ」

ぼやきながらも、お蔦さんの注文に応える。

昼十二時少し前に、サンドイッチは完成し、まもなく玄関から元気な声がした。

「ただいまーっ！」

「うめーっ、この卵サンド！　学校の購買より全然ウマイ」

大好物だと、有斗がかぶりつく。卵サンドは、マヨネーズをケチらないことと塩加減が大事だ。祖母のリクエストで、半分はキュウリ入りにした。

「ローストビーフを、自分で作るなんてすごいね」

「このチキンも美味しい。ベーコンと合うなんて意外だわ」

お父さんにはローストビーフが、女性陣にはチキンが好評だった。

やわらかく蒸したチキンに、カリカリベーコン。ケチャップが味の決め手になる。

チキンにはビーフと同じ、トーストしたパンを、卵だけは焼いてないふわふわのパンを使った。

美味しそうに食べる四人は、あたりまえの幸せな家族に戻っていた。すごく辛い事件だったけど、結果としては家族のわだかまりを溶かしてくれた。

あの日に消えたいつもの日常が、また戻ってきたんだ。

昼食を終えて、金森家の四人は、一時半にうちを出た。お姉さんも、空港まで見送りに行くという。有斗の両親は、お蔦さんと僕に、何度も何度もお礼を言った。

「またこちらにいらしたら、いつでも寄ってくださいな」

この先、鹿渡部の裁判があるから、お父さんとお母さんはたびたび東京に来なければいけない。

神楽坂のあの家は取り壊し、土地だけはお父さんの勤める不動産会社を通して転売されるそうだ。

「そんときは、おれもついて来ようかな」

「どうせサッカーばっかで、そんな暇ないくせに」

日に焼けたおでこを小突いてやると、エヘへ、と笑う。

玄関の外まで見送って、四人の姿が角を曲がる。と、有斗がUターンして戻ってきた。

「おれ、忘れてた！」

「なに忘れたんだよ、とってきてやるから」

「じゃなくて、忘れてないってことを、言うの忘れてた」

「わけわかんないぞ」

家に入ろうとする僕を、有斗が止めて、お蔦さんの前に立った。

「お蔦さんに言われたこと、おれ、忘れてないよ」

「何をだい？」

「人は助けたり助けられたり、そうやって生きていくって」

ああ、と思い出した顔をする。有斗の今後について学校で話し合った日のことだ。

「おれはいっぱい助けてもらったから、どこかで迷子を見つけたら、今度はおれが助けてやるんだ」

迷子は祖母が出したたとえだけど、有斗はちゃんと覚えていた。

お蔦さんが少し驚いて、それからゆっくりと頬をゆるめる。一年に一度くらいしか見ることのない、やさしい笑顔だった。

「有斗なら大丈夫、きっとできるよ。おまえにはサッカーよりも、もっと大きな才能があるからね」

有斗はきょとんとしたが、僕にもわかっていた。

泣いたりしょげたり笑ったり、いつだってからだいっぱいで受けとめていた。あんな辛い目にあっても、素直なところだけは変わらなかった。

「短いあいだだったけど、おれ、ここんちの子になれてよかった。欲しかったおばあちゃんとお兄ちゃんができて、すごく嬉しかった」

ふいを突かれて、いろんなものがいちどきにこみ上げた。何も言えなくて、有斗の頭を両手でわしわししてごまかした。

器用に後ろ向きで走りながら、有斗は僕たちに手をふり続ける。

小さな姿が視界から消えると、祖母が言った。

「おまえも、よくやったね」

何のことかわからなくて、ちょっとぼんやりする。

「あの子の傍にいて、どんなときでも味方になってやったろう？　おまえは有斗を守ったんだ」

お蔦さんは、どうしてこう間が悪いんだろう。滅多にほめたりしないくせに、こんなときに言わないでほしい。

「後片付け、しないと」

くるりと祖母に背中を向けて、急いで玄関ドアをあける。家の中が妙に暗く見えるのは、外にいたせいばかりじゃない。

小っこくて元気で、かわいい有斗。

「ただいま」と、有斗がここに帰ってくることはもうないんだ。

がちゃがちゃと、やたらと音を立てながら食器を洗う。

ふと気がつくと、居間の奥の和室から三味線の音がした。熟考のときとは、明らかに音色が違う。気持ちの籠った、しんみりとした調べだった。

一度だけ、こんな三味線の音が何日もこの家からしていたと、ご近所衆にきいたことがあった。

おじいちゃんが、亡くなったときだ。

後片付けを終えると、台所の椅子に座ってテーブルに肘をついた。

まだやみそうにない弦の音を、僕は黙ってきいていた。

解　説

宇田川拓也

本作『いつもが消えた日』を読み終えた瞬間、大きく息を吐きながら、心の底から感嘆してしまった。

神楽坂の商店街――本多横丁のなかほどにある、「多喜本履物店」。元芸者という経歴を持つ店主〝お蔦さん〟が探偵役を務め、語り手である中学生の孫――滝本望が日常で遭遇する謎を痛快に解決していくシリーズの第一弾『無花果の実のなるころに』は、時代小説作家――西條奈加にとって初となる現代ミステリーであり、従来のファンはもちろん、ミステリー愛好者も心地よく愉しませてくれる、読者を限定しない優れた連作集であった。

そして今回、長編となった続編は、事件の重大さ、目配りの利《き》いたドラマのスケール、容易に解き明かせない謎の厚み、真相の重みと深い根、そして登場人物の肩にそっと手を添え、ともに切なさを嚙み締めたくなるラストに至るまで、ありとあらゆる点で前作を凌駕する、予想もしなかった域にまで達しているのだ。

本作の単行本は、二〇一三年十一月に刊行されている。のちに第三十六回吉川英治文学新人賞を受賞する、日本全国の銘菓を扱う麴町《こうじまち》の菓子舗を舞台にした時代小説『まるまるの毬』（講談社）の上梓を約七か月後に控えた、さらなる飛躍直前の充実ぶりが窺える点でも注目すべき作品なのである。

本作で、望とお蔦さんが関わることになるのは、「神楽坂一家三人行方不明事件」だ。望の一年のときのクラスメートである森彰彦と同じサッカー部に所属する後輩――金森有斗が夜になって帰宅すると、両親と姉の姿がなく、リビングダイニングには明らかに出血した人間の死を予感させるほどの大きな血溜まりが残されていた。慌てて助けを求める有斗に応じる形で、彰彦とともに凄惨な現場へと駆けつけた望は、お蔦さんに電話で状況を説明。ただならぬ不穏な物語が、こうして動き始める。

前作収録の第五話「果てしのない嘘」のように、望が強い覚悟を迫られる深刻なエピソードはあったものの、〈日常の謎〉の系列に連なると思われたシリーズが、早くも第二弾でこうもためらいなく枠を破ってしまうとは正直思わなかった。

本シリーズには、お蔦さんの人情謎解きに加え、望少年の成長譚という側面があるわけだが、それは日常＝〝いつも〟のなかだからこそ尊く際立ち、読者の温かな眼差しを自在に喚起してきた。しかし著者は、前作はこの長編のためにあった――とでもいわんばかりに、その〝いつも〟が失われた世界を大胆に構築し、望のみならず主要登場人物たちをこれまでにない窮地に立たせ、読者の心をざわざわと波立たせる。なかでも、これまでもっとも頼りとされてきたお蔦さんでさえ、ご近所衆に召集を掛けざるを得ない、〝悪の象徴〟とでもいうべき不気味な男〝カドベ〟の登場には大いに肝が縮むことだろう。

こうした思い切った転換に躊躇なく踏み切るあたりもさることながら、それ以上に非凡な才を感じさせるのが、冴え渡る〝目配り〟の妙だ。

連作では〝いつも〟のなかから特別なエピソードを切り出して並べる形になっていたが、本作では厚みを増したストーリー全体に満遍なくスポットが当てられ、〝いつもが消えた〟ことにより人の間に広がっていく正負の波紋――この非常時に有斗を預かるのを拒否する伯母、それに対し預かることを決意するお蔦さんと望、有斗のことも心配だが望に負担が掛かることを懸念するサッカー部の顧問〝オージン〟こと小野先生、報道を見て心ない発言をする中等部の生徒たち……ｅｔｃをつぶさに描き出していく。金森家三人の行方をめぐる警察の捜査、お蔦さんの推理とあわせ、中盤以降も様々な反応や想いが描かれていくが、さらにそれは、現代社会のダークサイドへの言及にもつながっていく。

第四章「サイレントホイール」で、お蔦さんが「あれほどたちの悪い犯罪があるものかい」と忌々《いまいま》しげに語る、あるシステム。そして第五章「四次元のヤギ」において、サッカー部内で有斗を相手に勃発したトラブルを目の当たりにした望が述懐する、

「他人への中傷を、考えなしにネットに書き込んだり、口にしたりする奴がいる。そのひと

つひとつは、ほんの小さな悪意に過ぎない。少なくとも言った当人は、罪の意識すらないだろう。／砂粒みたいな悪意でも、数が集まれば凶器となる。相手に一生消えない傷を与え、死に至らしめることもある。（中略）／この砂は、ちょうど新種の病原菌のようだ。投げつけられた当人だけでなく、何の関わりもない傍観者にまで感染する。人格さえ変えてしまう、恐ろしい病だ」

というたとえには、胃のあたりがズシリと重くなるような気持ちにさせられる。

しかも、第六章以降、「神楽坂一家三人行方不明事件」の根が、距離的にも時間的にも想像以上に深いことが次第に示され、神楽坂という一地域が舞台の物語とは思えないそのスケールには、ただただ圧倒されるしかない。

では、長編というフォーマットを活かした、このような広範な視野と奥行きを通じて、著者がもっとも読者の前に差し出したかったものとは、いったいなにか。

ひとつは、自身を預かってもらうことで望たちに迷惑を掛けてしまうと背中を丸め、「人に迷惑をかけるのはいけないって、そう習って……」と口にする有斗に、お蔦さんが説く、

「それは人を傷つけたり、嫌な思いをさせたり、そういう行為はするなって戒めだよ。助けたり助けられたり、人間はお互いそうやって生きていく。迷惑だからと関わるのをやめてし

まえば、人と人の繫がりも成り立たない」

という誰もが決して忘れてはならない道理だ。

そしてもうひとつは、弱い存在と思えていた少年の内にも幼いなりの素直で逞しい芯があり、その靭《つよ》さが人を支えることもある――ということだ。

本作は、家族の行方がわからなくなり、不運にも〝いつも〟が消えてしまったか弱い少年を守ろうとする話ではない。〝いつも〟が消えてしまい、どんなに心細く、厳しいことが重なろうとも、泣いて笑ってすべてを受け止める幼い健気な姿が、どれほど人を動かし、温かに照らすのかを教えてくれる物語なのだ。

ラストシーンの間際、お蔦さんの前に立った有斗が〝ある決意〟を力強く伝えるのだが、これだけ辛い経験を経てもなお変わることのないまっすぐさには、思わず目頭がカッと熱くなるほど心を揺さぶられてしまった（ちなみにこのあと、お蔦さんが望に掛ける言葉が、また涙腺を大いに緩ませるのだ）。

さて、『いつもが消えた日』と題された物語がどのように幕を閉じるのかは、その日でご確認いただくとして、望とお蔦さんが以前とまったく同じ〝いつも〟に戻れないことは、ここに書いてしまっても差支えないだろう。大きく報道されるレベルの危機的事態を挙げるまでもなく、一度失われてしまった〝いつも〟は、容易に取り戻せるものではない。

とはいえ、それでも人生は続き、神楽坂の四季も移ろっていく。

「お蔦さんの神楽坂日記」にも新たな謎解きが加わっていくことだろう。そのページが開かれる日を、いまは首を長くして待ち続けようと思う。


（書店員・ときわ書房本店）

本書は二〇一三年、小社より刊行された作品の文庫化です。

検印
廃止

著者紹介 1964年北海道生まれ。2005年『金春屋ゴメス』で第17回日本ファンタジーノベル大賞を受賞してデビュー。12年『涅槃の雪』で第18回中山義秀文学賞、15年『まるまるの毬』で第36回吉川英治文学新人賞、21年『心淋し川』で第164回直木三十五賞を受賞。

いつもが消えた日
お蔦さんの神楽坂日記

2016年8月19日　初版
2023年3月31日　5版

著者 西《さい》條《じよう》奈《な》加《か》

発行所 (株) 東京創元社
代表者 渋谷健太郎

162-0814/東京都新宿区新小川町1-5
電話 03・3268・8231-営業部
03・3268・8204-編集部
URL http://www.tsogen.co.jp
振替 00160—9—1565
フォレスト・本間製本

乱丁・落丁本は、ご面倒ですが小社までご送付ください。送料小社負担にてお取替えいたします。

ISBN978-4-488-43012-2 C0193

第24回鮎川哲也賞受賞作

Tales of Billiards Hanabusa◆Jun Uchiyama

ビリヤード・ハナブサへようこそ

内山 純

創元推理文庫

◆

大学院生・中央《あたりあきら》は

元世界チャンプ・英《はなぶさ》雄一郎が経営する、

ちょっとレトロな撞球場

「ビリヤード・ハナブサ」でアルバイトをしている。

個性的でおしゃべり好きな常連客が集うこの店では、

仲間の誰かが不思議な事件に巻き込まれると、

プレーそっちのけで安楽椅子探偵のごとく

推理談義に花を咲かせるのだ。

しかし真相を言い当てるのはいつも中央で?!

ビリヤードのプレーをヒントに

すべての謎はテーブルの上で解かれていく！

第24回鮎川哲也賞受賞作。

第22回鮎川哲也賞受賞作

THE BLACK UMBRELLA MYSTERY◆Aosaki Yugo

体育館の殺人

青崎有吾

創元推理文庫

◆

旧体育館で、放送部部長が何者かに刺殺された。
激しい雨が降る中、現場は密室状態だった!?
死亡推定時刻に体育館にいた唯一の人物、
女子卓球部部長の犯行だと、警察は決めてかかるが……。
死体発見時にいあわせた卓球部員・柚乃は、
嫌疑をかけられた部長のために、
学内随一の天才・裏染天馬に真相の解明を頼んだ。
校内に住んでいるという噂の、
あのアニメオタクの駄目人間に。

「クイーンを彷彿とさせる論理展開＋学園ミステリ」

の魅力で贈る、長編本格ミステリ。

裏染天馬シリーズ、開幕!!

推理の競演は知られざる真相を凌駕できるか？

THE ADVENTURES OF THE TWENTY 50-YEN COINS

競作 五十円玉二十枚の謎

若竹七海ほか

創元推理文庫

◆

「千円札と両替してください」
レジカウンターにずらりと並べられた二十枚の五十円玉。
男は池袋のとある書店を土曜日ごとに訪れて、
札を手にするや風を食らったように去って行く。
風采の上がらない中年男の奇行は、
レジ嬢の頭の中を疑問符で埋め尽くした。
そして幾星霜。彼女は推理作家となり……
若竹七海提出のリドル・ストーリーに
プロ・アマ十三人が果敢に挑んだ、
世にも珍しい競作アンソロジー。

解答者／法月綸太郎，依井貴裕，倉知淳，高尾源三郎，
谷英樹，矢多真沙香，榊京助，剣持鷹士，有栖川有栖，
笠原卓，阿部陽一，黒崎緑，いしいひさいち